诗经

先民的歌唱

裴溥言/编著

中国历代经典宝库

中国友谊出版公司
綫装書局

图书在版编目（CIP）数据

先民的歌唱——诗经 / 裴溥言编撰. -- 北京 : 中国友谊出版公司, 2013.3（2017.4重印）
ISBN 978-7-5057-3060-1

Ⅰ. ①先… Ⅱ. ①裴… Ⅲ. ①《诗经》—诗歌欣赏 Ⅳ. ①I207.222

中国版本图书馆CIP数据核字(2013)第036594号

书名 先民的歌唱——诗经
作者 裴溥言
出版 中国友谊出版公司
发行 中国友谊出版公司
经销 北京时代华语图书股份有限公司 010-83670231
印刷 北京中科印刷有限公司
规格 880×1230毫米 32开
14印张 290千字
版次 2013年3月第1版
印次 2017年4月第12次印刷
书号 ISBN 978-7-5057-3060-1
定价 39.80元
地址 北京市朝阳区西坝河南里17-1号楼
邮编 100028
电话 （010）64668676

序

◆ 余秋雨

我的书房里，书籍更替的频率很高，但有一套书一直安安静静地放着。这套书分量不小，长长一排多达六十多册，书脊为青莲色，上面的书名为白色，而封面的底色则是象牙色。这套书的总名，叫《中国历代经典宝库》，每册分别是一种重要经典。书的初版日期是一九八一年一月一日，台湾时报出版公司出品，一算，已经三十多年了。

时报出版公司出过我的不少书，因此很熟。有一次，我对莫昭平社长说，希望能邮寄这一套书给我，我自己买了背回来就太重了。莫社长说："这是给青少年读的，您也要？"我说："我也要。我在台北的书店已经翻阅过多次了。"于是，两箱子书，很快就寄来了。

我关注这套书，是因为它对于中华文化与当代世界的关系问题，作出了令人愉悦的回答。而这个问题，在很多学者那里，却总是处理得那么片面，那么极端，那么铺张，那么艰涩，那么繁琐，那么纠缠不清。

我想从以下三个方面，谈谈这套书的优点。

第一，这套书，坦陈了中华文化的整体度量。

凡是把中华文化搞复杂的，绝大多数是陷于一隅一角，守一家，偏一学，张一经，析一谋，而无视其余，或不知流转，结果，硬筑壁垒，徒生龃龉。很多人认为，青少年没有时间和能力领略整体，只能让他们背一点古训、啃一些古诗。其实这是一条歧路，既把中华文化削薄了，又把青少年做小了。这就像我们领着学生看长城、游黄山，必须先让他们俯瞰雄伟整体，惊叹天地大美，而不是立即让他们埋头去玩弄一砖一石，一花一鸟。眼前这套书，把中华文化的主要典籍，不管是哲学、历史、诗歌、小说、散文，还是科技、宗教、杂学，都一一收录，可谓洋洋大观。不难想象，当青少年读者得到这套书，在还没有细读之前，光看书目就已领悟中华文化的整体度量、浩荡规模。这种领悟，既开拓了他们的文化认识，又鼓励了他们的文化选择，在人生的起始阶段至关重要。

其实，这套书的开阔胸襟、坦然情怀，也正是中华文化的第一品性，与数千年历史相关，与五湖四海相关。如果不知这种第一品性，也就失去了根本。

第二，这套书，揭示了中华文化的人生质感。

好端端的中华文化为什么总是变得令人却步、甚至令人厌烦？还有一个原因，那就是不少浅尝辄止的文化人总喜欢把我们的古人塑造成喋喋不休的玄学家、道学家、书呆子。好像，我们的祖先只会板着脸在居高临下地教训人，说着一些成语化的简单四字句，不容商量，不容讨论，没有性格，没有脾气，不准顽皮，不准游戏。但是，眼前这套书却让我们看到了另一种中华文化，有那么丰富的人生故事，有那么精彩的绘声绘色，有那么有趣的奇想异设。当然也有哲理，但那些哲理又是那么自由、多元，任凭取舍、选择、评判。人们从这种文化中看到的，是一种完整的人生实践，组合成一种刚健恢宏又温文尔雅的生命交响乐。这样的文化，充满生动的质感，也容易让大家了解真正的"中国人"是什么样的。

我在为北京大学的学生讲授《中国文化史》时曾说："从古到今，中国民众对于抽象学理缺少消费欲望"。"根子上的农耕文明使中国民众很难信奉一切离开脚下大地太远、离开直觉经验太远的东西。躲避喂食，有可能是生命的一种自救。天下长寿之人，大多简食薄饮。中华老矣，回首渺茫生平，得寿的原因之一，是不很喜欢精神文化上的浓脂厚味、巍楼巨厦。"

我的这段话，大体说明了我不赞成那种过于学术化、滥情化的中国文化表述，而赞成这套书的原因。我为什么特别要对北大学生说明？因为对年轻人来说，更应该尽早解除那种貌似深沉的误会。这种误会，目前在很多高校里都很流行，不少教授把自己那些取材狭窄的论文当作了课堂讲述内容，而越是浮薄的社会气氛又越容易把晦涩当作学问。于是，好好一个可爱的大结构，被裁割成了可厌的小条块。

第三，这套书，测试了中华文化的时间张力。

我所谓的"时间张力"，也可以称之为"跨时代延伸度"。这个问题，是一切古老大文明都遇到过的。事实证明，比中华文化更年老的巴比伦文化、埃及文化、摩亨佐·达罗文化、克里特文化等等都缺少足够的时间张力来构成与现代的对话。成功实现了对话的只有古希腊、古罗马文化，并由此开创了欧洲的文艺复兴。中华文化延续至今而未曾中断，而它与现代对话的可能，还在测试过程中。

从近代以来，这种对话已经开始，但进行得非常艰难，很少成功。具有传统文化修养的章太炎、王国维、陈寅恪等学者都投入了，但章太炎、王国维在晚年都删削了自己的现代行止，陈寅恪则由于社会变迁和身体障碍也无法继续推进。其他被后人誉为“国学大师”的诸位学人，在这种对话中基本上停留在一些介绍性、引进性的文化枝节，而又于社会民众基本无感。这一点，只要与欧洲从宗教改革到启蒙运动数百年间知识分子在一切公共空间中的巨大作用相比，即可明了。我曾一再论述，中国知识分子在这一对话中真正做成的两件事，是破读了甲骨文、推广了白话文。其他事端，则离文化本体太远。

眼前这套书，虽然浅显，却以白话文裹卷着现代思维常识愉快地拜访了传统文化，有一种新鲜感。例如，它为一本本古代经典分别取了一个个现代标题，这也是它当年首先吸引我的地方。它为《论语》取的标题是《中国人的圣书》，为《孟子》取的标题是《儒者的良心》，为《老子》取的标题是《生命的大智慧》，为《庄子》取的标题是《哲学的天籁》，为《墨子》取的标题是《救世的苦行者》……这一些，对诸子百家而言，都相当贴切。

这些标题，是现代开启古代的钥匙，表现了编写者的今日情怀，并由此可想见书中的思路和语气。我感兴趣的还有以下这些标题：

《泽畔的悲歌》（楚辞）；

《帝王的镜子》（资治通鉴）；

《一位父亲的叮咛》（颜氏家训）；

《汉代财经大辩论》（盐铁论）；

《瓜棚下的怪谭》（聊斋志异）；

《文学的御花园》（文选）；

《袈裟里的故事》（高僧传）；

《净土上的风烟》（洛阳伽蓝记）；

……

仅举这些例子，大家也许已经能够感受到白话文的特殊魅力。在这些白话标题背后，我们可以想象孩子们惊喜的眼神。本来，他们的眼睛也许早已因那些太古老、太自守的书名而黯淡。

如果让古代仍然蜷缩在古代，或者封存在一个刻意营造的“伪古代”，那么，对话就停止了，张力就消失了，延伸就中断了。从这个意义上说，我认为，为青少年阐述古代经典，并不是大人对于小孩的恩惠，而恰恰是大人一种脱胎换骨的转型，而这种转型，有可能带来古老文化的整体转型。这就怪不得，在欧洲，一直有很多才高名显的现代权威，不惜放下身段来做“经典新写”的事情。

说了以上三个优点，这套书还给了我一种特别的“暗喜”。那就是，目前中国大陆传媒间掀起了一种低层次的“民国文化”崇拜，把兵荒马乱中某种初步的西学引进和临时的文教努力，当作了至高无上的楷模，在国际学术界闹了大笑话。好了，这套书的编写者，恰恰是几十年前台湾学术界的一些代表人物，多数是从大陆过去的，应该说是“民国文化”的直接继承者，应该最有资格评判“民国文化”了。但是，就连他们自己也承认：“民国以来，也有过整理国故的呼吁、读经运动的倡行”，“遗憾的是，时代的变动太大，现实的条件也差，少数提倡者的陈义过高，拙于宣导”，“使得历代经典的再生，和它的大众化，离了题，触了礁。”

那么，这套书也可以提醒大陆的读者，不要把民国以来的“文化触礁”，继续夸张为“波澜壮阔的文化碰撞”。不，触礁就是触礁，那种“波澜壮阔”并不一定是一件好事。新的航程，需要重新谋划，重新开启。

除了承认“触礁”的诚恳外，这套书的编写者还表现出了另一种诚恳，那就是肯定“这套书必然仍有不少缺点，不少无可避免的偏差或遗误”。为什么“必然”和“无可避免”？因为工程太大，经典太多，时间太远，而当代文化思维的变化又实在太快。为了写这篇序言，我认真翻阅了这套书中的部分内容，发觉其中的主要缺点，并不是“偏差或遗误”，而是功力。什么功力？那就是横跨古代文化和现代文化的思维功力和表达功力。以我看，这套书的编写者们对古典的讲解能力不错，但在古典和现代之间的共通内涵挖掘上还缺少足够的深度，而现代文字的表达也没有达到更高的水准。这就需要新一代的学人和作家来继续做这件事，因为这套书毕竟编写于三十多年前，已立草创之功，已开风气之先。

在这个问题上，我对大陆学人抱有更大的希望。大陆由于政治运动，曾经中断过对古典文化的亲近，但毕竟那是很早以前的事了。大陆在文化体量上的宏大气势，在风雨岁月中的深刻体验，在历史转型中的国际认知，有可能产生对中华文化更透彻的感悟。而且，由于人才的绝对数量十分惊人，那种能够融汇古今的文字杰作也容易期待。

那么，这套书，又成了一种殷切的期待和呼唤。

是为推荐。

二〇一二年十二月七日

出版的话

一个中国古典知识大众化的构想

◆ 高上秦

许多讨论或研究中国文化的学者，大概都承认一桩事实：中国文化的基调，是倾向于人间的，是关心人生，参与人生，反映人生的。我们的圣贤才智，历代著述，大多围绕着一个主题，治乱兴废与世道人心。无论是春秋战国的诸子哲学，汉魏各家的传经事业，韩柳欧苏的道德文章，程朱陆王的心性义理；无论是贵族屈原的忧患独叹，樵夫惠能的顿悟众生；无论是先民传唱的诗歌、戏曲，还是村里讲谈的平话、小说，都洋溢着那样强烈的平民性格、乡土芬芳，以及它那无所不备的人伦大爱。一种对平凡事物的尊敬，对社会家国的情怀，对苍生万物的期待，激荡交融，相互辉耀，缤纷灿烂地造就了中国——平易近人、博大久远的中国。

可是，生为这个文化的传承者——一个现代中国人，对于这样一个亲民爱人、胸怀天下的文明，这样一个塑造了我们、呵护了我们几千年的文化母体，可有多少认识？多少理解？又有多少接触的机会，把握的可能呢？

一般社会大众暂且不提，单说我们的莘莘学子、读书人，在受了十几年的现代教育以后，究竟读过几部历代的经典古籍？

了解几许先人的经验智慧？当年林语堂先生就曾感叹过，现在的大学毕业生，连“中国几种重要丛书都未曾见过”，遑论其他？

特别是近年以来，升学的压力，耗损了广大学子的精神、体力；西方文明的风行，导引了智识之士的思虑、习尚；电视、电影和一般大众媒体的普遍流行，更造成了一个官能文化当道，社会价值浮动的生活形态。美国学者雷文孙所说的当代世界是一个“没有围墙的博物馆”，固然使这一现象鲜明化，但真正的问题，却在于我们的根性尚未扎稳，就已目迷五色地跌入了传播学者所批评的“优势文化”的辐射圈内，失去了自我的特质与创造的能力。

何况，近代的中国还面对着内外双重的文化焦虑。自内在而言，白话文学运动固然开发了俚语俗言的活力，提升了大众文学的地位，觉悟到社会群体的知识参与力，却相对地减损了我们对中国古典知识的传承力。以往属于孩童启蒙的“小学”教育，属于读书人必备的“经学”常识，都在新式教育的推动下，变得无比艰涩与隔阂了。自外在而言，五四以来的西化怒潮，不断开展对西方经验的学习，对传统意识的批判，意气风发地营造了我们的时代感觉与世界精神，为我们的现代化打下了一定的基础，同时也疾风迅雨般冲刷着中国备受误解的文明，削弱了我们的文化认同与历史根源，使我们在现代化的整体架构上模糊了着力的点，漫漶了精神的面。

差不多八十年前，国际联合会教育考察团曾对我国教育作过一次深入的探访。在报告书中，一针见血地指出：欧洲力量的来源，经常是透过古代文明的再发现与新认识而达至，中国的教育也理当如此，才能真正发挥它的民族性与创造性。

事实上，现代的学术研究，也纷纷肯定了相似的论点。文化人类学所剖示的，每一个文化都有它的殊异性与持续性；知识社会学所探讨的，一个文化的强大背景与典范人物，常常是新一代创造者的“支援意识”的能源；而李约瑟更直截了当地说，除了科技以外，其他文化的成果是没有普遍性的。在这里，在我们回溯现代中国的种种内在、外在与现实的条件之余，中国文化风格的深透再造，中国古典知识的普遍传承，更成了炎黄子孙无可推卸的天职了。

《中国历代经典宝库》的编辑印行，就是这样一份反省与辨认的开展。

在中国传延千古的史实里，我们也都看到，每一次改朝换代或重大的社会变迁，都有许多沉潜会通的有心人站出来，颠沛造次，心志不移地汲汲于兴灭继绝的文化整理、传道解惑的知识普及——孔子的汇编古籍、有教无类，刘向的校理众书、编目提要，郑玄的博古知今、遍注群经；乃至于孔颖达的《五经正义》，朱熹的《四书集注》，王心斋的深入民众、乐学教育……他们或以个人的力量，或由政府的推动，分别为中国文化做了修旧起废、变通传承的伟大事业。

民国以来，也有过整理国故的呼吁、读经运动的倡行，商务印书馆更是曾经编选印行了相当数量、不同种类的古书今释语译。遗憾的是，时代的变动太大，现实的条件也差，少数提倡者的陈义过高，拙于宣导，以及若干出版物的偏于学术界或知识分子的需要……这一切，都使得历代经典的再生，和它的大众化，离了题，触了礁。

当我们着手于这项工作的时候，我们一方面感动于前人的努力，一方面也考虑了当前的需求，从过去疏漏了的若干问题开始，提出了我们这个中国古典知识大众化的构想与做法。

我们的基本态度是：中国的古典知识，应该而且必须为全民所共享。它们不是知识分子的专利，也不是少数学人的独宠，我们希望它能进入到大众的生活里去，也希望大众都能参与到这一文化传承的事业中来，何况，这些历代相传的经典，又有那么多的平民色彩，那么大的生活意义——说得更彻底些，这类经典，大部分还是平民大众自身的创造与表现。大家怎么能眼睁睁地放弃了这一古典宝藏的主权呢?

为此，我们邀请的每一位编撰人，除了文笔的流畅生动外，同时希望他能拥有古典的与现代的知识，并且是长期居住或成长于国内的专家、学者，对当前现实有适当的理解与同情。在此基础上，历代经典的重新编撰，方始具备了活泼明白、深入浅出、趣味化、生活化的蕴义。

毕竟，这是一种文化扎根的事业，扎根当然是愈早愈好。在最有吸收力、阅读力的年纪，在最能培养人生情趣和理想的时候，我们的读者朋友就能与这些清澈的智慧、广博的经验为友，接触到千古不朽的思考和创造，而我们所谓的“中国古典知识大众化”，才不会是一句口号。

这也意味着我们对编撰人写作态度的恳盼，以及我们对社会群体的邀请。但愿透过这样的方式，让中国的知识、中国的创作，能够回流反哺，回到每一个中国家庭里，使每一位具有中学程度以上的中华子民，都能喜爱它、阅读它。

我们深深明白中国文化的丰美，它的包容与广大，每一时代，每一情境，都有不同的创作与反省。它们或惊或叹，或悲或喜，或温柔敦厚，或鹏飞万里，虽然形式多端、要求有异，却丝毫无损于它们的完美与贡献。这也就确定了我们的选书原则：尽可能地多样化与典范化。像《四库全书》对佛典道藏的排斥，像历代经籍对戏曲小说的贬抑，甚至多数人都忽略了的中国的科技知识、经济探讨、敦煌遗墨，都是我们所不愿也不宜偏漏的。

就这样，我们在时代意义的需求、历史价值的肯定、多样内容的考虑下，从二十五万三千余册的古籍旧藏里，归纳综合，选择了目前呈现诸位面前的五十八部经典。这是我们开发中国古典知识能源的第一步，希望不久的将来，我们能继续跨出第二步、第三步……

我们之所以采用“经典”二字为这五十八部书的结集定名，一方面是依《说文解字》上说“经”是一种有条不紊的编织排列，《广韵》上说“典”是一种法、一种规则，它们的交织运作，正可以系统地演绎中国文化的风格面貌，给出我们日常行为的规范，生活的秩序，情感的条理。另一方面，也是采用了章太炎先生的说法，它们是“当代记述较多而常要翻阅的”一些书。我们相信，中国文化的恢弘壮丽，必须在这样的襟怀中才能有所把握。

与这个信念相表里，我们在这五十八部经典的编印上，不作分类也不予编号。对这套经典，我们是一体同尊的，改写以后也大都同样亲切可读，我们企冀于提供的，是一套比较完备的古典知识。无论是古代中国《七略四部》的编目，还是现代西方科技分类的正名，都已扭曲了它们的形象，阻碍了可能的欣赏，这就大大违反我们出版这套书的谛旨了。

但在另一种意义上，我们却分别为旧典赋予了新的书名，用现代的语言烘托原书的精神，增进读者对它的亲和力。当然，这也意味着它是一种新的解释，是我们以现代的编撰形式和生活现实来再认的古典。

也是在这种实质的，阅读的要求下，我们不得不对原书有所取舍，有所融会与变通。譬如，原典最大的《资治通鉴》，将近三百卷的皇皇巨著，本身就是一个雄伟的书中帝国，一般大众实难轻易地一窥堂奥。新版的《帝王的镜子》做了钩玄提要的梳理，形式也类同袁枢《通鉴纪事本末》的体裁，把它作了故事性的改写，虽然字数浓缩了，却在不失原典题旨的照顾下，提供了一份非专业认知。其他的部分经典，也有类似的写法。这方面，欧美出版界倒有不少可供我们借鉴的例子。远的不谈，就以汤因比的《历史研究》来说，前六册出版了未及十年，索麦维尔就为它作了浓缩至六分之一的大众节本，畅销一时，并曾获得汤氏本人的大大赞赏。我们的做法虽不必尽同，但精神却是一致的。

再如原书最少的老子《道德经》，这部被美国学者蒲克明肯定为未来大同世界家喻户晓的一部书，短短五千言，我们却相对地扩充、阐释，完善成了十来万字的《生命的大智慧》。又如《左传》、《史记》、《战国策》等书，原有若干重叠的记述，经过编撰人的相互研讨，各有删节，避免了雷同繁复。由于历代经典的缤纷多彩，体裁富丽，笔路万殊，各编撰人曾有过集体的讨论，也有过个别的协调，分别做成了若干不同的体例原则，交互运用，以便充分发皇原典精神，又能照顾现实需要，为广大读者打出一把把迈入经典大门的钥匙。

无论如何，重新编写后的这套书，仍是每一位编撰者的心血结晶，知识成果。我们明白，经典的解释原有各种不同的学说流派，在重新编写的过程里，每一位编撰者的参酌采用，个人发挥，我们都寄予了最高的尊重。

除了经典的编撰改写以外，我们同时搜集了各种有关的文物图片千余帧，分别编入各书。在这些“文物选粹”中，也许更容易让我们一目了然地感知到中国：

那样朴素生动的陶的文化，刚健恢弘的铜的文化，温润高洁的玉的文化，细致优美的瓷的文化；那些刻写在竹简、丝帛上的历史，那些遗落在荒山、野地里的器物；那些随意笔动的书法，那文章，那绘画……正如浩瀚的中国历代经典一般，哪一样不足以惊天地而泣鬼神？哪一样不是先民们伟大想象与勤恳工作的结晶？看起来，它们是一幅幅独立存在的作品，一件件各自完整的文物，然而它们每一样都代表了中国，都焕发着中国文化绵延不尽的特质。它们也和这些经典的作者一样，是彼此相属、相生、相成的。

这套书，分别附上了原典或原典精华，不只是强调原典的不可或废，更在于牵引有心的读者，循序渐进，自浅而深。但愿我们的读者，在举一反三、触类旁通之余，能一层层走向原典，去作更高深的研究，缔造更丰沛的成果；上下古今，纵横万里，为中国文化传香火于天下。

是的，我们衷心希望，这套《中国历代经典宝库》的编印，将是一扇现代人开向古典的窗；是一声历史投给现代的呼唤；是一种关切与拥抱中国的开始；它也将是一盏盏文化的灯火，在漫漫书海中，照出一条知识的、远航的路。

也许，若干年后，今天这套书的读者里，也有人走入这一伟大的文化殿堂，与先圣先贤并肩论道，弦歌不辍，永世长青地开启着、建构着未来无数个世代的中国心灵！

历史在期待。

经典三问

——简体版编者前言

展现在你面前的这套书名曰《中国历代经典宝库》，乃是从二十五万三千余册的古籍旧藏里归纳综合，计得书五十八种，分别由五十多位著名专家、学者编撰。

这是台湾时报出版公司当年慨然以一社之力，不计成本，聘请一流专家撰写的一套传承中国古代经典文化的书。

我们认为，这套书中文简体版的隆重面世，回答了当今社会文化和民众教育中一个被疏落已久的大问题——“为什么读经典？读什么样的经典？怎样读经典？”

读圣贤书，所为何事？

这是南宋文天祥殉国之时的一句话。

文天祥的故事，中国人都熟悉得很，从民国时期的电影戏剧到现当代两岸的蒙童教本，都构筑了这样的记忆：文丞相是光荣的，可佩的，甚至对男儿来说：那一份忠勇和慷慨也是人性魅力的一个要件。吾土吾民——国格，人格，性格，与骨子里的圣贤书缘是有关系的。

《易经》上说，天地之大德曰生，什么意思呢？就是人活着，最可贵的莫过于生命了。可是文天祥读了圣贤书，却觉得奉行圣贤书里头的道理，比生命还可贵。那么他是不是读错了书了？怎么这么笨？现代的人大可以说，那就投降呗，投降了之后，还想抗元的话，再背叛就是了。

我们这么聪明的现代人，读着古人的书，总是不期然地生出种种的假设来，有时候明知道是最没有道理的假设，也忍不住去想，去叹息，去伤感，去鼓舞，去开心颜了——一个足堪讽刺的现实是：连“圣贤书”这样一个名词，在社会记忆中都成为执拗、泥古、不合时宜的代名词了。

好吧，这会儿，我们来盘点一下文天祥先生读过的是哪些圣贤书——那自然是《论语》、《孟子》、《大学》和《中庸》合称的四书，再加上以《诗经》、《尚书》、《礼记》、《周易》、《春秋》这五本合称的五经了。

这些书，是中国人经典中的元典，一切文化源头，在这些书里，古人自信可以寻见修身齐家的本事，治国平天下的才能。

关于“四书五经”，几个当代中国人能爽利地答出来？其实，这不仅是内地老学人老教工的担忧，也是台湾教育界存在的忧愤，当年报章上关于留美博士连一封普通家信都写不好的披示，这不仅关乎一个语文水平问题了，而是吾土吾民文化滋养文化性格的标符、集纳。中国人之所以成为中国人，陈立夫先生当年之所以强调海峡两岸有了文化共识之后再谈其他，就是植根于此。

在中国历史上，作为正统主流的儒家文化，其实一直也面临其他文化的冲击和融合。最大的冲击发生在一百多年前，西学东渐，传统文化面临千载之巨变，如何调适其间，各家意见纷呈，其间曲折不容细言。然百年之后，大家模模糊糊明白了：一味破除传统迎不来现代，还当追根溯源，方可展望前路，并蓄兼收。忘却自己的主体性，便会如古人所言“散漫而无所归依”。

杜维明曾说，在世界的经济和政治全球一体化的过程中，文化却呈现出多元化。中国当然要走向世界，走向现代，但这是一条自我丰满充盈、吸纳扬弃的道路，而不是抛弃自我之路。

如果要更好地吸收世界文明的精髓，我们必须要弄清自己的底子和体质。传统与现代不是二元对立的存在，而是一体之两面，今天年轻的一代要真正的成长——人格的完善，心灵的成长，从传统经典中学习是必不可少的路径。

那么，这样的问题是否很好回答：为什么要读经典？

在现代化、全球化甚至不能回避的文化冲突中，解决“之所以成为中国人”的问题，是否过于危言耸听？正如余秋雨序言中所说：“……另一种中华文化，有那么丰富的人生故事，有那么精彩的绘声绘色，有那么有趣的奇想异设。当然也有哲理，但那些哲理又是那么自由、多元，任凭取舍、选择、评判。人们从这种文化中看到的，是一种完整的人生实践，组合成一种刚健恢宏又温文尔雅的生命交响乐。这样的文化，充满生动的质感，也容易让大家了解真正的‘中国人’是什么样的。”

国学大师钱穆先生曾有言“今人率言‘革新’，然革新固当知旧。”（《国史大纲》）对现代人来说，缺乏的不是通常人们所认为的“革新力量”，而是恰恰相反的“知旧”，也即是对传统的了解。

北宋大儒张横渠更有言：为天地立心，为生民立命，为往圣继绝学，为万世开太平。

中国人就是这样的自负，但凡几个人、一张桌子、一杯茶下来，谈论的，莫非是经天纬地的大事。就是今天微博时代了，刷起屏来，评点天下大势，一个个都仿佛可以牵引时代。

然而仅仅是读这样的书，读这些大气的书，读得太多了，也会让中国人面目可憎，变得那么的无趣。

那么，是按照老路去读经典吗？

不难理解，中国人为什么那么喜欢四书五经，却又那么厌恶那些钻进了四书五经里头出不来的儒生们。

以白话文对历史经典重新撰写，不难，也难，也大难。

超强译者阵容，反复锤炼的信达雅之译文，使得大难之事变得不难了，使得现代人有了一扇开向古典的窗；这是一声历史给予现代的呼唤；脱化，关照现实，照应了年轻读者的心理现实，不是投机，不是迎合，而是美学的重振，是认清了现代化大趋势的明智疏通。这样，才规避了古代书生“白发雕虫”的悲剧。才使得这样一套书不仅行销台湾三十多年，而且润泽海外华人圈子。

当然，传统文化其实是活在当时人的不断阐释解析之中的，而如何对中国传统文化进行现代的阐释，也是问题的关键，这一套丛书编撰于三十多年前的台湾，他们切身经历了传统与现代的碰触，并对二者如何接轨进行了深刻的思考，他们的文化探索是宝贵的经验，对今天的大陆读者有积极的借鉴意义。

读什么样的经典？

在中国经典里头的另一路，是梦蝶的庄生，是深情的屈原。

庄生可以为你讲超越三维空间的神话，讲让你为之晕倒的白马非马的诡辩，讲得让你以为懂的日常经验突然一席之间全不懂了。

屈原可以安抚你无法盛放的家国情怀，可以慰藉你再也回不去的青春，可以勾起你上穷碧落下黄泉的相思。

有了庄子和屈原导夫先路，中国人开始学会了如何谈情谈性谈心。

心之为物，虽然拘束于一身之内，却是深思则穷八荒之玄通。

正如中国的嘴下，没有什么是不可以成为食材的。在中国人的心中，是那么的多情深情，是没有一样情感不被描摹被书写的。

在《诗经》里头，在唐诗宋词里头，在《三国》《红楼》里头。我们既能听见人间最豪迈的大丈夫的怒吼，也能听见世间最婉约的女性的嘤咛。

是的，要在、也唯有在中国的经典里读懂中国。

一本本地去翻开了，这五千年，在苍茫的东亚大地上，中国人的面目就渐渐地清晰了。中国人就这样一代又一代地热烈又乐观、深沉又执著地开拓这个全新而未知的世界。

这五千年，就借着这些经典，祖祖辈辈的遗产就这么无私大度地交到了我们的手上。

为什么四大文明之中，唯有中国文明一脉生生不息，硕果仅存？这奥秘这答案，自然唯有从中国的经典里头去寻见。

在这个不安定的世界里头，即便是最近的十年，这世界发生了太多太多的事情了，911事件、阿富汗战争，萨达姆、卡扎菲的垮台，2008年延续至今的世界金融危机。

这么不安的天下大势之中，一向雌伏的中国又在这时候崛起了。

世界如何能安一个如许大的中国，中国人又将如何自安于这个世界。

这奥秘这答案，依旧唯有从中国的经典里头去寻见。因为中国人与东亚与世界实实在在的已经相安了五千年。

这本事，是地球人，都不得不佩服。

同样的，这也是台湾的同胞一种关切与拥抱中国的开始。

它也将是一盏文化的灯火，从不遥远的海峡对岸传递过来，在漫漫书海中，照出一条知识的、远航的路。

读吧，相信每一个读者，都能借由这套书，在不安定的世界里头找到了心安。

是为前言。

二〇一三年二月

中国历代经典宝库

致读者书

裴溥言

亲爱的朋友：

《诗经》是我国古老的一本诗歌集，它是两千五六百年以前的作品，文字古奥，不易了解。而在这本选读里，我是用深入浅出的方法来介绍给普通大众读者的。

原书一共有三百零五篇，由于篇幅的限制，只能介绍其中的一部分，计：《国风》一百六十篇中选六十八篇，《小雅》七十四篇选十五，《大雅》三十一篇选五，《周颂》三十一篇选五，《鲁颂》四篇选一，《商颂》五篇选一。总共是九十五篇。其中按比例说，《大雅》选的比较少，因为《大雅》中想介绍的几乎都是长篇巨制，介绍起来所占篇幅太多而影响其他诗篇的选录，因而只好割爱了。

《诗经》虽属诗歌，但其中牵涉到历史事件的诗篇不少，所以在介绍这些诗篇时，不得不叙述一下有关该诗的史事。不过所选讲的，多偏于趣味性、教育性。即使所写的是坏事情的诗篇，但因它的出发点是在讽刺，让人读了知道有所警戒，所以在本书中也予以选录介绍。

虽然本书所选还不到原书的三分之一，但读了它，已经可以使我们体会到那时人们的生活概况，可以让我们知道先民的奋斗精神，以及被迫而发动的那些神圣的保卫战的浩大场面。他们的感情，会引起我们的共鸣，他们的精神，会给我们莫大的鼓舞，而增加我们的民族自尊心和自信心。所以所选篇数虽然不多，却已经代表了全部《诗经》的精神了。

目录

前言 /033

《国风》之六十八篇

一、《周南》八篇

关　雎 /044

葛　覃 /052

卷　耳 /055

螽　斯 /061

桃　夭 /064

兔　罝 /067

芣　苢 /069

汉　广 /072

二、《召南》八篇

鹊　巢 /076

采　蘋 / 079

甘　棠 / 082

羔　羊 / 085

摽有梅 / 087

小　星 / 090

江有汜 / 093

驺　虞 / 096

三、《邶风》七篇

柏　舟 / 098

凯　风 / 104

匏有苦叶 / 107

谷　风 / 111

静　女 / 120

新　台 / 123

二子乘舟 / 126

四、《墉风》四篇

柏　舟 / 130

桑　中 / 132
相　鼠 / 140
载　驰 / 142

五、《卫风》四篇
淇　奥 / 148
硕　人 / 153
氓 / 159
伯　兮 / 169

六、《王风》四篇
扬之水 / 173
兔　爰 / 177
葛　藟 / 180
采　葛 / 182

七、《郑风》八篇
缁　衣 / 185
将仲子 / 187

目录

萚　兮 / 191

褰　裳 / 192

东门之墠 / 194

风　雨 / 196

出其东门 / 198

溱　洧 / 201

八、《齐风》四篇

卢　令 / 204

还 / 206

东方未明 / 208

南　山 / 213

九、《魏风》二篇

伐　檀 / 220

硕　鼠 / 223

十、《唐风》三篇

蟋　蟀 / 227

扬之水 / 231

葛　生 / 234

十一、《秦风》四篇

蒹　葭 / 238

黄　鸟 / 241

无　衣 / 245

权　舆 / 249

十二、《陈风》七篇

宛　丘 / 251

东门之枌 / 253

衡　门 / 255

东门之池 / 258

东门之杨 / 261

月　出 / 263

株　林 / 266

十三、《桧风》一篇

隰有苌楚 / 271

十四、《曹风》一篇

候　人 / 274

十五、《豳风》三篇

七　月 / 278
鸱　鸮 / 289
东　山 / 294

《雅》之二十篇

一、《小雅》十五篇

鹿　鸣 / 302
常　棣 / 306
伐　木 / 311
采　薇 / 317
出　车 / 323

六　月 / 329
车　攻 / 335
我行其野 / 340
斯　干 / 343
无　羊 / 350
十月之交 / 353
蓼　莪 / 361
大　东 / 366
车　舝 / 373
宾之初筵 / 378

二、《大雅》五篇

文　王 / 387
生　民 / 395
公　刘 / 404
烝　民 / 412
常　武 / 419

目录

《颂》之七篇

一、《周颂》五篇

清 庙 / 428

思 文 / 431

振 鹭 / 432

有 瞽 / 434

武 / 437

二、《鲁颂》一篇

有 駜 / 439

三、《商颂》一篇

玄 鸟 / 443

前　言

诗歌的起源

诗歌的起源很早，人类还没有文字的时代，已有歌谣。甚至只有简单的语言，就已有歌谣产生。我们知道，一个人在快乐的兴头上，或者悲伤的时候，常愿意将自己的心情发泄出来，去告诉别人或自言自语地说出来。觉得用说话表达还不够，便会用唱歌的方式来代替。所以唱起歌来有雀跃欢呼的叫声，也会有长吁短叹的哭诉。同样的歌词，把它一遍又一遍地唱，所谓一唱三叹，也会使人回肠荡气。觉得一唱三叹还不够，便就手也舞起来，脚也蹈起来了，这样才觉尽兴。而别人被歌声吸引，也会跟着唱和起来，于是互相传唱，便成为流行的歌谣。遇到节日来临，大家聚在一起酬神作乐，唱歌的机会更多，歌词的内容种类也跟着增多。这时一唱众和，或互相竞胜，也就格外热闹。相传葛天氏的歌儿八章，三个人唱，同时拿着牛尾挥动，踏着脚拍拍子（见《吕氏春秋·古乐》篇），似乎就是这种情景的追记，歌谣越唱越多，后来连骂人的歌，记事的歌，祝福的歌都有了，虽然没有文字的记录，却也留存在人们的记忆里。

歌谣发达了，就可不必自己创造，借现成的歌谣来为自己抒情，只要随时拣一首合适的来唱唱，也可消愁解闷。如果觉得有些句子不很合意，也可以删改或增添，来满足你自己，因此往往流行的歌谣中，有开头相同，接下去有不同歌词的发展；或者不同主题的歌，中间会冒出几句和别的歌相同的词句来。而定了型的歌，大多是经过众人修饰的，所以流传下来的歌谣，可说是“一人的机锋，多人的智慧”的集体创作。有了文字之后把这些歌谣记下来，就成了诗歌。

徒歌和乐歌

歌谣只要随口哼唱就行，这叫做徒歌。但也有用乐器伴奏着唱的，就叫做乐歌。徒歌也有节奏，手舞足蹈就是帮助节奏的，所以徒歌也会形成一定的腔调。可是乐歌节奏更规律化些。若把徒歌用乐器伴奏着唱，也就成为乐歌。只是它的字句或许要有若干的变更，以配合音乐的旋律。

我国在很早的时候，似乎就有了乐器。《礼记·明堂位》篇说的“土鼓土槌儿”（蒉桴）、“芦管儿”（苇钥），大约就是我们乐器的老祖宗。到《诗经》时代，有了用金、石、丝、竹、匏（葫芦壳）、土、革（皮）、木八种材料制成的钟（金）、磬（石）、琴瑟（丝）、箫管钥（竹）、笙（匏，用竹管排列在匏内）、埙缶（土）、鼓（革）、柷、敔（木）等十多种乐器，可说已是洋洋大观了。

歌谣本来以表情为主，只要翻来覆去地将情表到位就行，用不着多费言辞。所以徒歌的节奏主要在乎重叠或者说是回环，叠咏就成为歌谣的特质。字数的整齐，韵脚的协调，似乎是进一步发展出来的，有了这些之后，叠咏才在诗歌里失去重要的地位。

最早的诗歌

前面说过，用文字记录下来的歌谣就是诗歌。《诗经》里的《国风》，就是周代记录下来各地的歌谣。《诗经》辑集的周代歌谣达一百六十篇之多，超过了全部《诗经》三百零五篇的半数，成为《诗经》组成的主要部分，其他《雅》、《颂》两部分篇数的合计，还不及《国风》歌谣这一类为多。《诗经》是我国最早的一部诗歌总集，因此这一百六十篇周代的歌谣，也成为我国歌谣可靠的最早的正式辑录，极为宝贵。周代以前的歌谣，虽也有零星的追记，但可靠的很少，有许多已是后人的臆造了。

十五《国风》

《诗经》里的《风》诗（歌谣）一百六十篇，分属于十五个地区，称为十五国风。十五国风的名称，依照排列先后的次序及其篇数是:（1）《周南》十一篇；（2）《召南》十四篇；（3）《邶风》十九篇；（4）《墉风》十篇；（5）《卫风》十篇；（6）《王风》十篇；（7）《郑风》二十一篇；（8）《齐风》十一篇；（9）《魏风》七篇；（10）《唐风》十篇；（11）《秦风》十篇；（12）《陈风》十篇；（13）《桧风》四篇；（14）《曹风》四篇；（15）《豳风》七篇。

这十五地区大多是国名，但《周南》、《召南》只是南方许多小国的总名称，《王风》又是东周王畿（最接近天子的千里以内的土地）的诗，都不是国名。邶、墉、卫虽原是三国，后来邶、墉成为卫国的领土，所以《邶风》、《墉风》的诗，也都是卫国的产品。而十五地区中也有同一地区的诗，因时间有先后，遂属于不同的单位，例如东周的王畿，西周时原为周南地区，所以东周时产于黄河边有“在河之浒”句的《王风·葛藟》篇和西周时也是产于黄河边有“在河之洲”的《周南·关雎》篇，实在是同一地区的诗。所以所谓十五《国风》，说是十五国家固然不符合，说是十五地区也还不正确，我们只可勉强说作十五单位而已。

十五《国风》地区分布的大概情形如下：

（1）周南、召南：是西周的南方地区，以现在河南省的陕县为界，陕县以东黄河南岸自洛阳向南延展，经淮河上游、汉水下游，南至长江，是《周南》诗篇产生的区域；陕县以西，向西延展到以终南山为主峰的秦岭地带，向西延展经汉水中游，南至长江，是《召南》诗篇的产生区域。

（2）邶、墉、卫：是以淇水为中心的殷商旧区，包括今河南省黄河以北之地，山东省西部及河北省若干地方。

（3）王：是东周王畿区域，即今河南省洛阳一带地区。

（4）桧、郑：桧在今河南省新郑，东周初年被郑所并吞。郑国于东周初年自陕西华县东迁，取号桧等十邑所新建，《郑风》即桧国旧地溱、洧二水一带的产品。

（5）齐：是周代最东滨海的大国，即今山东省东北之地。

（6）魏、唐：魏、唐都是西周初年所封姬姓之国，唐即晋。魏国的领土自汾水南至河曲，为今山西省西南一角地，唐本是现在山西省太原一带，后发展成大国，至东周春秋初年灭了魏国，将其地赐给大臣毕万。毕万的后代和韩、赵分晋，就成了战国时代七雄之一的魏国，而不是《诗经·魏风》的魏了。

（7）秦：西周时秦国本是附庸（附属于大国的一个小国），在今甘肃陇西县。平王东迁，秦襄公领兵护送，才封为诸侯，赐给西周原有的现今陕西西部一带的土地，至秦穆公而更强大。

（8）陈：周初武王所封，春秋末被楚所灭，其故都在今河南省淮阳，其领土为当今河南开封以东，南至安徽亳州一带。

（9）曹：周武王所封，春秋末年灭于宋，其故都在今山东定陶县，其领土为当今山东菏泽定陶一带。

（10）豳：周的旧都，豳城故地，在今陕西邠县。

这十五《国风》既然分为十五单位，我们当然也可比较出他们不同的风格来。例如西部地区的《秦风》，表现出了秦国人的尚武精神，也对用活人殉葬的坏风俗发出了惨痛的呼号。而东部地区的《齐风》，表现出齐国人酷爱田猎的风俗。但他们的田猎已不重武艺的锻炼，而趋于浮夸的一面。靠近南方的陈国，人民的风俗是喜欢歌舞。又如，同一地区东周的《王风》，多表现出乱离世界的哀痛，已不再有西周时《周南》诗篇的安乐气氛。同样，《魏风》在统治者剥削重敛之下，表现了民不聊生的怨愤与忧思。但魏国很早就并入晋国，而晋人所作《唐风》之中，就未见激烈攻击统治者的诗篇。可见同一地区的民情，也有先后的差异。这说明从歌谣中确是可以观察民风的。

古书中记载周天子用诗来观察民风的，有好几条：

（1）《礼记·王制》中说："天子五年一巡狩……命太师陈诗以观民风。"

（2）《国语·周语》中则说："为民者宣之使言，故天子听政，使公卿至于列士献诗。"

（3）《汉书·艺文志》也说："古有采诗之官，王者所以观风俗，知得失，自考正也。"

（4）《汉书·食货志》："孟春之月，群居者将散，行人振木铎行于路以采诗，献之太师，比其音律，以闻于天子。"

搜集诗歌的方法

周天子搜集诗歌的方法，有采诗、陈诗和列士献诗的不同路线。但列士献诗，大概以公卿大夫至于列士自作雅诗为多，而间接呈献各国民间流行的歌谣为少。太师所陈的诗歌，或者多民间采来的歌谣。但因民间采来的歌谣大多是徒歌，所以作为乐工头儿的太师就要“比其音律”，配上乐谱，改成乐歌，用乐器伴奏着，唱给天子听。照《仪礼》、《礼记》、《左传》等书的记载，所谓礼乐，周代的礼和乐是关联着的。“礼非乐不行，乐非礼不举”。各种典礼中都有乐歌的演唱。所以典礼中，除了在正式节目中演唱《周南》中的《关雎》、《葛覃》、《卷耳》等若干篇外，据近人考证，其余的百数十篇，都是用在余兴节目中演唱的，叫“无算乐”。所以春秋时各国在外交场合上，通行着赋诗（唱诗）的礼节，贵族们必须都能熟读《国风》诗篇，以备应用。当然，周天子所搜集各国的歌谣，不止现存《诗经》中的《国风》一百六十篇，其他不在礼乐中应用的就失传了。有很少数我们还可以在《诗经》以外的古书里发现，就被称为逸诗（没有被收在《诗经》中的诗）。

大、小雅和三颂

《诗经》共三百零五篇，除《风》诗一百六十篇外，还有《雅》诗一百零五篇，《颂》诗四十篇。

《雅》分大小，一般说来，普通宴会所用乐歌称《小雅》，正式朝会所用乐歌称《大雅》。所以《小雅》七十四篇中，有很多篇内容形式都和《国风》的歌谣相仿；而《大雅》三十一篇就严肃而整齐，也显得有些呆板了。

本来，十五国风，只是像朱子所说："风者，多出于里巷歌谣之作，男女相与咏歌，各言其情者也。"《诗集传·序》和公卿大夫所作的雅诗原则上是大异其趣的。风是宣泄男女私情的抒情诗歌，雅是发表国家公义的庙堂文学。但就现存的作品而言，不论是《国风》，还是《大雅》、《小雅》，其中都有很动人的社会诗在内。而《大雅》、《小雅》中可以把诗当历史来充实正史之不足的也不少。这些，都是《诗经》留给我们的宝贵作品。

《颂》分为周、鲁、商三颂，是配合着音乐舞蹈来歌唱的宗教诗。《周颂》是周天子的祭祀乐章，共三十一篇，大多是西周初年作品，简短而不协韵。但《鲁颂》四篇、《商颂》五篇的形式就和《周颂》很不相同，有些近似雅诗。内容也由祭祀祖先发展到颂扬当时的国君。《鲁颂》是东周春秋中叶鲁国（都城在今山东曲阜）僖公时诗；一向认为早于《周颂》，是商朝的祭祀乐章的《商颂》，经近人考证，知道也只是周朝时宋国（都城在今河南商丘）的诗。因为宋是商的后代，所以称《商颂》，诗中也有颂扬春秋时宋襄公的话。

《诗经》的时代和地域

《大雅》、《小雅》大部是西周作品，只有极少数几篇是东周初年作品。所以《诗经》三百零五篇，全是周朝的诗。最早记录的在西周初年，最迟产生的已在春秋五霸时代。所以全部《诗经》的时代，上下约五六百年。产生的地域，则以黄河流域为中心，南到长江北岸，分布在现在的甘肃、陕西、山西、山东、河北、河南、安徽、湖北等省境内。

孔子教《诗经》

孔子时代，《诗经》三百零五篇全是乐歌，孔子采为教导学生的教材，还是用琴瑟伴奏来歌唱的方式，称为弦歌。孔子传授的《诗》、《书》、《礼》、《乐》、《易》、《春秋》六艺，《诗》就是诗三百篇，《乐》就是这三百篇的音乐。后来三百篇的乐谱失传了，六艺只剩了五艺，也改称“五经”了。

春秋时代的赋诗言志

春秋时各国卿大夫的赋诗礼俗，往往只奏乐歌唱诗中一两章来表达他们的意思，这叫做“赋诗言志”，因为不管全诗本意，只截取一两章甚至一两句来应用，就叫做“断章取义”。汉朝解释《诗经》的儒生，就采取了断章取义，甚至断句取义的路线来给三百篇作传、笺（传是解释《诗经》本文的，等于批注；笺是解释传的，或记下自己另外的意见）。来强调《诗经》的教化作用，于是三百篇作诗的本意大多给湮没了。最有权威的是西汉毛公的《毛诗诂训传》（简称《毛传》）和东汉郑玄的《毛诗笺》（简称《郑笺》）便是这样。

《毛传》、《郑笺》和三家诗

《毛传》全称为《毛诗诂训传》，共三十卷。毛公有大小两人，大毛公毛亨，鲁国人；小毛公毛苌，赵国人。大毛公创始《诗经》的注解，传给小毛公，完成了《毛诗诂训传》。《郑笺》全称为《毛诗传笺》，全书共 23 卷。郑玄是东汉末年北海高密（今山东高密）人，他给《毛传》作笺，有时也采三家诗的解说。不过三家的解说在原则上也和《毛诗》差不多，都是以史证诗的，而以史证诗的观念最早具体表现在《诗序》里。

三家诗是：鲁国申培公的鲁诗，齐国辕固生的齐诗，燕国韩婴的韩诗。他们对于《诗经》的解说各有不同。不过后来都失传了，现在只剩了《韩诗外传》十卷，这外传并不是解释《诗经》的。

《诗序》

《毛诗》每篇前面有一段序文叫诗序。第一篇《关雎》的序特别长，是对于诗的总论，所以称之为大序，据说是孔子学生中传诗的子夏所写。其余各篇解说该诗主旨，只短短的几句，就称小序。小序又分前后两节，前节是一句断语，据说是毛公所写；后节是申述断语的，据说是东汉卫宏所写。而小序的作用，主要是用历史来证诗，把每篇诗都说成和历史有关系。

诗的六义

风、雅、颂、赋、比、兴，称为诗的六义。风雅颂是诗的分类；赋比兴是诗的作法。风雅颂前面已经介绍了，赋是直接叙述；比是比喻，兴是一个引子，所以朱熹说："赋者，敷陈其事而直言者之也。"（《诗集传·葛覃》篇）"比者，以彼物比此物也。"（《螽斯》篇）"兴者，先言他物以引起所咏之辞也。"（《关雎》篇）。

《毛诗正义》和朱熹《诗集传》

宋朝的朱熹是《诗经》学上的革命者。汉朝的《诗经》学本来是三家诗的天下，后来《毛传》、《郑笺》出来，就取代了三家诗的地位。到唐朝初年政府编纂《五经正义》，《诗经》方面，孔颖达采用《毛传》、《郑笺》给它作疏（疏解传、笺）而成《毛诗正义》，成为国定的《诗经》课本，也就是《十三经注疏》所采纳的本子。但到宋朝朱熹攻击毛诗小序的不当，用自己的见解另写了一部《诗集传》代替《毛诗正义》。从元代起，朱熹的书便成为学生自幼必读的了。以后明清两代，仍然是朱熹《诗集传》的天下，直到现在，还是有人喜欢读它。

《诗经》的今注今译

民国以来，大家觉得朱熹《诗集传》攻击小序的态度还不够彻底，而且他指郑、卫等风若干篇是淫诗也不当。就再加以研究，探求诗篇的本意，同时让读者更容易明白，就改用注音符号来注音，用浅近的现代语来作今注今译，这样的作品已经很多。

不过这本书，我现在于每篇分“原诗注释”（或“内容提示”）、“原诗注译”和“评解”三部分。预备让小学学生只读前两部分，中学生才加读较深的第三部分。初读时，或许会有困难，遇有困难，细加查考，大约仍可明白。如果仍不明白，可以跳过先读下一篇，这样全部读完，再从头读下去，也就可以了解得差不多了。

当然，《诗经》是难读的，而且一定要读原文。如果能得老师或父兄从旁指导来读，那就格外好了。

《国风》之六十八篇

《周南》 《召南》

《邶风》 《墉风》

《卫风》 《王风》

《郑风》 《齐风》

《魏风》 《唐风》

《秦风》 《陈风》

《桧风》 《曹风》

《豳风》

一、《周南》八篇

关 雎

【故事介绍】

西洋故事里，美女梦想的是白马王子的到来；而在我们中国古代周朝的时候，美女所梦想的，乃是高贵优雅的君子。周朝除天子称王外，各国国君，虽分公、侯、伯、子、男五等爵位，各依他们的封爵来称他们的国君。例如宋国是宋公，齐国是齐侯，郑国是郑伯，吴国是吴子，许国是许男。但习惯上各国国君都被尊称为公。因此，齐侯小白，被称为齐桓公，郑伯寤生，被称为郑庄公。而他们的儿子，都称公子，所以周朝故事中的人物多有名的公子，例如晋公子重耳，流亡在外十九年，到处留情，就三次娶到了年轻妻子。但《诗经》里的公子却不多，豳国的公子虽提过三次，还没形成故事（《诗经》里“王子”二字没有出现过），《诗经》里出现的顶多是君子。君子就是国君的儿子，而只要有官爵的贵族，也都被称为君子。

话说西周时代黄河岸上有一个成年的君子，他知书达理，能文善武，而且相貌堂堂，正称得上一表人才，他的父母要给他找一个漂亮的女子来成亲，许多媒人都来说亲，但他都央求父母，让他自己去找，等他看中意了，才报告父母，央媒前去说合。

于是他出外游历，去访求他心目中的美人儿，他经过西国，嫌西国的姑娘有些粗鲁；经过北国，又嫌北国的姑娘太刁悍；再去东国，东国的姑娘的确很秀丽了，只是人太矮小，最后他来到南国。南国的姑娘文文静静的，都出落得美丽大方。一天，他远远地听到了优雅的琴声，循声前行，走进了一座美丽的花园，透过掩映的花木，前面露出一片潋滟的水光，是一方清澈的池塘。池塘的对面，呈现着一座临水的楼台。楼台上正有一位淡妆的美女，倚栏而坐，左右侍立着两个丫鬟，原来琴声就是那位姑娘弹奏出来的，十分悠扬悦耳。听着，望着，这位君子着了迷，不知暮色笼罩下来，楼上已掌灯，他才摸黑离去，却不小心失足，扑通一声，跌落池塘。

楼上姑娘叫男仆把他救起，她父亲就要把他赶走，她却要求父亲和善待人，借衣裳给他把湿衣换掉，让他在客房过夜。

第二天早晨，他向她父亲告辞，顺便表明自己的身份并提出求婚的事。她父亲说："你的身份，我会调查清楚；你既然欣赏我女儿的琴艺，那么，可说是知音难逢，你就先在我家弹奏一曲再走吧！"一听这话，这位君子着了慌，偏偏他武艺高强，熟谙弓箭，不曾好好练琴，只好推说昨晚落水时扭伤了手腕，等以后再来献丑。回国后禀报父母，央媒去说亲，虽有显赫的身世，竟被婉拒了。

于是这位君子懊丧得寝食难安，犯起相思病来，做的梦也是追求她的情景，而她只是对他说："你不是我的知音。"于是他知道除非他把琴艺练精，这桩姻缘是不会成功的。他便觅得一面名贵的古琴，马上请名师指导，立志把琴瑟练好。这样早晚勤练，琴艺猛进，三个月工夫下来，居然能弹得得心应手，逐渐到达出神入化的境界，于是带一个琴童抱琴出发。他又来到南国，声称践约前来弹琴。南国姑娘的父亲，就在临水楼上设宴款待，请他表现琴艺。他伸指把古琴的琴弦轻拨，琴声就像凉风的吹拂，沁人心脾。顿时花园里鸦雀无声，静到听得见池边的流水淙淙，一会儿又听到南山上隐约的雷鸣，等到铿然一响，琴声终止，才知他弹的是《高山流水》之曲，刚才听到的淙淙水声和隐约雷鸣，只是他琴音的变化。于是满堂喝彩声，主人招呼他的女儿前来和他相见。他要求南国姑娘再为他弹琴，他愿用瑟来相和，而姑娘仍请他弹琴，自请以瑟和琴，两人就合奏了一曲琴瑟和鸣的《鸾凤曲》。于是他说："我既然已经和她琴瑟为友，不知可否娶她回去敲钟打鼓地让她快乐一番？"

这时原先的媒人也出现了，他说："还请老丈俯允。"姑娘的父亲含笑点头。于是一桩美满的婚姻终于成功。

于是南国的诗人便把这个故事，编成一个歌来给大家唱。这首歌就是《诗经》里《国风》的第一篇《周南·关雎》。

《关雎》的原文当时也是白话诗，但是经过了三千多年的光景，到现在已和我们的白话很不一样，就是读音也变了。而且当时的文物制度，礼俗习尚，和现在也不一样。所以我们若不加一番注释，还不容易完全明白。以下就是《关雎》篇的原文和音义的加注。每章之后，并附现在的白话译文。

【原诗注释】

关关雎鸠，

关关：雌鸟和雄鸟互相鸣叫的声音。

雎鸠（jū jiū）：一种也称鱼鹰的水鸟。

在河之洲。 河：指黄河。
洲：水中小于岛屿的陆地。

窈窕淑女， 美心曰窈，美容曰窕。
淑女：品德善良的女子。

君子好逑。 君子，本意是国君之子，转成有官爵贵族的通称，而且妇人称其夫亦为君子，和后世专指品德高尚者有别。
逑：配偶。

以上第一章，鸠、洲、逑三字押韵。

【今译】在那黄河的青草洲上，水鸟儿关关地雌雄和唱，听了使人想起那位秀外慧中的善良姑娘，正好是高贵优雅君子的理想对象！

参差荇菜， 参差，长短不齐的样子。
荇菜，一种茎叶，可食。浮在水面的水生植物。

左右流之。 将水左右流动着，使荇菜近身以便采摘。

窈窕淑女，

寤寐求之。 寤：醒。寐：睡着。
说不但醒时在追求她，就是睡着了梦中也在追求她。

求之不得，

寤寐思服。 思：没有意义的语词。服：想念。

悠哉悠哉， 悠：深长。哉：语助词，没有意义。

辗转反侧。 这句是说躺在床上翻来覆去，是形容夜里睡不着的情形。

以上第二章，前四句之字上一字流、求押韵；后四句得、服、侧三字押韵。

【今译】见到那参差不齐的荇菜，用手将水左右摆动着使它近身来；见到那位秀外慧中的善良姑娘啊，就寤寐不忘地去追求她。追求她不得门儿，就日日夜夜地想念她。夜漫漫啊夜漫漫，躺在床上翻来覆去啊好心烦！

参差荇菜，

左右采之。

窈窕淑女，

琴瑟友之。 琴：七弦乐器。

瑟：二十五弦乐器。

友：古音读以，动词，交朋友的意思，即增进友谊。

以上第三章，之字上的采、友两字押韵。

【今译】那参差不齐的水荇菜，左边右边地把它采，那位秀外慧中的善良姑娘啊，弹琴鼓瑟来和她增进友爱。

参差荇菜，

左右芼之。 芼：择取。或解为烧熟。那么这句是讲炒菜时把它左右搅动。

窈窕淑女，

钟鼓乐之。

以上第四章，之字上的芼、乐两字押韵。

【今译】那参差不齐的水荇菜，左翻右翻地把它炒起来。那位秀外慧中的善良姑娘啊，敲钟打鼓，快快乐乐地把她娶回来。

【评解】

我们看第一章的写作技巧，头两句是“关关雎鸠，在河之洲”，先是听到声音，然后由声音而发现地点，这样写比“河洲雎鸠，其鸣关关”要有情调多了。因为这位漫步在河边的公子哥儿，并不是有意来看雎鸠鸟的，雎鸠鸟的鸣叫，是他无意中听到的。听到声音，才看到水鸟，由水鸟的双双对对，才联想到自己的终身大事。后两句是错综的不平对句，平稳的对句应该是“淑女窈窕，君子好逑”，可是那样就显得平淡无味了。整篇诗的好处，全在这第一章的四句，如果我们能耐心地多读它几遍，自然就会体悟到其中充满一片和平之音。

第二章写水中荇菜的左右浮动，就像那女孩子的心，不可捉摸。越不可捉摸，越想追求。不过，如果一追求就成功，那也太没意思了。所以来一句“求之不得”，事情有了变化，笔调也就有了变化。这样才有曲折之美而不平淡呆板。本来爱情的路上是崎岖不平的，所谓好事多磨，更何况是这样一位内外俱美的姑娘，又哪能随便让人追求，又哪能轻易追求得到呢？所以只有日思夜想，满脑子都是那姑娘的影子，满脑子想着如何才能追求到她。于是白天就食不知味，无心做事；夜晚躺在床上翻来覆去，怎么也睡不着，越睡不着，越觉得自己对那姑娘思念的深长，更难熬那漫漫长夜，真是好苦啊！

忽然间，噢，有了，真是福至心灵，想到这样一位姑娘，一定要有同样高雅情趣的伴侣。于是在第三章就叙述弹琴鼓瑟以增进友谊的事。这样一来，才打动了那姑娘的芳心，好像那水中荇菜已采到了。两人既有共同的爱好，自然感情就进展得快了。

于是第四章说荇菜已择取下来了，他们的爱情也成熟了。于是快快乐乐地敲着钟打着鼓，热热闹闹地完成了他们的终身大事。因为有原先的追求之难，所以才有今天的得到之喜。而这位公子哥儿的快乐也就不言而喻了。但是当他追求不到时，并没有伤心到吐血病倒，甚至绝望自杀，这就是孔子所称赞的“哀而不伤”；而最后追求到了，也没有快乐到得意忘形，狂欢达旦，这就是孔子所称赞的“乐而不淫”（淫是过分的意思）。所以这篇诗所表现的男女恋爱的感情是正常而健康的。

这篇《关雎》是十五《国风》的第一篇，也是全部《诗经》三百零五篇的第一篇。为什么编诗的人把它放在第一篇呢？这是有原因的。正如前面所说，这篇诗所表现的男女恋爱的感情是正常而健康的。我们知道，家庭是社会组织的基本单位，而家庭的组成是由男女之结合为夫妇。而在我们中国所列的人际关系的五伦（君臣、父子、夫妇、兄弟、朋友）之中，以夫妇为人伦之始。也就是说其他四伦都是由夫妇所生的。有好的夫妇，才会有好的儿女；有好的儿女，才会有好的社会，好的国家。所以在五伦之中，夫妇一伦最为重要。因而在选择配偶时，要特别谨慎，婚姻不是儿戏。男女成家之后，就要有各种的义务和责任；要承先启后，要仰事（父母）俯蓄（妻子），要对家庭、对祖宗、对社会、对国家负起重大的责任来，不只是为了子孙的繁衍，更要促进社会的进化。社会的进化是靠五伦的正常维系，而夫妇为五伦之本，所以特别重要。魏文侯说：“官贫则思良妻，国乱则思良相。上承宗庙，下启子孙，如之何其可以苟，如之何其可不慎重以求之也！”选择一位好的终身伴侣，不只是你个人之福，更是国家之幸。所以编诗的人，就把《关雎》排在全部《诗经》的第一篇了。朋友们，当你选择你的另一半时，希望你好好想想这些话！

或者有人要问，我国古代婚姻是要凭“父母之命，媒妁之言”的，何以把自己追求情人的诗却放在第一篇？我们的答复是周代《诗经》里固然说“取（娶）妻如之何？匪（非）媒不得”（《齐风·南山》），做媒的手续是少不掉的，但不必一定要“父母之命”。自己找到对象，先报告了父母，获得父母的同意才行迎娶，是通行的礼俗，所以《齐风·南山》篇里只说：“取妻如之何？必告父母。”所以《诗经》时代的婚姻礼俗，其实是和现代相仿的，现代的婚礼，不过将媒人改称为介绍人罢了。

十五《国风》都是民歌，原先是在民间流传的，有些被搜集起来，经乐师们配上乐谱，应用在各种典礼中演唱。《关雎》就是其中最有名的一篇。民歌爱用“兴”来开头，这一篇开头的“关关雎鸠，在河之洲”两句，和以下两章开头的“参差荇菜，左右采之”两句，本来和故事无关，可以省去。但是唱起民歌来，就是偏爱先唱一两句没什么关系的景色来开一个头，来押一个韵，这就叫“兴”，是民歌的特色。可是你说它和以下的诗句没关系吧，又好像有一些关系，像雎鸠鸟的相互鸣叫，似乎可以为君子与淑女匹配作比；荇菜的采摘，也可与淑女的追求作比。而细想，还是若即若离的。这样说吧，兴句的妙处，就在若即若离；它的妙用，就在能触发出和以下诗句的联想作用来，你以为怎样？

十五《国风》都是有韵的诗，但上古时代的音韵，已经和唐诗不同，现在的国音，就连五声中第五声的入声都消失了。所以我们要读《诗经》原来的音已很难办到，这篇的用韵，不过是举一个例给大家知道一下。

葛 覃

【内容提示】

在从前，女孩子出嫁后是不能随便回娘家去的。所以一个嫁出去的女子，对于能够回娘家一趟，认为是件大事，也是最快乐的事。《葛覃》这一篇就是描写一个女子要归宁（回娘家）时的快乐心情。

【原诗注译】

葛之覃兮，	葛是草名，蔓生，茎细长，茎之纤维可织葛布。 覃是延长的意思。 兮是个语助词，没有意义。
施于中谷，	施：是拖拖拉拉的意思。 中谷，就是谷中，即山谷之中。
维叶萋萋。	萋萋是形容叶子茂盛的样子。
黄鸟于飞，	黄鸟是一种黄色的小鸟，鸣声很好听。 于飞是在飞。

集于灌木， 灌木是丛生矮小的树。

其鸣喈喈。 喈喈是鸟鸣和谐的声音。

【今译】葛藤拖拖拉拉地生长着啊，一直拖拉生长到山谷中去，叶子长得多茂盛啊！黄鸟儿正在空中飞来飞去，有时落到矮丛树上，唱出婉转悦耳的歌声，真是既好看又好听啊！

葛之覃兮，

施于中谷，

维叶莫莫。 维是发语词，没有意思。

莫莫是形容叶子很茂密的样子。

是刈是濩， 是，于是。刈是收割。濩是煮。

葛藤收割后加以煮过，才能剥下外皮来织葛布。

为絺为绤， 为是织成。絺(chī)是细的葛布。绤(xì)是粗的葛布。

服之无斁。 服之是穿在身上。斁是厌恶。无斁是不厌恶。

【今译】葛藤拖拖拉拉地生长呀，一直拖拉生长到山谷中，叶子长得密层层了。葛藤长得已够坚韧，于是把它收割把它煮，织成粗细的葛布。因为是经过自己的血汗和劳力做成的衣服，所以穿在身上不厌恶。

言告师氏， 言，语词，下同。

师氏，女师。古时有教女孩子的老师，如同后代的保姆。

言告言归。 告是禀告公婆和丈夫。

归：归宁，回娘家。

薄污我私， 薄是语词，下同。

污就是污垢的意思，在此作动词用就是洗去污垢。

私是平常穿的便服。

薄浣我衣。 浣是洗濯。衣是指礼服。

害浣害否， 害字的音和义同“何”字，即哪些该洗，哪些不必洗。

归宁父母。 归宁即回娘家向父母请安。

【今译】家事既然都做好了，就请保姆请示公婆和丈夫说我要回娘家去一趟，于是把平常穿的衣服和正式场合穿的礼服都洗干净；哪些该洗，哪些不必洗，都整理妥当，高高兴兴地回娘家去了。

【评解】

这虽然是一篇写归宁的诗，但一开头并不直接写归宁的事，而先写季节的变化，葛藤生长茂盛，黄鸟上下飞鸣，一片风光明媚的春天景象，不禁引起出嫁的女子思念亲人的情绪。啊！这样好的时光，多想回娘家去看看日夜思念的父母啊！可是又一想，不行啊，还有许多家事没做好呢！例如该织的葛布还没织好，该做的衣服还没做成，怎么敢就此一走了之呢？但是等到这些事情做好之后，还是不敢自作主张地就回娘家，还必须透过保姆请示公婆和丈夫。公婆丈夫都允准了，才敢整理私物；该洗的，该带的，一切处理妥当，才高高兴兴地回娘家去！

在这篇诗里，第一章写葛藤生长的情形，叶子茂盛拖拖拉拉，到处蔓生着，表现出了地面上的静态美。黄色的小鸟上下飞鸣，颜色既好看，歌声又好听，映出了空中的动态美和声音美。简单的几句，把物色、节候描写得宛然如画，真是一幅美丽的春深山野图啊！

第二章写这个女子的勤劳俭朴：对于葛藤，亲自割，亲自煮，然后亲自织成粗细的葛布，亲自做成衣服。穿在自己身上，真有一种志得意满的感觉。因为这衣服的完成，从对葛藤的割、煮、织、缝每个环节，曾花费了自己多少的心血和劳力，所以做好了穿在身上也就特别喜欢了。诗文写得多么朴厚典雅，真是一幅美好的耕织图啊！

最后一章表现出这个女子在工作完毕，妇功完成之后，就可以回娘家的愉悦心情。而在这诗中，我们看得出来，这个女子是非常勤俭的（刈葛、织布、做衣、洗裳），而且知道尊敬公婆和丈夫，对父母更有孝心，所以一诗之中，对这女子的“勤、俭、敬、孝”四种美德都写出来了。而且她并不恃贵而骄（她有保姆，可证她是贵族出身），更是难能可贵的。这些美德，是不是值得我们今日的女孩子们学习呢？

卷　耳

【内容提示】

一位妇人，丈夫出远门了，自己在家就日思夜想。为了排遣这种思念的心情，为了使自己在感觉上和丈夫更接近一些，于是就到野外去采卷耳。因为野外没有房屋的阻挡，可以一眼望到那遥远的地方。而在那遥远的地方，就有她丈夫的踪影。于是她干脆把装卷耳的筐子放在路边，不再采摘，一直望着那遥远的地方，和丈夫做心灵的沟通了。本来嘛，她到野外来的目的，并不真的是为了采卷耳呀！

【原诗注译】

采采卷耳，	采采意为采了又采。 卷耳：是一年生的一种草，茎和叶上都有细毛，叶作长卵形，对生无柄，嫩叶可吃。
不盈顷筐。	盈是满，不盈是不满。 顷是歪斜，顷筐是浅浅的斜口筐。
嗟我怀人，	嗟：叹词，表示叹气。 怀是思念，怀人即思念的人。
寘彼周行。	寘：音义同“置”，放置。 周行：大道。

【今译】采了又采地采卷耳，采了半天还没装满一只浅浅的斜口筐。唉！因为我一心想念我出门在外的人儿呀，干脆就把筐子放在路边不采了！

陟彼崔嵬，	陟是登上去。 崔嵬：形容山势很高的样子。
我马虺隤。	虺隤（huī tuí）是形容马病恹恹的样子。

我姑酌彼金罍。 姑：暂且。酌：倒酒。

金罍（léi）：用金属造的酒器，上面刻有云雷的形状。

维以不永怀。 维是发语词。

永怀是长久的思念。

【今译】这位妇人想象着她那远行的人儿，现在正攀登那崔嵬的高山，他一定已人疲马乏，无限感慨地说："我的马儿已累病啦，我也只好用金罍自饮，以酒浇愁，希望不至于老是想念家人，得到暂时的解脱吧！"

陟彼高岗，

我马玄黄。 玄黄也是形容马病的样子。马由于生病，身上的毛呈黑黄色。

我姑酌彼兕觥， 兕（sì）是一种野牛。觥（gōng）是酒杯。

兕觥就是用兕牛角做的酒杯。

维以不永伤。 伤是忧伤。不永伤就是不长久忧伤。

【今译】他又登上那高高的山岗，遥望着故乡说："我的马儿已累得毛色枯黄了，我只好用牛角杯喝喝酒，得到暂时的舒解，不至于长久为想家而忧伤呀！"

陟彼砠矣， 是土山上有大石块。

矣是语助词。

我马瘏矣！ 瘏也是病的意思。

我仆痡矣， 痡：生病。

云何吁矣！ 云何：如何。吁：和盱同音同义，是张目远望的意思。云何吁矣是说怎么睁大了眼睛也望不到（家乡）啊！

【今译】他又爬上那高高的土山，很失望地说：“我的马儿病倒啦，我的仆人也累坏啦，但关山万里，极目远望，哪儿是我的家乡呢？唉！只有徒叹奈何了！”

【评解】

在第一章，我们看，这位采卷耳的妇人，采了半天，竟连一个浅浅的斜口筐子都没装满，这是为什么呢？因为她来到野外的目的不是采卷耳，只是以采卷耳作为一个借口罢了，她又哪儿有什么采卷耳的心情呢！在这儿，我们注意，文学的写作技巧，在写感情写到好处的时候，不必把自己的感情通通抒写出来，而可以用旁的事物加以烘托，这叫做“烘云托月”法。就如同我们画图画，想画一个月亮时，不要死板板地画出一个月亮来，而是先把月亮周围的云画出来，空出月亮的位置，这样，等你把云画好之后，自然就有月亮出现了。这样的画法，不是更有情调吗？像这首诗写这位寂寞的妇人怀念她丈夫的心情，只说她怎样无心工作，虽然不必说出如何的相思，而我们已经体会到她的相思之苦了。

唐人张仲素的《春闺思》：“袅袅城边柳，青青陌上桑。提笼忘采叶，昨夜梦渔阳。”就是从这《卷耳》诗变化出来的。这诗的头两句是感到时令的变化，又是一个春天的来到，而远行的丈夫还不见归来。于是这位闺中人提着箩筐却忘记采桑叶，只因为昨夜梦到在渔阳服役的丈夫啊！这时又在回味昨夜甜蜜的梦境了，哪儿还记得自己来此的目的呢！到这时才真正体会到“悔教夫婿觅封侯”的滋味了。那么《卷耳》诗中的妇人为什么又把筐子放在大路上呢？因为她丈夫最初出门时，是经由这条大路走的。在大路的尽头，有她丈夫的踪影，她为了和丈夫的距离更近，获得彼此心灵的沟通，所以就站在这大路上，而箩筐也就放在大路上了。这条路，联结了两颗寂寞的心，也沟通了二人的相思之情。

于是下面三章，都是这位思妇想象她的征夫在外的艰苦生活，爬山越岭，思念家人的情形：想象他的马儿都累病了，仆人也累倒了，那么，做主人的他，其劳顿困苦的情形更不用说了。只好希望他喝喝酒，暂时消解一下他的疲困和乡愁吧！所以正当这思妇徘徊路边，荡气回肠的时候，也正是她的征夫策马盘旋，爬山越岭的时刻。两地相映，虽然处境不同，而思念的感情却是一样的。真是所谓“向天涯一样缠绵，各自飘零”啊！而最后一章，连用四个“矣”字，更表达出无限慨叹，无可奈何的忧思情绪。

本来，这篇诗的讲法很多，而我为什么采取这种讲法，就是说：第一章站在妇人的立场，后三章是妇人想象在外的丈夫如何困苦，如何想家的情形。因为这也是文学写作上一种很好的技巧。就是当你想念一个人时，不要老是说你如何想他，而也要从对方写说他如何想念你。说他如何想念你，就表明你是如何想念他。不过经过一番曲折的描写，文笔显得有变化，所表达的感情也比较深厚，而更能感动读者。像后来唐代杜甫的《月夜》诗：“今夜鄜州月，闺中只独看。遥怜小儿女，未解忆长安。……何时依虚幌，双照泪痕干？”杜甫在长安想念在鄜州的家人（妻子），却偏说他的妻子正在鄜州独自望月想念他。又如王维的《九月九日忆山东兄弟》诗中有两句："遥知兄弟登高处，遍插茱萸少一人。"是王维在想念他的兄弟，却说兄弟登高插茱萸发觉少了一个兄弟而想念他。宋代词人柳永的《八声甘州》，其中有两句"想佳人妆楼颙望，误几回天际识归舟"都是用这种从对方写的思念之情，可以说和本诗有异曲同工之妙。

《卷耳》是《国风·周南》的第三篇，我们可举作《诗经》赋体的例子来欣赏。

赋是平铺直叙，直陈其事的方法，不像兴诗的想说这事物而先将别的事物说一两句来开头的。《卷耳》要说女主人采卷耳不专心的事，一开头就写她把卷耳采了又采，只是采不满一只斜口筐。以下写她怀人，想象她男主人的路途艰辛，马疲仆病，也正在遥望家乡，饮酒解愁。连续四章，只是描写她一个人的事儿，也不用别的事物来做比喻。这就是最单纯的赋体。

用这个角度来看前一篇《葛覃》，也是赋体。《葛覃》篇第一、二两章都用"葛之覃兮，施于中谷"的景色来开头，和《关雎》篇第二、三四章的都用"参差荇菜，左右采之"开头有些相像。但再看下去，《葛覃》第一章全章写景，第二章接下去还是写葛，是写葛长成以后用来做成葛布的衣服了，第三章又进一步写女主人收拾好衣物要回娘家。原来全诗一路写来，只是归结到"归宁"这件事。所以这也是一篇单纯的赋体。不过两诗一篇是从这边女主人远远引到男主人那边去（《卷耳》），而另一篇是远远地从写葛长鸟飞的春景，引到葛成做衣的秋景，女主人归宁这一点来，手法不同而已。

周朝人在典礼中唱诗，习惯上连唱三篇为三终，乡饮酒礼中唱这民歌乡乐，就是连唱周南第一篇《关雎》，第二篇《葛覃》，和第三篇《卷耳》。但在政府官式宴会上，也连带唱些乡乐的，所以这三篇也被列入正式宴会的节目单中。

螽　斯

【内容提示】

《螽斯》是一篇祝福人家多子多孙的诗，螽斯多子，相传一产九十九子，所以诗人拿来和人的多子相比，祝颂他人丁的兴旺。

【原诗注译】

螽斯羽，　　螽斯是一种蝗属青色的飞虫，能用长腿擦翅出声，一次产卵极多，繁殖很快。

诜诜兮；　　诜诜（shēn），形容羽声的盛多。

宜尔子孙，

振振兮！　　振振：兴盛。

【今译】

（独唱）螽斯磨翅膀，
声音阵阵响；
（合唱）祝你子孙啊，
又多又像样！

螽斯羽，

薨薨兮； 薨薨（hōng），和诜诜的意思相似，形容声音的盛多。

宜尔子孙，

绳绳兮！ 绳绳，连续不绝的样子。

【今译】
（独唱）螽斯磨翅膀，
成群飞上天；
（合唱）祝你子孙啊，
绵绵永绵绵！

螽斯羽，

揖揖兮； 揖揖，也和诜诜的意思相似，形容声音的盛多。

宜尔子孙，

蛰蛰兮！ 蛰蛰：昌盛。

【今译】
（独唱）螽斯磨翅膀，
一齐飞拢来；
（合唱）祝你子孙啊，
昌盛一代代！

【评解】

《螽斯》是《周南》的第五篇，我们举作《诗经》比体的例子来欣赏。朱熹分《诗经》六义为三经三纬。三百零五篇的经文，分为风（十五国风）、雅（小雅、大雅）、颂（周、鲁、商三颂）三类，称三经；而作法可分赋、比、兴三体，用这三体来织成经文，所以称三纬（经是织布的直线，纬是织布的横线）。在他的《诗集传》里，他对赋、比、兴都下有简单的定义。他说："赋者，敷陈其事而直言之者也；比者，以彼物比此物也；兴者，先言他物以引起所咏之辞也。"意思就是说：赋是平铺直叙，比是用那物比喻这物，兴是先说别的来引起真正要说的事情。像这篇《螽斯》，并不是单纯地描写螽斯虫，直说它子孙的众多，试加体味，你可以知道，每章前两句描写螽斯繁盛，只是要用来和下两句祝福人的多子多孙做一个比喻。所以是用前两句的"彼物"来比后两句的"此物"。这样我们可以明白，这篇诗用比喻法的比体，而不是用直陈法的赋体。和《卷耳》篇确实只是从头到底描写一位主妇采卷耳时的所见、所闻、所作、所思的不同。《螽斯》三章，连续用螽斯作比三次，意义不变，仅将第一章中"诜诜"、"振振"两对协韵的叠字，在第二章中换上"薨薨"和"绳绳"，更在第三章换上"揖揖"和"蛰蛰"，讽诵起来便觉祝贺的情意格外浓重，而简单的音调，也就反而觉得韵味深厚，这是《国风》的特色之一。

但是兴义难明，朱子的定义虽下得很简单，以《关雎》为例，应该只是先说河洲的雎鸠，以引起所咏"窈窕淑女，君子好逑"两句话就是了。然而朱子自己就解成《关雎》篇为兴而兼比的诗了，就是说既是兴体也是比体。他说了许多雎鸠的德性来比淑女的"幽闲贞静之德”，于是弄得比兴难辨了。所以我这里只介绍你们知道赋、比、兴三纬的一个概念，作为常识来了解，而不做每篇的讨论。

当然，以后我还会特别举几篇来谈谈三纬，像《召南·小星》，就是兴体中最合朱子定义的一例；而《魏风·硕鼠》、《豳风·鸱鸮》，则是比体的“以彼物比此物”，而整篇中隐去此物不提的特例。

梁启超说“南”是一种合唱的音乐，我们知道祝贺的诗也多是在某种场合大家合唱的，所以我试着将此篇用白话译成民歌的合唱方式，来探索一下古代歌谣的唱法。

《庄子·天地》篇有华封人三祝的记载，那三祝形成我国“多福、多寿、多子孙”的三多观念。这《螽斯》篇，就是多子多孙观念表现于《诗经》中的作品。

桃　夭

【内容提示】

祝福一位出嫁的少女，不只是称赞她艳如桃花的外貌，更重要的是她出嫁后能和家人相处和睦；不只是预祝她婚后多子多孙繁衍家族，更重要的是要有内在的美德，才能建立幸福美满的家庭。这篇诗就是特别强调女子的内在美，能够“宜室宜家”的重要。

【原诗注译】

桃之夭夭， 夭夭是形容树木柔嫩茂盛的样子。

灼灼其华； 灼灼：鲜明的样子。

华：古花字。

之子于归， 之子：这个女子。女子出嫁叫归，于归是在出嫁。

宜其室家。

【今译】桃树长得柔嫩又茂盛，花儿开得好鲜明；这个女子出嫁了，祝她和家人相处乐融融。

桃之夭夭，

有蕡其实； 蕡（fén）是大的意思。有蕡是蕡然，很大。

实是指桃树结的桃子。

之子于归，

宜其家室。

【今译】桃树长得柔嫩又茂盛，大个的桃子结满枝；这个女子出嫁了，祝她和家人相处很和气。

桃之夭夭，

其叶蓁蓁； 蓁蓁是形容枝叶很茂密的样子。

之子于归，

宜其家人。

【今译】桃树长得柔嫩又茂盛，枝叶繁多密层层；这个女子出嫁了，祝她和家人相处乐融融。

【评解】

这诗的第一章先说少女之美正如鲜艳的桃花。“灼灼”两字真是让人有仿佛照眼欲明的感觉。本来少女不必特意化妆，就有一种天真自然之美。所以头两句，表面上是说的桃花，实际上我们已感觉到真正是在写那位充满一股青春气息的少女呀！但青春易逝，外表的美丽总是暂时的，最主要的是那永恒的，愈久愈纯的内在美德，所以祝她出嫁后要“宜其室家”。

后两章虽都仍然以“桃之夭夭”起兴，多子多孙，繁衍家族也是很重要的。所以预祝她将来能家族繁昌。而每章仍然结以“宜其家室”、“宜其家人”，可见“宜室宜家”的重要性。普通贺人嫁女，多是称赞男方家世如何显赫，女方陪嫁如何丰盛，而此诗却并不夸耀这些，所强调的是“宜室宜家”。但是要能“宜室宜家”却不是简单的事。在旧日的大家庭中，除了会做各种的家事女红之外，还要应付人事。而在人事之中，上有公婆，中有丈夫、大伯、小叔及小姑妯娌，下又有侄辈们，要在这样一个环境中，和大家相处和睦，应付自如，非有很好的修养、内在的美德不可。即使在今日，处理好小家庭也是同样的道理。所以此诗特别强调“宜室宜家”，《礼记·大学》引此诗说：“宜其家人，而后可以教国人。”所以一个“宜”字，把修身、齐家、治国之道，都包括在里面了。

本诗共分三章，每章四句，每句四字，是《诗经·国风》的基本形式。第一章写“花”，第二章写“实”，第三章写“叶”，意思三变，句法也三变，是《国风》常见的“渐层式”，即一层深似一层，或一层浅似一层。有的随着事情的进展而变化，有的是随着时令的转换而变化，也有的是随着感情的深浅而有所变化。此诗就是顺着桃树花、实、叶生长的次序而变化的，让我们读了觉得层层进展，井然有序。

兔　罝

【内容提示】

捕捉兔子，要有严密的兔网，且须把兔网钉牢，才能奏功。保卫国家，要有体格健壮，魁梧有力的武夫，才能卫国杀敌。《兔罝》就是一篇赞美武夫忠勇的好诗。

【原诗注译】

肃肃兔罝，

肃肃，整饬严密的样子。

兔罝（jū）：捕兔的网子。

椓之丁丁。

椓：击打木橛。

丁丁是击打木橛的声音。击打木橛好将兔网钉牢在地上。

赳赳武夫， 赳赳，气势昂扬很勇武的样子。

公侯干城。 公侯：指国君。

干即盾，打仗时用以护身的。

城：防御工事。干城都是用来保卫国家，防御敌人的。干城即捍卫的意思。

【今译】整饬严密的捕兔网，钉在地上铮铮响。那雄赳赳的武夫啊，能够卫国又御侮，真是国君的好干将啊！

肃肃兔罝，

施于中逵。 施是布置。

逵：有很多岔道的路，此指兔子所经过的道路。中逵即逵中。

赳赳武夫，

公侯好仇。 仇：伴侣。

【今译】整饬严密的捕兔网，布置在兔子经过的道路上。那雄赳赳的武夫啊，能够卫国又御侮，真是国君的好伴侣啊！

肃肃兔罝，

施于中林。 中林：林中。

赳赳武夫，

公侯腹心。 腹心：心腹，指最亲信的人。

【今译】整饬严密的捕兔网，布置在林中兔子经过的地方。那雄赳赳的武夫啊，能够卫国又御侮，真是国君最亲信的僚属啊！

【评解】

此诗三章意思差不多，结构简单，文字浅显，然而我们读了却油然生出一股忠勇卫国的情操。一开头“肃肃”二字就有一种严肃整饬的气氛，再加上形容武夫的“赳赳”二字，我们不禁想到那些雄赳赳、气昂昂的卫国战士。这些战士，不仅是国家的干将，而且是国君的好伙伴，可以为他参谋献计；不仅是国君的好伙伴，更是国君最亲信的僚属，他们忠心耿耿，与国君同心同德，共同为国。有这样的武夫，还有保不了的国家、打不败的敌人吗？而今日我们每年一批批受军训、服兵役的青年，正是将来的这样的武夫啊！

芣 苢

【内容提示】

妇女们三五成群在野外一边唱着歌，一边采车前子。因为车前子结的种子很多，古人认为妇女吃了可以多生儿子。所以她们一边采着，一边寄予无限的希望，不知不觉就采了很多，而充满了幸福喜悦的歌声也就洋溢在平原绿野间了。

【原诗注译】

采采芣苢，　　芣苢（fú yǐ），通常写作芣苡，植物名，即车前子。

薄言采之。　　薄言两字都是语助词，下同。

采采芣苢，

薄言有之。　　有之即有一些了。

【今译】采了又采车前子，大家一起来采它。采了又采车前子，一会儿采到一些了。

采采芣苢，

薄言掇之。　　掇是拾的意思，即把落在地上的拾起来。

采采芣苢，

薄言捋之。　　捋是稍微用力一点采。

【今译】采了又采车前子，掉在地上的拾起来。采了又采车前子，轻轻用力采下来。

采采芣苢，

薄言袺之。　　袺是用手拿着衣襟兜放所采得的车前子。

采采芣苢，

薄言襭之。　　襭是把衣襟系在腰间兜放所采得的车前子。

【今译】采了又采车前子，手提衣襟放起来。采了又采车前子，把衣襟系好兜起来。

【评解】

这是一篇结构简单而意味隽永的小诗。读了这诗，我们可以想象在风和日丽的日子，田家妇女三五成群，于平原绿野中以悠闲的心情，满怀着希望，一手提着衣襟，一手采着路边的车前草，重复回环地唱着单纯的歌曲，歌声袅袅，此起彼落，若远若近，忽断忽续。真是天籁自鸣，一片好音，是多么动人的一幅乡野图画呀！读了它，很容易让我们联想到法国名画家米勒的作品《拾穗》，但拾穗是为了充饥，而《芣苢》却是为了生子，在意义上自有现实与理想的不同，这诗的情调，很像乐府诗《江南可采莲》："江南可采莲，莲叶何田田。鱼戏莲叶间，鱼戏莲叶东，鱼戏莲叶西，鱼戏莲叶南，鱼戏莲叶北。"读起来似乎很平淡，但是细细玩味，却韵味无穷。因为是真情实景的描写，所以令人百读不厌，不失为千古绝唱。

我们知道，在从前，妇女生子与否是一件很重要的事情。一个出嫁的女子，如果不生儿子，就有被休回娘家的危险。所以妇女们总希望自己能多生儿子。儿子越多，自己在这家的地位越巩固，而也就认为越有福气。所以在大陆北方，布置新房时，要特别请一位多子的老太太为新人铺床，一边铺着，一边在床的四角塞上栗子和枣，同时念念有词地说着吉利话："一对栗子一对枣，一对丫头一对小儿"，预祝新婚夫妇要立（栗）子早（枣），即早生贵子，并且儿女双全，至少各有一对。

至于这诗的写作技巧，结构是国风的基本形式，情节也是渐层式的。对于车前子的动作，先说“采”，再说到“掇”、“捋”，最后说到“袺”、“襭”。由于采时越来越费力，采得的越来越多，所以采取及存放的动作也就有所不同了。这种渐层式的写法，更能描写客观事物的发展，而让读者也跟着她们的动作循序渐进，细细欣赏。

汉　广

【内容提示】

一个打柴的樵子，远远望见汉水对岸有位身手矫健的女子正在游泳，不禁对她产生了无限爱慕之情。可是想追求她，却是难之又难。只好退而求其次，只要能接近她，即使在她出嫁时为她做个马夫，也是心甘情愿的。然而就这点心愿，他能达到吗？请看这篇诗的答案吧！

【原诗注译】

南有乔木，　　南：泛指南方。

乔木：长得很高的树木。

不可休思。 因为乔木太高，枝叶遮阴太小，所以不能在它下面休息。

思是语尾助词，没有意义。下同。

汉有游女， 汉是汉水。

游女：游泳的女子。

不可求思。

汉之广矣， 广：宽，是指汉水水面太宽。

不可泳思；

江之永矣， 江是江水，东流和汉水相合。

永是长的意思。

不可方思。 方：筏子。

【今译】南方有高高的树木，却不能遮阴乘凉。好比那汉水边有游泳的女郎，想追求却追求不上。汉水的水面好宽广呀，要想游过去不可能；江水水流也很长呀，乘筏子渡过也别想！

翘翘错薪， 翘翘：众多的样子。

错：杂乱。

薪：柴薪。

言刈其楚。 言是发语词，无意义。

刈（yì）是割取。

楚：树名，即荆楚树。

之子于归，

言秣其马。 秣：用草料喂牛马。

马古音读母。

汉之广矣，

不可泳思；

江之永矣，

不可方思。

【今译】错杂的柴薪一大堆，偏要割取其中的荆楚树。天下女子多的是，偏偏喜欢那汉水的游女。一旦这女子出嫁去，我情愿给她做马夫，为的是能够接近她。可是汉水水面好宽广呀，要想游过去不可能；江水水流也很长呀，乘筏渡过也别想！

翘翘错薪，

言刈其蒌。 蒌：像芦苇一类的野草。

之子于归，

言秣其驹。 驹是小马。

汉之广矣，

不可泳思；

江之永矣，

不可方思。

【评解】

这是一篇樵唱的诗，非常有神韵。第一章先说树木本可遮阴乘凉的，然而乔木太高，树荫太小，就不能遮阴乘凉了。就好像这位游女本来可以追求的，但她却在遥远的对岸，汉水太宽，不能游过去；江水太长，不能用筏渡过去。这样一位高洁的游女，只因有这江汉之隔，可望而不可即，只好望着宽广的江汉徘徊，望着浩渺的烟波兴叹了。我们读着这三十二个字的诗句，就好像觉得有人在江汉之岸，举目望树颠，低头看水涯，不觉黯然魂销，徒叹奈何了！

第二章写这样一位鹤立鸡群的游女，正是我爱慕的对象，就像那错杂丛树中的荆楚树，就是我要选取砍伐的柴薪。然而既然得不到她，只好等她出嫁时为她做个马夫吧，那也可以聊且宽慰我的思慕之情啊！

第三章意思还是一样，只是为了押韵换几个字而已。

这诗的特点是每章的后四句完全一样，所谓一唱三叹，余音袅袅。如果每章前四句独唱，后四句合唱，更是饶有情趣。近世樵夫茶女的山歌互答不就是这种情调吗！

“个中翘楚”的成语就是从这诗的第二章来的。

二、《召南》八篇

鹊 巢

【内容提示】

周代各个不同姓的诸侯，常互相婚配。男方备车百辆前往迎娶，女方也有出车百辆来送亲的。这篇就是歌咏贵族婚礼中迎送行列车队盛大，来表示祝贺的诗。

【原诗注译】

维鹊有巢， 维：语词。

鹊：鸟名，即喜鹊，善筑巢，相传鹊每年十月后迁出原来的巢，鸠鸟就住进鹊的空巢去。

维鸠居之； 鸠：鸟名，性笨拙，不会做窠，住的是现成的鹊巢。

之子于归， 之子：这个人。

归：归宿，女子以嫁往夫家为她的归宿。

百两御之。 两：即辆，是说有一百辆车。

御：迎接。

【今译】鹊儿筑成了巢，斑鸠来居住；这个女子出嫁了，夫家百辆车子来迎娶。

维鹊有巢，

维鸠方之； 方：读为“放”，依靠，或理解为占有。

之子于归，

百两将之。 将：送。

【今译】鹊儿筑成了巢，斑鸠来占用；这个女子出嫁了，娘家百辆车子来护送。

维鹊有巢，

维鸠盈之；

之子于归，

百两成之。 成之：完成婚礼。

【今译】鹊儿筑成了巢，斑鸠占满没了空；这个女子出嫁了，婚礼用百辆车子来完成。

【评解】

周代婚礼，男女双方各出车百辆来迎送，车队的盛大，未免夸张。但也足以证明这诗所咏必是贵族婚嫁，而且双方都是诸侯之国，才能有如此排场。

“鹊巢鸠占（居）”，已成习惯应用的成语，但解诗的多说这是古人观察的疏忽。据今日动物学家的观察，斑鸠是不住喜鹊空巢的。只有杜鹃鸟是常将自己的蛋下在别种笨鸟的窠里，母笨鸟就把杜鹃蛋和自己下的蛋一起孵化，小鸟孵出来一起喂养。而小杜鹃长得快，力气大，它会把小笨鸟挤出鸟巢摔死，等到母笨鸟发现巢里所喂不是它的儿女时，小杜鹃也长大学会飞了。所以鸟类中“鹊巢鸠占（居）”是无稽之谈，笨鸟的养敌为患才是确有其事，“鹊巢鹃占”倒有此可能。而且诗中以鹊鸠异类为配偶，比喻得不恰当，所以不算好诗。然而我们知道孔子是很重视二南（《周南》、《召南》）的，他曾叮嘱他的儿子伯鱼，要先读《周南》、《召南》。《周南》的第一篇是《关雎》，《召南》的第一篇就是这《鹊巢》。《仪礼》也记载着乡饮酒和宴礼中都要唱《周南》中的《关雎》、《葛覃》、《卷耳》三篇，和《召南》中的《鹊巢》、《采蘩》、《采蘋》三篇。所以我还是要选出《鹊巢》来读一读，以增加你们对《诗经》方面的知识。

《仪礼》之所以规定在乡饮酒和宴礼中要唱二南的六篇诗，可说是重视组成家庭的夫妇一伦。《关雎》咏婚姻的选择，《鹊巢》咏婚礼的郑重，《葛覃》咏出嫁妇女的不忘父母，《卷耳》咏夫妇的互相关注，而《采蘩》、《采蘋》则都是咏祭祀的经过，以示一家人的慎终追远，不忘祖先，主妇也有她重要的职责。《周南》的三篇，我都已选读过。《召南》祭祀的两篇，我将再选《采蘋》做代表来读。

至于批评以鹊巢比夫妇的不当，那是将这篇兴诗看作比体来解的过错。毛公的《诗传》和朱子的《集传》，都标《鹊巢》为兴体，只是“先言他物以引起所咏之辞”，“或有见鸠居鹊之成巢者”，诗人就歌咏作为兴诗的开头而已，本来不必以鹊鸠比夫妇啊！宋人郑樵说得好：“凡兴者，所见在此，所得在彼；不可以事类推，不可以义理求。”如果能以事类推便是比了。

而且这诗虽很简单，婚礼的盛大，只夸张了车辆的众多，但只说“百两”，你试加想象，这婚礼的种种热闹，已不言可知。这是文章的“举一显全”的重点法。清人蒲松龄写《聊斋志异》最善运用这种重点法，他叙张诚的富盛只写了“人喧于堂，马腾于槽”八个字，而已给人富盛的深刻印象，真是最经济而又最见效的手法了。

采　蘋

【内容提示】

这是一篇歌咏南国大夫祭于宗庙的过程的诗。这种祭典，先派人在活水的涧滨，采集蘋藻等植物放在筥筐中携回，用一种大的锅子烹煮成菜，用三脚锅煮成羹汤，于是到祖庙里去向祖宗供祭。主妇坐在被祭的座位上扮尸（用活人代表祖先）来接受大家的拜祭。这位主妇刚巧是齐国嫁来的小女儿季姜（齐国姓姜，季是最小的），那是很荣耀的事，所以诗中特别提起。

【原诗注译】

于以采蘋？	于以：于何，于何处，或于何物。 是一种大水萍，其叶大如指头，面青背紫，四叶相合，中裂成一个“十”字，夏秋开小白花，故称白。
南涧之滨；	涧：两山中间的水。 滨：水边。
于以采藻？	藻：一种绿色的水草，可食。
于彼行潦。	行潦：沟渠中流动的水。

【今译】在哪儿采摘白蘋？在那南方溪涧的水滨。在哪儿捞取绿藻？在那有水流动的沟潦。

于以盛之？	盛：装在器物里叫盛。
维筐及筥；	维：语词，无义。 方形的竹器叫筐，圆形的叫筥。
于以湘之？	湘：烹煮。将肉或鱼与所采藻煮成祭祀用的羹汤。
维锜及釜。	锜：三只脚的锅子。 釜：没有脚的锅子。

【今译】采来盛在什么器具里？方形的竹筐和圆形的箩。用什么东西去烹煮？三脚锅子没脚的釜。

于以奠之？ 奠：祭奠、放置祭品。

宗室牖下。 宗室：祖庙、宗庙。
牖：窗。牖下：窗前。士大夫祭于宗庙，奠于窗下。下：古音读户。

谁其尸之？ 尸：被祭之主，古代祭祀用活人为尸，代享祭品，代受祭拜，后代才用祖宗的画像而废尸。

有齐季女。 齐，国名，古代国名上面常加以有字，如有虞，有夏等。古人兄弟姊妹常以孟(伯)仲、叔、季排行。季女即幺女，最小的女儿，齐国姓姜，其季女即称季姜。

【今译】在哪儿设供祭奠？在宗庙的窗前。是谁扮尸代受拜祭？是齐国嫁来的叫季姜的女子。

【评解】

此诗简单地叙述采集白蘋绿藻来祭祖的经过，缺乏生动的描写，但有悦耳的音调来吸引人。全诗从头到尾都用一问一答的方式来进行，建立了民谣对答歌唱的特有风格，更觉其灵活有致。至今流行的对答山歌以及小放牛的一人问一人答的唱法，承袭这一传统已三千多年而不衰。

《诗经》“于以”两字连用凡十一见，除《周颂·桓》篇：“于以四方，克定厥家。”不作问句用外，其余十次都出现在《国风》中，也都用作问句的发问词，意为“于何”，形成《国风》所用的成语。十次中，本篇五见，《召南·采蘩》四见：“于以采蘩？于沼之沚；于以用之？公侯之事。于以采蘩？于涧之中；于以用之？公侯之宫。”另一见是《邶风·击鼓》篇的“于以求之？于林之下。”也都是出现在一问一答的句式中，但在《小雅》诸篇中，则不用“于以”，而作“于何”（《十月之交》篇：“于何不臧？”《菀柳》篇：“于何其臻？”《正月》：“于何从禄？”），而《国风》中则没有“于何”出现过，这样说来，“于以”不但是《国风》所专用的成语，而且是召南等地的方言，和《小雅》的雅语是有分别的。

甘　棠

【故事介绍】

在周宣王时代，有一位很好的大臣召穆公名虎，人们称他为召伯。他在南国治理人民，有很好的政绩。譬如他为了不要劳动人民为他盖房屋，情愿在一棵甘棠树下搭个草棚，处理人民的诉讼案件，很受人民的爱戴。人民为感念他的恩德，所以就连他曾经舍息过的甘棠树也爱护备至，不忍攀折剪伐，因此流传了这一篇有名的《甘棠》诗。

【原诗注译】

蔽芾甘棠， 蔽芾（bì fèi）是形容树木枝叶茂盛覆盖的样子。

甘棠：棠梨树。

勿剪勿伐， 剪是剪去枝叶，伐是砍伐树干。

召伯所茇。 召伯是周武王所封召康公奭的后代召穆公，名虎，治国有德政，人民都很爱戴他。

茇（bá）：草棚。此处作动词用，即舍息在草棚中。

【今译】枝叶茂盛，婆娑覆盖的甘棠树啊，大家千万不要去剪毁砍伐它，因为召伯曾在它下面舍息过呀！

蔽芾甘棠，

勿剪勿败， 败是毁坏。

召伯所憩。 憩是休息。

【今译】枝叶茂盛，婆娑覆盖的甘棠树啊，大家千万不要去剪毁弄坏它，因为召伯曾在它下面休息过呀！

蔽芾甘棠，

勿剪勿拜， 拜是屈的意思，即把甘棠树攀拉弯曲。

召伯所说。 说：停息。

【今译】枝叶茂盛，婆娑覆盖的甘棠树啊，大家千万不要去剪毁攀屈它，因为召伯曾在它下面停息过呀！

【评解】

这篇诗以对甘棠树的爱护，表达对召伯的爱戴之情。看来三章意思似乎一样，然而同中却有异。第一章说对甘棠树不要剪毁它的枝叶，不要砍伐它的树干；第二章说不要剪毁它的枝叶，不要弄坏它的树干；第三章说不要剪毁它的枝叶，不要攀屈它的树干。我们看，警告人们对甘棠树的伤害动作，除对枝叶的剪毁每章一样外，对树干是“勿伐”、“勿败”、“勿拜”，一层浅似一层，也正表示人们对召伯的爱戴之情，一层深似一层。这也是用的渐层式的写法，每章先警告，再说出道理，以唤起人们的注意。三章三举召伯，更值得人们对爱护棵甘棠树的郑重其事，也显示出对召伯感恩戴德的深厚之情。甘棠树的浓荫密布，象征召伯的深仁厚泽；甘棠树的枝叶婆娑，宛然召伯的慈颜笑貌。人们对于召伯的感恩爱戴，对他所停息过的一棵树尚且如此，其他就可想而知了。这是由小见大的写法。后代人们恭维地方官吏也常用这个典故，以“甘棠遗爱”四个字称颂他。

羔　羊

【内容提示】

赞美文职官员退朝家居时的服饰打扮和他从容安适的生活情况。

【原诗注译】

羔羊之皮，　　丝制的饰羔羊，小羊。羔羊皮可制裘（皮袍子），是大夫家居时穿的。

素丝五紽；　　素丝：白色的丝线。

紽（tuó）：数，丝线的数目；五丝是一紽，素丝五紽是用白丝五紽作为羔裘的装饰品。

退食自公，　　退食：自办公室下班回家吃饭。

公：公署，即办公室。

委蛇委蛇。　　委蛇：迂曲行路。即形容走路时从容不迫，舒缓安详的样子。委蛇现在写作逶迤。

【今译】小羊皮袍身上穿，五素丝做装点。大夫下班回家去吃饭，走路安详又舒缓。

羔羊之革， 革：皮子。

素丝五緎； 緎（yù）：丝制的饰物，四紽曰紽。

委蛇委蛇，

自公退食。

【今译】羔羊皮袍穿在身，五緎素丝做点缀。大夫走路安详又舒缓，下班回家去吃饭。

羔羊之缝，

素丝五总； 总：丝制的饰物，四緎曰总。

委蛇委蛇，

退食自公。

【今译】羔羊皮袍有条缝，点缀着素丝有五总。大夫走路安详又舒缓，下班回家去吃饭。

【评解】

本诗三章意思相同，只是为换韵改了几个字。每章前两句表现大夫的身份，后两句写出大夫的风度。我们知道，作为政府的官员，一定要把公事办好，无亏职守，才能心安理得地回家吃饭，才能从容不迫地踱步消闲。此诗所写的就是这样一位尽忠职守，奉公守法，值得效法的好官员。

糜文开有一篇研究《诗经》形式的文章叫做《〈诗经〉的基

本形式及其变化》，他统计《诗经》三百零五篇，其中全诗三章的一百一十二篇，占了三分之一以上。而《诗经》的基本句式，是四字成句；基本章式是四句成章。所以像这篇《羔羊》的全篇三章，每章四句，每句四字，全诗四十八字的诗，就是《诗经》的基本形式。像《羔羊》这种合乎基本形式的，全《诗经》中共有三十篇，我们前面选读过的，就有《周南》的《桃夭》、《兔罝》、《芣苢》；《召南》的《鹊巢》、《采蘋》等篇。其他的形式，都从这基本形式变化出来。我们看这六篇诗，每章的句子都是大同小异的迭咏，每章只是为换韵改变几个字而已，这是《诗经》形式最显著的特色。

摽有梅

【内容提示】

古代女子的结婚年龄是十五岁到二十岁，如果过了这年龄还没嫁出去，就会被人耻笑看不起。所以那时的女子对于迟婚是非常恐惧的。这篇诗就是描写一个迟婚女子的焦急恐惧之情。

【原诗注译】

摽有梅，　　摽是打落下来。
有是语助词。
梅：梅子。

其实七兮！	实：是指梅树上结的果实（梅子）。
求我庶士，	庶：众多。 士：男士。
迨其吉兮！	迨：及早，趁着。 吉：好日子。

【今译】梅子熟透往下落，树上还有七成果！要向我求婚的众男士啊，趁着好日子快来吧！

摽有梅，

其实三兮！

求我庶士，

迨其今兮！

【今译】梅子熟透往下落，树上只有三成果！要向我求婚的众男士啊，趁着今天快来吧！

摽有梅，	
顷筐塈之！	顷筐即《卷耳》篇中提到的斜口筐。 塈：取。
求我庶士，	
迨其谓之！	谓之：告之，即告语。不必备礼，不必趁好日子，只要有向我求婚的一句话，我就跟你去，实在是迫不及待了。

【今译】梅子熟透往下落，一捡就捡一大箩！要向我求婚的众男士啊，只要有你一句话！

【评解】

这诗是以梅子的成熟情形，说明女子青春之易逝。第一章说梅子黄熟，已有三成落地，树上还剩七成，赶快及时来采摘吧！表示女子已到十五六岁的结婚年龄，要想求婚的男士们，赶快挑个好日子来娶我吧！真是“有花堪折直须折，莫待无花空折枝”啊！第二章说树上梅子只剩三成了，再不来采，就没梅可采了。表示女子已到十七八岁，要求婚的男士，不必等好日子了，只要备了礼就在今天快来吧！第三章写梅子都已熟透纷纷落地，树上一个也没有了，想采也采不到了，表示女子已二十来岁，超过结婚年龄，这可真叫人着急啊！所以要求婚的男士，只要有你一句话我就会跟你去。这个女子对于婚姻的焦急，溢于言表。而三章“迨其吉兮”、“迨其今兮”、“迨其谓之”，写这女子急于嫁出去的心情，一步紧似一步。后代类似的诗，像《古诗十九首》的“伤彼蕙兰花，含英扬光辉；过时而不采，将随秋草萎”是用象征手法写的，不如此诗之朴实。再如乐府诗的“门前一株枣，岁岁不知老；阿婆不嫁女，哪得孙儿抱？”“敕敕何力力，女子当窗织；不闻机杼声，只闻女叹息。问女何所思？问女何所忆？阿婆许嫁女，今年无消息！”以及“驱羊入谷，白羊在前；老女不嫁，踏地唤天！”又较此诗粗俗而急切，都不如此诗之质朴自然，可称为后世春思诗之祖。

青春是可贵的，男大当婚，女大当嫁。男女过时而不婚嫁，不是人生的常情、社会的常态。礼制的所以防范人，其作用还是在疏导人，有时还得变通办理来方便人。我国古代礼制，男子最迟三十当娶，女子最迟二十当嫁。婚姻大事，必须择吉备礼来办理，以示郑重。但逾龄未婚男女，就应放宽条件，通融办理，以促成其婚姻。所以周礼又规定，仲春之月（春天二月）令未婚男女相会，大家自由交往，可不必备礼而就成婚。即使没征得父母的同意，私奔也不禁止。这是周礼的变通办法以方便人处，《摽有梅》诗就是描写这种礼俗的。一个十五岁及笄的女子要出嫁，先是占卜选择吉日来办理；到二十岁时议婚，则可不必挑选好日子，议成就可举行婚礼；过了二十岁，就只要双方中意，说一声就算数，不备礼也无所谓了。

小　星

【内容提示】

小吏员出差，抱着行李，披星戴月地摸黑赶路，只有自叹命苦，而不怨天尤人，真是温厚之至！

【原诗注译】

嘒彼小星，　　嘒（huì）：微明的样子。

三五在东，

肃肃宵征； 肃肃：急速的样子。

宵征：夜间行路。

夙夜在公：

寔命不同！ 寔（shí）：即实字。

命：命运。

【今译】小小星儿微微亮，三颗五颗在东方。急急忙忙地赶黑路，早晚为了公事忙，只怪命运和人家不一样！

嘒彼小星，

维参与昴。 参和昴都是星的名字。昴古音读如留。

肃肃宵征；

抱衾与裯： 衾：被子。

裯：一种短内衣。

寔命不犹！ 犹：若。不犹，不若，即不如。

【今译】小小星儿微微亮，参星昴星在天上。急急忙忙地赶黑路，还得抱着内衣、被子跑，只怪命运不如人家好！

【评解】

此诗分两章，每章五句，每句四字，章法相当整齐。每章开头由天际三五颗发着微光的小星，说明天尚未亮，而身负任务的吏员已抱着行李上道奔波了。为什么有的人就不必这样辛苦劳碌呢？

那只能说自己的命不好，只好认命了。似怨而不怨，真是忠厚之至。

旧的说法，认为这是一篇描述姨太太的诗，直到现在一般人都还用“小星”作为“姨太太”的代名词。但是我们看诗的内容，实在看不出哪一点是描写姨太太。而且由“夙夜在公”一句，可知是写的劳碌奔波的小吏员自甘认命的诗确切无疑。

在《螽斯》篇，我已将朱子对赋比兴三纬的定义介绍给你们，并指出他解释《关雎》篇的兴已兼比意。他对这《小星》篇的说明，才认为是最单纯的兴。《小星》的第一章标“兴也”，并说是“因所见以起兴，其于义无所取，特取‘在东’‘在公’两字之相应耳”，是说作诗者因看见小星才引起他申诉宵征之苦，所以用“嘒彼小星，三五在东”两句起兴，别无他意，只是把“东”字和下面应句中的“公”、“同”两句押韵而已。《小星》第二章也标“兴也”，并说是“兴亦取与昴与裯二字相应”，是说兴句的“昴”字和应句中的“裯”字“犹”字押韵而已。他说“于义无所取”，是说小星的兴无兼比之义。

但是这样解释《小星》的兴义就行了吗？我发现仍是有问题的。因为毛公所作《诗经》的《毛传》，只标了一百十六篇的“兴”，不标赋、比，而这篇《小星》就不在一百十六篇之内。可见毛公认为《小星》篇不是兴体。现在我们试把它作为比体讲，固然讲不通，可是若作赋体讲，倒是非常合适。因为小星在天，正和下文“肃肃宵征”相应。写“宵征”从夜景小星写起，未尝不顺理成章啊！

所以，我们知道，诗虽有赋比兴三种的写法，但面对诗篇，你要确认哪是兴，哪是比，固然常有困惑；就是要辨别哪是兴，哪是赋，也不容易。更何况，一章之中还有赋比兴的混合应用呢！所以像清人方玉润所写的《诗经原始》，就干脆不标三纬。民国以来的著作，也只是把三纬介绍一下，并没逐篇标明，而把三纬的探讨，让专家去研究。

江有汜

【内容提示】

自己所爱的人儿，却嫁了别人。只希望她有朝一日能回心转意，回到他的怀抱。然而这希望最后却成了泡影，在无可奈何的情绪下，只好高声啸叫，发泄失恋的痛苦了。

【原诗注译】

江有汜，	汜是水流出去又流回原来的水道。
之子归，	之子：这女子。 归：于归，出嫁。
不我以；	以：与，共。共在一起。
不我以，	
其后也悔。	其：将来的意思。

【今译】江水流出又折回。这个女子出嫁了，不肯和我在一起；不肯和我在一起，将来必定会后悔。

江有渚， 渚，水中小洲，时隐时现有变化。

之子归，

不我与； 与：共同在一起。

不我与，

其后也处。 处是癙的假借字。癙是忧病的意思。

【今译】江中小洲时隐时现有变化。这个女子出嫁了，不肯和我在一起；不肯和我在一起，将来会忧愁而疾病缠身。

江有沱， 沱：江水的分支。

之子归，

不我过； 过：过访。

不我过，

其啸也歌。 啸：蹙口作声，如同吹口哨的样子。

【今译】江水流出有分支。这个女子出嫁了，不肯和我再过往；不肯和我再过往，我只有狂歌当哭好心伤。

【评解】

这篇诗写一个男子失恋的心理，真是入木三分，更合乎“哀而不伤”的道理。第一章以江水决口流出之后，绕了一些路，最后又折回原来的水道，希望那出嫁的女子，也能像这汜水一样，过些日子再回到他的怀抱，不然她会后悔的。第二章希望那出嫁的女子会像时隐时现有变化的江中小洲，有时会改变原意而来和他共处，否则那女子会因忧愁而生病。然而这一相情愿的想法，终于成了泡影，不能实现了，所以最后只好退而求其次。在第三章中就希望那出嫁的女子，能够来过访他，保持来往，也算有点故人之情，聊慰他的相思之苦。然而就这点愿望也不能达到。至此，不必再诅咒对方了，那是没有用的。只好反求诸已，想法自我解脱。而自我解脱的方法，并不是消极丧志或绝望自杀，而是在无可奈何的情景下只好以狂歌当哭来发泄失恋的痛苦之情。而这种痛苦，实在比自杀更为深沉。自杀能一了百了，这种痛苦却恰似一江春水向东流，永没完了啊！而他这种对失恋所持的态度，可以说是深于情懂得爱的做法。像乐府诗："悲歌可以当泣，远望可以当归。念思故乡，郁郁累累。欲归家无人，欲渡河无船，心思不能言，肠中车轮转。"所谓悲歌当泣，就是本诗的"其啸也歌"。这种痛苦是特别深沉的。

这诗的写作技巧也是渐层式的。描述对那女子的爱恨之情，先是咒她会后悔，继而咒她会忧病。而他自己先是对那女子寄予希望，渐而失望，终至绝望，一层深似一层，而他失恋的痛苦也一层深似一层！

《诗经》多叠字，例如《关雎》的"关关"，桃夭的"夭夭"；多叠词，例如《关雎》的"悠哉悠哉"，《羔羊》的"委蛇委蛇"；多叠韵，例如《关雎》的"窈窕"，《卷耳》的"崔嵬"；也多叠句，则如本篇第一章的"不我以，不我以"，第二章的"不我与，不我与"，第三章的"不我过，不我过"。叠字叠词叠韵，都使诗有音韵上的美妙，而叠句则有感情重复和转折的作用。

驺虞

【内容提示】

古时国君在城外有划定的林野专作打猎之用，这是老百姓不能去的地方。又设有专门管理里面鸟兽的官，叫驺虞。这诗就是歌咏国君春天去打猎，驺虞官负责尽职，很会驱赶鸟兽供国君射猎，是诗人对他称赞的诗。

【原诗注译】

彼茁者葭，　　茁：草生壮盛的样子。

葭：芦苇。

壹发五豝；　　壹发：猎车一次出发。

豝：母猪。

于嗟乎，　　于同吁，于嗟：叹美之声。

驺虞！　　驺虞：管理鸟兽的官。

【今译】那茁壮的芦苇一大片，猎车一出发就射中了五只大母猪。啊呀啊呀齐声赞，驺虞嗨！好能干！

彼茁者蓬，

壹发五豵； 豵：一岁的小猪。

于嗟乎，

驺虞！

【今译】那茁壮的蓬草长满地，猎车一出发就猎获了五只小猪。啊呀啊呀齐声赞，驺虞嗨！好能干！

【评解】

驺虞管理猎场园林的鸟兽，平时要防范有人进入偷袭，让鸟兽能够繁殖。国君来打猎时，先要布置好猎场的环境，把被猎的鸟兽驱逐到容易猎取的地方来。所以诗中描绘射猎者既在芦苇丛射杀了五豝，又在蓬草地上猎获了五豵，显得如此得心应手，是驺虞官很会处理的关系啊！

三、《邶风》七篇

柏　舟

【内容提示】

一位志气高洁，忠心耿耿的贤者，不肯随人俯仰，不肯和小人同流合污，结果就遭了小人的排挤侮辱。天下乌鸦一般黑，他在得不到任何人的谅解，没有任何人可以诉苦的忧闷情况下，就写下了这篇借以发泄他满腔愤懑之情的好诗。

【原诗注译】

泛彼柏舟，	泛是漂荡。 柏舟：用柏木做的船。
亦泛其流。	亦：语词，没意义。
耿耿不寐，	耿耿：忧伤不安。

不寐：睡不着。

如有隐忧； 隐忧：很深沉的忧愁。

微我无酒， 微：并不是。

以敖以游。 敖：同遨，出外游乐。

【今译】坚实的柏木船儿不用来运货，却任它闲着在水中漂泊。我好像有无限的忧愁，忧愁得心绪不安夜不成眠。不是我没酒浇愁，不是我不去遨游解忧，我的愁呀我的忧，又哪儿是饮酒遨游可以消解得了的啊！

我心匪鉴； 匪：同非，不是。下同。

鉴：镜子。

不可以茹。 茹：容纳。

亦有兄弟， 亦：语词。

不可以据。 据：依靠，不可以据即不可靠。

薄言往愬， 薄言：语词。

愬（sù）：同诉，告诉。

逢彼之怒。 逢：遇到，碰上。

【今译】我的心不是一面镜子，不可以让美丑好坏的人都照在里面。虽然有兄弟也不可靠，因为我去向他们诉苦，他们却对我生气厌恶。

我心匪石，

不可转也；

我心匪席，

不可卷也。

威仪棣棣， 威仪：风度容止。

棣棣：美好而熟练，即很有风度，很有修养的意思。

不可选也。 选：选择。

【今译】我的心不是块石头，不可转动它的呀！我的心不是张席子，不可卷拢它的呀！（意思是贤者意志坚定，绝不向恶势力低头改变气节。）我是有威仪有修养的，我有一定的原则，没有挑选的余地呀！

忧心悄悄， 悄悄：忧闷的样子。

愠于群小； 愠：生气。

觏闵既多， 觏（gòu）：遭遇。

闵：痛苦。

受侮不少。

静言思之， 言：语词。下同。

寤辟有摽。 寤（wù）：觉醒。

辟：拍打胸部。

有摽：即摽然，形容打击的声音，即啪啪地响。

【今译】我的忧愁好深沉，只因惹气了那些小人；我遭遇的痛苦很多，我蒙受的侮辱也不少。静静地想来又想去，猛然惊醒拍打胸膛泄愤恨！

日居月诸， 居、诸都是语助词，即喊太阳喊月亮的一种口气。

胡迭而微？ 胡：何，为什么。

迭：更替，轮流。

微：微暗不明。

心之忧矣，

如匪浣衣。 澣：洗濯。

静言思之，

不能奋飞！ 恨不能插翅高飞，是一种无可奈何的慨叹口气。

【今译】太阳呀月亮呀！为什么轮流着暗淡不发光呀？我内心的忧烦好难当，就像穿着从没洗过的衣裳。静静地思前又想后，恨不能插翅高飞到远方啊！

【评解】

《诗经》里有两篇《柏舟》，一在《邶风》，一在《墉风》。这一篇是在《邶风》中的。

第一章先用柏舟比喻贤者。我们知道，“岁寒，然后知松柏之后凋。”（乱世识忠臣的意思。）这位贤者就是后凋的松柏。然而柏舟本是用来载物，是有实际用处的，如今却让它漂荡在河流中毫无所用。

所谓“投闲置散，千古同叹”，一个有理想有抱负而又有才干的贤者，却被弃置不用，他内心的忧愁痛苦可想而知。头两句就表明这位贤者志坚如柏，忧深似水的高尚情操。饮酒本来可以消愁，遨游也可以解忧，然而他的愁，他的忧，却不是饮酒遨游可以消解的。因为他所忧的不是为个人，而是为国家。国家正是小人得势，好人遭殃，有心人看了这种情形，怎么不愁？怎么不忧？所以他这种愁，这种忧，是深沉的，是无尽的，而绝不是靠饮酒遨游就可以消解得了的呀！

第二章写贤者的高洁和寂寞。贤者明是非，辨善恶，志行高洁，不能容纳丝毫丑恶之物，不像一面镜子，好坏美丑的人都可照进里面。他只容纳好的美的，排拒那些坏的丑的。他虽然有兄弟，可是去向他们诉苦，也得不到他们的同情，反而骂他不识时务，自讨苦吃。于是这位贤者更增加了孤独寂寞之苦。

第三章写贤者的耿介不屈，意志坚决。他的心志不是块石头，不可以随便转动；也不是张席子，不可以任意卷拢。而他心志的坚固平直，却是超过石和席的。他做人有一定的原则，绝不因恶势力而改变自己的气节去和那些小人同流合污。本章最后一句中的“选”字，旧解“数算”讲成挑剔指责的意思。但本章第二、四两句，都是指贤者自己不可随便改变心志。所以这“不可选也”，也是指贤者自己为人处世有一定的原则，只有一种作风，没有其他可以选择的路子。如此讲法，才能和第二、四两句的意思一致，而全章的意思也才能贯通。

第四章写贤者遭逢病痛，蒙受侮辱的原因，在于得罪了那些小人。他静静地思前想后，越想越气、越想越不甘心，不觉猛然而起，拍打着胸膛，发泄他的愤恨之情。而“愠于群小”更是全诗画龙点睛的一句。因为他一切不幸的遭遇，全是由于“愠于群小”啊！“静言思之”和“寤辟有摽”二句一静一动，相对有神。而我们读着更有如见其人，如闻其声的感觉。

第五章写这位贤者在无可告诉之余，只好质问太阳月亮，为什么它们应该是光明的，但却轮流着暗淡无光？好比自己本来应该有机会施展抱负为国效力的，然而却被小人欺侮排挤，为什么？这是为什么呀？于是他内心的烦忧就如同天天穿着从没洗过的衣服一般，无时无刻不在痛苦难过中。他再三地沉思默想，总是无法解脱这种深沉的忧愤之情。忽然异想天开，想出“愿为双黄鹄，奋翅起高飞”的办法，恨不能插翅高飞，只有那样，才能远离这污浊的社会，才能摆脱那邪恶的群小。然而他能做到吗？于是他的痛苦达于极点，真是“沅湘流不尽，屈子怨何深”！我们看他的遭遇简直就是屈原的前身啊！而全诗自始至终充满了一种郁结不可解的深沉痛苦之情。他婉转申诉，悱恻欲绝，表现了高度的写作技巧。一部《离骚》全包括在这里面了，使我们读了，真是有“戚戚焉”之感而久久不能释怀。

郑玄（康成）是东汉末年的大学者，连家中的男仆女仆都要读《诗经》。一日，一丫头惹郑玄生气了，就罚她跪在庭院中的泥地上，另一丫头走来看到了就问她：“胡为乎泥中？”被罚跪的丫头答道：“薄言往愬，逢彼之怒。”问句是《式微》篇的句子，答话就是本篇的句子。两篇都在《邶风》中。

凯 风

【内容提示】

母亲的慈爱，伴随子女长大成人，正像那和煦的南风，把棘树的幼苗吹长成坚硬的柴薪。然而做母亲的已因操劳而满头白发，满面皱纹，子女们深自惭愧，自责没有很好的成就以安慰老娘的心。

【原诗注译】

凯风自南， 凯风：和煦的风。

吹彼棘心； 棘是丛生的矮小枣树。棘心指棘树刚长出来的幼芽。

棘心夭夭。 夭夭：幼嫩而美好的样子。

母氏劬劳！ 母氏：母亲。
劬（qú）劳：辛苦。

【今译】温和的风儿从南方吹来，吹着那棘树的幼苗生长；棘树的幼苗长得柔嫩美好，做母亲的却受尽辛劳！

凯风自南，

吹彼棘薪； 薪：坚硬的柴薪。

母氏圣善， 圣善：圣明善良，即品德很完美。

我无令人！ 令：善。令人，善人。此句是说子女没有好的成就以报答母恩。

【今译】温和的风儿从南方吹来，吹得那棘树长成了柴薪；母亲真是完美伟大，而我们没有好的成就报答！

爰有寒泉？ 爰是于焉二字的合音，即在哪里？

在浚之下。 浚是当时卫国的一个地方。浚之下即浚城的外面。

有子七人，

母氏劳苦！

【今译】哪儿有寒冷的泉水？是在浚城的外面；有了七个儿子，还让母亲吃苦受难！

睍睆黄鸟， 睍睆（xiàn huǎn）：美好的样子。

载好其音； 载：语词，没意义。

有子七人，

莫慰母心！

【今译】小黄鸟儿真好看，唱起歌来声婉转；七个儿子都长成人，却没有哪个安慰老娘心！

【评解】

这是一篇非常感人的子女自责的好诗。第一章以和煦的南风吹着棘树的幼苗，使它好好生长，比喻母亲以她的慈爱抚育子女成长，而自己备受辛劳。

第二章写和煦的南风，已将棘树的幼苗吹成坚硬的柴薪；慈母已将儿女们养育成人。母亲的爱是伟大的，只是为子女者没有好的成就以报答母亲的深恩。

第三章写浚城外面清凉的泉水都还可用来灌溉，而七个儿子却不能奉养老母使她免于受苦，自己真是连寒泉都不如啊！

第四章写黄鸟儿尚且还能唱出悦耳的歌声以娱乐别人，而七个儿子却没有好的成就以安慰老娘的心，真是惭愧，自己竟然连只小黄鸟都不如啊！

全诗四章，一片孝心。所写情感一层深似一层，而七子自责之心也一步紧似一步。本来，母恩浩瀚，为子女者即使有再大的成就，又怎能报答亲恩于万一？这就是唐朝诗人孟郊活用此意而写成的“谁言寸草心，报得三春晖”千古绝唱的诗句。

诗中和煦的凯风和清凉的寒泉成对比。凯风的和煦固然能吹棘成柴，而寒泉的清凉来滋润土壤，同样不可缺少。植物的生长，凯风与寒泉有同样的功用。这就好像父母对子女温暖的爱护固然可感，而严格的管教尤为可贵。所谓“养不教，亲之过”，为人子女者，应该体谅父母对自己管教的苦心。陶渊明写的《孟嘉传》有“凯风寒泉之思”的句子，就是写孟嘉（二十四孝中孟宗的曾孙）对他母亲的怀念，兼有“养”与“教”。有父母的孩子，往往讨厌父母的管教，然而试想想，如果你是没有父母的孤儿，想有父母的管教而不可得，那种痛苦又是怎样？

匏有苦叶

【内容提示】

当我们过河时，要看河水的深浅决定我们渡过的方法。浅的地方，可以徒步涉水而过；深的地方就要套个救生圈浮过去。而我们处世做人又何尝不是如此？尤其是女子选择对象，更不能随便。这篇诗就是以涉水比喻人们的处世、择人之道。

【原诗注译】

匏有苦叶，	匏（páo）：葫芦。苦字在此读为枯，匏叶枯了表示葫芦已成熟，既干又轻，可作涉水的用具，以免溺毙，有“腰舟”之称。
济有深涉。	济：水名。 涉：渡口。
深则厉，	厉：带子，在此作动词用，即水深之处就用带了

把葫芦系在腰间过河。

浅则揭。 揭是举起来，即水浅处则将葫芦举在肩上带过去。

【今译】葫芦长成叶子枯，济水的渡口有深浅。深的地方就把葫芦系腰间，浅的地方就把葫芦背上肩。

有弥济盈， 有弥是弥然，即弥漫着一大片，盈是满。

有鷕雉鸣。 有鷕（yǎo）即鷕然，形容野鸡吆吆叫的声音。雉是野鸡。

济盈不濡轨， 濡：沾湿。

轨：车轴头。

雉鸣求其牡。 牡：雄性的，即公的，此处指公的雉鸡而言。

【今译】济水弥漫一大片，野鸡在那儿吆吆叫。济水虽大不致沾湿车轴头，母的雉鸡是在喊配偶。

雝雝鸣雁， 雝雝（yōng）：形容大雁鸣叫和谐的声音。

旭日始旦。 旭日：早上初出的太阳。

旦：天刚亮。

士如归妻。 归：女子出嫁曰归，此处归妻是娶妻的意思。

迨冰未泮。 迨：及至，趁着。

冰未泮：过去都讲作冰未化解，但全篇诗都是写的秋景，所以这个“泮”，有人主张是结合，冰未泮即冰还没结成，结成冰后车子就不好走了。

【今译】秋空大雁在阵阵地飞鸣，太阳已升起来了，又是一天的开始。男士要想迎娶我啊，快趁着河水还没结冻就来吧！

招招舟子， 招招：用手招呼的样子。

舟子：船夫。

人涉卬否。 卬：我。

人涉卬否，

卬须我友。 须：等待。

【今译】船夫招手要大家去，人家去了我偏不。人家去了我偏不，我是等着男友来迎娶。

【评解】

这诗一开头就写的是秋天景象。葫芦叶子枯了，葫芦已长成，就可用来系在腰间渡过深水去。过河知深浅是整篇的主旨。

第二章写的仍是秋天景象。秋天河水弥漫一片，这时站在河边的一个女子，忽然听到野鸡的叫唤声，原来是雌的在呼唤雄的，她不禁有所感触：啊！我的意中人呀，趁着河水不至于淹没车轴头的当儿，快驾车来迎娶我吧！

第三章也是写的秋天景象。太阳已从东方升起，又是新的一天来到，忽闻空中雁声阵阵，已是深秋的时候了。光阴如流水，不只是一天天很快地过去，一年也快过去了，要想娶我的男士呀，趁着河水还没结冰快来吧！

第四章写虽然这个女子渴望有男士来娶他，但她并不是“人尽可夫”，不是随便什么人都可嫁的，所以在船夫招呼她上船时，她却不肯去。因为她不能随便跟人家走，她要等待她的意中人来。

我们从整篇诗看起来，第一章写女子之所见，似乎跟她没有关系，所以她也漠不关心。第二章由所见而后有所闻，这时听了雌雉的叫唤声才触到了她自己的心事，把她渴望男士来娶她的心意稍微透露了一点。第三章写她由所闻而后有所思，于是才把她的隐情真正吐露出来，就是急于想找一位良好的配偶。我们知道，女孩子长大了要找对象是应该的，但须以理智作决裁，不可受感情的一时冲动。在本诗之中，虽然这女子很想有位男士来娶她，但也须有适当的人选。因而第四章就写出这女子的真实远大的见解，方正不屈的性格，让我们读了觉得她有眼光、有原则，不把婚姻当儿戏。这样的女子所选择的对象一定不差，而婚姻也应该会美满的。

在这儿要顺便一提的，在第三章中为什么说这女子听到大雁的鸣叫而就想到希望有男士趁现在来娶她呢？已是深秋季节怕不久冬天来到，河水结冰，车行不便固然是一原因。另一原因是古时男子娶妻，是用大雁做礼物的。因为据说大雁的爱情专一，雌雄一对，如果有一只不见了或死去，另一只就不再去找其他配偶。而如今正是大雁南飞容易捉到它来送女家的季节，所以这应该也是这女子因闻雁鸣而想男士来娶她的原因吧！

谷　风

【内容提示】

一个品德完美、贤淑能干的妇人，和丈夫共同度过若干年的艰苦岁月，等到他们生活好转了，丈夫却另结新欢，把她遗弃不顾。诗人就为她道出了她的不幸遭遇和她内心的痛苦。

【原诗注译】

习习谷风，	习习：连续不绝。 谷风：大风，由山谷吹来像盛怒似的大风。
以阴以雨。	又阴又雨，没有晴天的意思。谷风阴雨，形容她丈夫对她的暴怒没有停止的时候。
黾勉同心，	黾勉是勉力，尽力。
不宜有怒。	不宜：不应该。
采葑采菲，	葑：芜菁，根叶都可吃。 菲：萝卜，根叶都可吃。
无以下体？	下体是指芜菁和萝卜的根部。芜菁和萝卜都是根叶相连，比喻夫妇之不可分离，应该有始有终，白首偕老。

德音莫违： 德音：语言，指别人所说的话，此处是妻子指丈夫所说的话。

莫违：不要违背。

及尔同死。 尔：你。

【今译】山谷的大风阵阵吹来，再加上又阴又雨的天气，这种日子好难过啊！我所作所为尽量迁就你，使你合意，你就不应该再对我发脾气。夫妇本是一体，不能分离，就像拔那芜菁和萝卜，难道不是连根带叶都拔起？你自己讲的话可别违背呀！你曾说：“愿和你同死。”

行道迟迟，

中心有违。 中心：心中。

有违：有怨恨之情。

不远伊迩， 伊是语词。

迩：近。

薄送我畿。 薄：语词。

畿：门内。

谁谓荼苦？ 荼：一种苦菜。

其甘如荠。 荠：一种甜菜。

宴尔新昏， 宴：欢乐。

昏：同婚。

如兄如弟。

【今译】我走路走得慢吞吞，正因心中有怨恨，如今我被赶走了，但愿你能送送我。不敢奢望你远送，送近一点也是好，就送到我门口吧！可是连这点愿望也达不到，我实在痛苦极了。谁说荼菜是苦的呢？比起我内心的苦它还甜得像荠菜呢！你们新婚欢乐，像兄弟般亲密，而我却被遗弃被赶走了。

泾以渭浊，　泾、渭二水名，泾水清，渭水浊。两水本分流，清浊不显；后合流，合流后两水道相比较，因泾水清澈就显出渭水的浑浊来了，此处以泾水比新妇，渭水比弃妇，新妇与弃妇相比，就显出弃妇的老丑了。

以：使。

湜湜其沚。　湜湜（shí）：水很清的样子。

沚：水停止流动，水停止流动后，泥沙沉淀，就显得水清了。

比喻弃妇在年轻时也是很好看的。

宴尔新昏，

不我屑以。　屑：洁，不我屑以，即不以我屑，不认为我清洁了，即嫌我老丑了。

毋逝我梁，　毋是不要。

逝：往。

梁：鱼梁，在河中筑高一点用以堵鱼的石坝。

毋发我笱。　发：打开。

笱（gǒu）：用竹编的捕鱼篓。

我躬不阅， 我躬：我本身。

阅：容，即收容。

遑恤我后？ 遑：闲暇。

恤：顾虑，我自身已不被收容，哪儿还有闲暇顾虑到我走了以后的事呢？

【今译】是泾水使得渭水显得浑浊了，可是渭水停止不流时，也会显得清澈呀！你们新婚欢欢乐乐，就嫌我老丑而要把我赶走了。可别到我的堵鱼坝那儿去呀！可别打开我的捕鱼篓呀！唉！我自身都不被容纳了，哪儿还管得了我走后的事呢？

就其深矣，

方之舟之； 方：用筏子渡河。

舟之：用小船渡河。

就其浅矣，

泳之游之。

何有何亡， 亡：同无。

黾勉求之；

凡民有丧，

匍匐救之。 匍匐：仓皇奔走的样子。

【今译】我持家有道，知道对什么事怎么应付，就像遇到深水的地方，就用筏子小船渡过去；浅水的地方就游泳过去。家中哪样还有，哪样已缺，我都检查清楚。有的，就不必再花钱购置；没有的，就尽量想办法去添补，而且我不只顾自己的家，对亲友邻居也很帮忙。凡是人家有丧事灾难，我总是赶忙奔去救助。我是这么好，你竟然还把我遗弃，实在太不应该了。

不我能慉， 慉（xù）：收留，不能收留养活我。

反以我为雠。 雠：仇敌。

既阻我德， 阻：推却，拒绝。

贾用不售。 贾：卖东西。

不售：卖不出去。

昔育恐育鞫， 鞫（jū）：同鞠，养育。

及尔颠覆。 颠覆指断绝了子嗣后代，不能延续家族。

既生既育， 生是生产，即生子。育是抚育，即生了儿子抚育成人。

比予于毒。

【今译】你既然不能收留养活我，反而把我当仇人。我的美德不被你欣赏接纳，就像有好的货物卖不出去。从前担心不能生子，不能养育，致使你的家族不能延续，后来我既已生子，又已养育成人，你却把我比作毒物。

我有旨蓄， 旨蓄：指美好的干菜。

亦以御冬。 亦：语词。

御：防备。

宴尔新昏，

以我御穷。

有洸有溃， 有洸：洸然，粗暴动武的样子。

有溃：溃然，非常生气的样子。

既诒我肄。 诒：遗，给予。

肄：劳苦的事。

不念昔者，

伊余来塈？ 伊：语词。塈：息，休息。女子出嫁后三个月拜见宗庙，然后操作家事，所以指初嫁过来那段时间曰息。

【今译】我储存了美好的干菜，只是为了防备冬天。你们现在新婚欢乐，当初只是把我抵饥御寒，对付那穷苦的日子，我就像那御冬的干菜。如今不是对我拳打脚踢，就是对我怒气冲天。而劳苦的事情却都留给我做。你怎么不想想从前我刚嫁给你的那段时间了呢？

【评解】

这是一篇杰出的叙事诗，译成散文，也可看成是一篇动人的小说。

本诗一开头就先用大风的阵阵，阴雨的连绵，笼罩全诗。看出这位弃妇过的是一种暗无天日、受苦受气的日子。夫妇本应同心同德，白首偕老，有始有终，才是夫妇相处的正道。而且他也曾发过誓说："及尔同死。"然而现在呢？想起他那些骗人的甜言蜜语，更令她伤心气愤。由"黾勉同心，不宜有怒"两句，看出女的是尽力地在委曲求全，而男的却是百般刁难，多方挑剔。

次章写弃妇终于被迫离开她生活了多少年的“家”。想想这个“家”，当初是她同他共同建立的。在这里，她消磨了多少岁月！在这里，她吃尽了多少苦头！也在这里，她葬送了她的青春年华！如今，苦不必吃了，然而青春也不再有了，于是她遭到色衰爱弛的悲惨命运。所以在被赶走的时候，内心有一百个、一千个“不情愿，不甘心”，以致她的两腿似有千斤重，而半天不能向前挪一步。但无论多么不情愿，多么不甘心，也没办法，还是要走的。在无可奈何的情境下，只好做退一步的想法，希望在我离开这个家时，他能送送我。不敢奢望他送得多远，只要能送到门口就够了，也算多少有点故人之情。然而就这点微小的希望也不能达到。这个负心汉现在是“但见新人笑，哪闻旧人哭”，他们正甜甜蜜蜜，如胶似漆，哪儿还顾到我这个黄脸婆呢？诗中用一般人认为很苦的荼菜，比之她此刻的心境，却尚如荠菜之甜，那么她内心之苦，可想而知了。

第三章叙述她之被遗弃，是因为她和年轻貌美的新妇相比，显得老丑了。不错，她现在是老了，是丑了，但是想当年她也曾经年轻过，也曾经美丽过，是那贫苦的生活折磨得她未老先衰的，这又是谁之过呢？如今却遭受到被赶走的命运！然而这个家，是我亲手把它建立起来的，家中的一切用具也是我亲自制备的。那些都是我的东西，它们都是属于我的财物，对我有一份深厚的感情。就是屋外的那堵鱼坝啦，那捉鱼篓啦，也都是我的。绝不许别人去动它们呀！她这么痴情地说着，忽然又醒悟过来了：想到连我自己都顾不了，哪儿还管得了我离开以后的一切呢？唉！……我们看她忽然气愤使性子，忽然又平心安命，无可奈何。文字在转折之间表达了弃妇的无限哀怨之情，无限伤心之感。她的痴情可怜，她的醒悟可悲啊！这一章写弃妇的心理刻画入微，可说是全诗最精彩之处。

第四章弃妇自述品德的完美：持家有道，如同渡河，深浅各有不同的方法；对于家用也尽量节俭，毫不浪费；对于亲友邻居也尽量帮助。实在没有被遗弃的道理啊！

第五章写负心汉的倒行逆施：对她既不相爱，反而把她当作仇人。多好的美德也不被他欣赏接受了。如果没有给他生儿子而被遗弃还有可说，如今儿子也生了，也为他抚育长大了，却把她看作毒物那样厌恶。真是恨极怨极！（古有七出的规定，即妇女犯了七条禁忌中的任一条，即可被休——离婚。七条是：无子、淫逸、不事舅姑、不伺候公婆、口舌、盗窃、妒忌、恶疾。）

末章仍是弃妇自述怨情。原来负心汉只是把她当作防冬的干菜，冬天过了，干菜也没用了。艰难的日子过去，就把她遗弃了。自从有了新妇，他们就沉醉在欢乐之中，过着甜甜蜜蜜的日子；而操劳困苦由她当，拳打脚踢使她受。他再也不想想当初她刚刚嫁给他时的那段美好时光了，真是“郎心狼心”啊！她反复诉说，哀怨至深，而全篇始终没有一个哭字泪字，但我们读了，却觉得这位弃妇已是柔肠寸断，欲哭无泪了。真是天老地荒，此恨绵绵啊！

通篇用顺序的对照手法：“今”和“昔”对照；“新”和“旧”对照。用回忆的手法，写出“今”、“昔”之异；用比较的方法，道出“新”、“旧”之别。末章的“有洸有溃，既诒我肄”两句遥遥照应篇首“习习谷风，以阴以雨。黾勉同心，不宜有怒”四句，结构甚是完密。诗中写男子的忘恩负义令人痛恨，写弃妇的痴情可怜令人鼻酸。

在我国古代，讲究女子的三从四德。三从即在家从父，出嫁从夫，夫死从子。女子没有自己的社会和权利，出嫁后一切以丈夫为主，所谓“良人者，所仰望而终身者也”。如果丈夫变心，那他的妻子就等于打入冷宫，可就悲惨了。因为那时的女子没有独立的能力（如今之职业妇女），又没有申诉的地方（如今之妇女会），可以说各方面都毫无保障。如果被遗弃，只有自认命苦。像这篇《谷风》，这位弃妇虽然怨恨至深，气愤至切，然而她并没做出泼辣越轨的行为，只有自己忍气吞声，真是合乎“温柔敦厚”的诗教。在今天，妇女们虽然有了独立的能力，也有妇女会可以申诉，又有法律的保障，然而我们仍然希望有美满的婚姻，仍然看重丈夫的忠实。当然，这也不只是单方面的，也要看妇女的做法：如何维持住美满的婚姻，如何维系住丈夫的忠实。因为任何的婚变，吃亏的总是女方，尤其在我们中国的社会！男女的结合，我们要注意对方之所取。看男之取女是注重她的才德还是注重她的外貌；女之取男，要看注重他的才德还是注重他的财势。如果男的只取女之美貌，女只取男之财势，这种婚姻就很危险了。像本诗中的男主角，当初一定只是以貌取人而不重其才德，所以女方虽然有好的才德，仍不免遭到色衰爱弛而被遗弃的命运。在此告诉我们，与其刻意打扮外表的美观，不如好好修养内在的品德；与其想以财势获取女孩子的芳心，不如以真才实学、优良品德博得女孩子的青睐，因为内在美才是永恒的，真才实学才是可靠的啊！

静　女

【故事介绍】

这是一对年轻情侣的故事。男女约会在城墙角见面，男的如约按时到达，却不见对方的踪影，急得他抓头摸耳朵地走来走去，直担心她变心了。正当他焦急万分的时候，女的突然出现，原来她故意躲起来逗他的。女的就送他礼物表示歉意，男的连声称赞礼物可爱好看，说它像她一般美丽，更感谢她这份情意，而觉得她的礼物格外可贵。这样一来，两人的感情也就更进一步了。

【原诗注译】

静女其姝，　　姝：美丽。

俟我于城隅，　　俟：等待。
城隅：城墙角。

爱而不见，　　爱是薆的假借字，隐藏的意思。

搔首踟蹰。　　搔首：抓头。
踟蹰：走来走去很不安的样子。

【今译】文静的女孩很美丽，约好在城墙角等我；躲藏起来不见我，害我走来走去抓头摸耳朵。

静女其娈， 娈：美好的样子。

贻我彤管； 贻：赠送。

彤：红色。

管：竹制乐器，长一尺周围一寸的竹管，管上有六孔或八孔，似今日之箫，古时箫则非单管，是编一排长短不同的竹管而成。

彤管有炜， 有炜：炜然、红红的颜色。

说怿女美。 说：即悦、喜悦。怿：喜悦的意思，是说喜欢那红箫管，因为它像姑娘一样美。

【今译】文静的女孩真俊美，送我一支红箫管；红红的箫管真鲜艳，美得像姑娘的脸一般。

自牧归荑， 牧：郊外。

归：带回。

荑：茅草针，茅草新长的草心似针，拔下来白嫩像玉簪，有甜味，可食。

洵美且异； 洵：实在是。

异：特别。

匪女之为美， 匪：不是。

女：汝，你，指茅草针。

美人之贻！

【今译】从野外带回了茅草针，茅草针实在美丽又新奇；不是茅草针多美丽，只因为是美人赠送的！

【评解】

这真像是一出短剧，整篇诗洋溢着一片天真烂漫、活泼纯朴的气氛，也表达出了一对正在恋爱中的小儿女的可爱情态。这样一位喜欢逗弄对方的女孩儿，偏偏说她是静女。我们可以想象到当她躲在一边，偷窥被她逗弄的爱人焦急的样子，她一定会做个鬼脸，暗自高兴。因为这一来，她才知道他爱她之深啊！“爱而不见，搔首踟蹰”描写得鲜明如画，让我们读着如历其境，如见其人。

当然这个女孩不忍心让她的男友过分着急，于是她在适当的时刻突然出现在他的面前。朋友们！请想想，在此刻，他们会有什么样的动作，什么样的表情呢？

接着第二章就叙写女孩送了她男友一支红红的箫管，以表达她的深情。箫管泛着红艳的光彩，也正像女孩子的脸面，红润可爱。

最后写这女孩对她的爱人无时无刻不在惦记。你看！她在来这儿的路上，不是沿途采着茅草针吗？原来她不只预先备好了美丽的红箫，更在随时捡取野外可爱的茅草针，为的是和男友有共同欣赏的乐趣。同时从这小小的动作，可以看出她的心里只有他啊！茅草针在野外遍地都是，毫不稀奇。然而采来送给她的男友，他就视为至宝，因为在这些很平凡的茅草针中，蕴涵了不平凡的意义：它代表了她对他的深情，它说明了她对他时时刻刻地念念不忘。“匪女之为美，美人之贻”道尽天下有情人的心理状态。而这篇诗也就余味无穷，值得我们再三欣赏，细细玩味了。尤其是年轻的朋友们，你们是不是也有类似的经验呢！

新　台

【故事介绍】

姬晋是卫庄公的儿子，卫桓公的弟弟。他是个好色鬼，在桓公时就冷落了元配邢妃，另娶了他父亲的遗妾夷姜为妻，生了伋、黔牟、昭伯等几个儿子。桓公十六年（周桓王元年，公元前719年）桓公的另一个弟弟州吁（庄公的妾所生）杀了桓公而自立为卫君。卫国的老臣石碏和陈国的国君桓公共同设法杀了州吁，迎姬晋于邢而立之为君，就是卫宣公。

卫宣公既即位，就立长子伋为太子。太子十六岁这年，宣公张罗着给他娶媳妇，凭媒说合齐僖公的大女儿齐姜嫁给太子伋。迎亲的时候，卫宣公听说他的儿媳妇非常漂亮，就先出城赶到黄河渡口来瞻仰一番，一见新娘，惊为天人，便在河边的宾馆新台把她拦截下来，自己充当新郎，而给太子伋另娶他女为妻。而这位美丽的新娘，原说好是嫁给卫国年轻太子的，如今一见新郎，竟是一个臃肿不堪像癞蛤蟆似的丑老公，大失所望。然而就这样，儿媳妇变成了夫人，所以齐姜便被称为宣姜（她娘家齐国姓姜，嫁给卫宣公，所以称宣姜），从此夷姜就失宠了。

卫国人看在眼里，很为宣姜抱不平，就把这件事情编成《新台》诗三章，来讽刺卫宣公的淫乱。

【原诗注译】

新台有泚，	有泚（cǐ）：泚然，鲜明的样子。
河水弥弥。	河：黄河。 弥弥：水弥漫一大片。
燕婉之求，	燕婉：美好。 之：是。
籧篨不鲜。	籧篨（jǔ chú）。形似大水缸的竹篓，形容人之有很臃肿的病，不能向前弯身，此处指宣公之丑陋老态。 鲜：不长寿而死。不鲜：不早死。

【今译】新台鲜明筑在黄河岸，河水弥漫一大片。说好嫁个少年俊俏郎，哪知是个老不死的大水缸。

新台有洒，	洒：高峻的样子。
河水浼浼。	浼浼：平静的样子。
燕婉之求，	
籧篨不殄。	殄：绝。不殄：不绝，不死。

【今译】高峻的新台在河边，河水平静一大片。说好嫁个少年美俊才，哪知是个老不死的丑八怪。

鱼网之设，

鸿则离之。 鸿：是苦蠪两字的合声，苦蠪即蟾蜍，就是癞蛤蟆。离：同罹，遭遇。

燕婉之求，

得此戚施。 戚施：一种丑恶的病，不能仰身。

【今译】为了捕鱼把渔网撒，哪知爬进只癞蛤蟆。说好嫁个美男子，哪知是个怪模怪样的老不死。

【评解】

《新台》是《诗经》中有上乘技巧的讽刺诗，对卫宣公不加责骂，只从新娘心理出发，描写英俊新郎，忽然变成癞蛤蟆。用癞蛤蟆来形容宣公，形象十分鲜明而生动。此诗一路冷言冷语，轻描淡写，却表现得活龙活现。前两章画龙，最后点睛，便把宣公写活了，建立了民间文学讽刺诗的完美风格，为后世打油诗所宗。

有人说此诗不过是歌咏旧式婚姻所造成的骗局，也就是流传欧亚的民间故事新郎变蟾（癞蛤蟆）的中国版本，故事的发源地或许就是中国。但诗中特别说是河上新台，那么此诗就不是一般的讽刺，它所讽刺的是有特定的对象的。宣公的故事，《水经注》等书有古迹作证，所以此诗是为讽刺宣公所作，我们可以相信。普贤按：“可能是春秋初年，先有新郎变蟾故事的流传，《新台》篇作者采之入诗，所以有此画龙点睛之妙。”

二子乘舟

【故事介绍】

卫宣公在新台拦截下为太子伋娶的新娘，变成自己的夫人，称为宣姜。宣姜生了两个儿子，大的叫公子寿，小的叫公子朔。自古道："母爱则子贵。"宣公因偏宠宣姜，就改变主意，想废掉太子伋，而传位给公子寿。只因公子寿天性孝友，和太子伋十分亲爱；而太子伋确实温柔谨慎，丝毫没有失德的地方，所以宣公也抓不到他的错处好废掉他。可是那公子朔虽然和寿是一母所生，本性却和寿完全不同。他虽然年龄不大，已经很狡猾，又仗恃他母亲得宠，就私下里养了一些勇士，图谋不轨。他不但讨厌太子伋，就连他的亲哥哥公子寿，也看作眼中钉。

某日是太子伋的生日，公子寿备酒席为他祝贺，公子朔也来参加。席间太子伋和公子寿谈话很亲密，公子朔插不上嘴，就假装自己不舒服先走了。谁知他是到他母亲宣姜面前，泪流满面地撒了个大谎："孩儿好意同哥哥一起去给伋祝寿，没想到伋喝了些酒就开玩笑呼孩儿是儿子。孩儿很生气，就说了他几句，他却说：'你母亲原来是我的妻子，所以你就等于是我的儿子，父亲只算是把你母亲借去，将来一定会连卫国的江山一起还我的。'孩子正要开口和他辩，他却举起手来要打我，幸而被哥哥寿劝阻，孩儿才能逃回来。孩儿受了这么大的侮辱，希望母亲转告父亲，为孩儿做主！"

宣姜信以为真，等宣公入宫，就呜呜咽咽地把这件事诉说出来。

宣公召公子寿查问，寿说并无此事。但宣公本来就做贼心虚，如今被挖了疮疤，更把太子伋看作是他的眼中钉，并且迁怒伋的母亲夷姜，责备她不能管教儿子。夷姜怒气填胸，无处申诉，就上吊而死。

这时正好齐国派人来约卫国出兵一起去打纪国，公子朔又献计派太子伋去齐国商量出兵的日期，暗地里再派人扮作强盗埋伏在齐、卫两国交界的莘野那个地方，等太子伋到达那儿时把他杀掉，然后立公子寿为太子。他这个主意，宣公、宣姜都同意了。

太子伋奉命出发时，宣姜兴奋地告诉公子寿即可立为太子。经公子寿一追问，她就透露了他们的计划。公子寿急忙赶去劝哥哥出奔他国，避免一死。可是太子伋却不肯，他说："天下哪儿有反抗父亲的儿子？父亲命我出使齐国，我怎能不依从呢？"说着就拿了令旗，准备前往河边乘船出发。公子寿想："哥哥此去必死，死了，我被立为太子，我将蒙不仁不义之名，不如我抢在哥哥之前到莘野去替哥哥一死，以改变父母的心意。"于是连忙带了酒菜，赶到河边，登上哥哥的船去饯行，流泪相送，居然把哥哥灌醉了。公子寿便拿了他哥哥的令旗，乘坐另一艘船启程前往。太子伋醒来，发觉兄弟偷了令旗先行，马上命船夫加紧划船去追。

这天晚上月明如昼，船在水中像射出去的箭那么快。太子伋站在船头，两眼盯着前方。眼看快到莘野，忽然前面出现一艘船，迎面而来，船上坐了几个人。其中一人手中捧着一颗人头。太子伋命船靠拢，上去捧着人头大哭，责问公子寿有什么罪，你们把他杀死？并说："我才是你们要杀的太子伋，你们一并把我杀了去复命吧！"说完，他把脖子一伸，就被他们杀死了。临死，他哭喊道："兄弟！我来陪你！"

卫宣公看到自己两个儿子的头颅，一时手脚冰冷，只是流着眼泪，话也说不出来。他心中好像给尖刀猛刺几下，懊悔已来不及了。卫宣公饱受良心责罚，从此卧病在床，疑神疑鬼，心神不安，过了不久便病逝了。公子朔发丧，继承了卫君之位，就是惠公。

卫人悼念伋寿兄弟，故作《二子乘舟》之诗。

【原诗注译】

二子乘舟，

泛泛其景； 泛泛：漂浮的样子。

景：同影。

愿言思子， 愿：思念。

言：语词。

中心养养。 中心：心中。

养养：同漾漾，忧愁不定的样子。

【今译】两人乘船要远行，水里漂荡着他们的倒影。你们走了我思念，心中牵挂没个完。

二子乘舟，

泛泛其逝； 逝：往。

愿言思子，

不瑕有害。 瑕：语助词，同啊字。此句是祝福的话，祝福行人一路顺风，一路平安，不要遭到灾害。

【今译】两人乘船船开行，漂漂荡荡没了船影。你们走了我思念，祝福你们一路平安。

【评解】

《诗序》："二子乘舟，思伋寿也。卫宣公之二子，争相为死，国人伤而思之，作是诗也。"事情记载在《左传》，及《史记·卫世家》中，所叙经过极为惨烈，但和诗全不符合。最大的漏洞，是《左传》、《史记》都不记载二人是乘船而往，前面的原诗注译，是将《东周列国志》第十二回缩短改写而成，但伋、寿二人也不是同舟而往。我之所以把这原诗注译出来，主要想让大家知道，毛诗每篇前面所载的《诗序》，对后世影响有多大。直到明朝余邵鱼、冯梦龙撰《东周列国志》，大家都还是深信《二子乘舟》是咏的伋、寿二人的事，要到清朝考证学发达，才有姚际恒的《诗经通论》、崔东壁的《读风偶识》等，提出了不同的意见。

民国以来，虽然摆脱了按照《诗序》解诗的束缚，但有的学者仍然要把诗的内容和历史事实拉上关系，像马振理的《诗经本事》，就是以整套史事说十五《国风》；像李辰冬更以三百篇都是吉甫一个人的自传。其实，我们何必一定要把史事和诗篇扯在一起呢？我们何不把史事放开一边不管，只就《诗经》本文来体味诗意呢？

我们如果这样去做，就像这篇《二子乘舟》诗，我们可以体味出来，它竟是一首上乘的送别诗。有二人乘舟远行，诗人河滨送别，即景成诗，满怀的离情别绪，充溢在字里行间。最后"不瑕有害"则是以祝福语作结。他说："我祝福你们一路顺风！一路平安！"

清人牛运震的《诗志》评这诗说："孤帆远影，凝望生怜，黯然怅然！"正道着送别情景。

四、《墉风》四篇

柏　舟

【故事介绍】

一个女子已经订了婚，后来未婚夫音讯隔绝，她的母亲便要逼她另嫁他人，她呼天喊地，誓死不从，认定只有那位订了婚的少年郎，是她唯一的对象。她要等他，宁可独身相守，直等到她死去也不变心，千万要请母亲体谅！

【原诗注译】

泛彼柏舟，	泛：在水中漂荡。
在彼中河。	中河：河中。
髧彼两髦，	髧（dàn）：头发下垂的样子。 髦：发垂到眉，即现代所谓的“前刘海儿”。

两髦：前刘海儿中间分开，垂于两眉之上。

实维我仪。 实：实在。

维：是。

仪：匹配、配偶。仪古音读“俄”。

之死矢靡它。 之：到。

矢：发誓。

靡：没有。

它即他。靡它：没有别的。

母也天只！ 也，只：都是语词。母也天只：呼母喊天。

不谅人只！ 谅：谅解。

【今译】那柏木船儿漂荡荡，在那河水水中央。那刘海儿垂两旁的少年郎，才真是我的好对象，誓死对他不会有两样。我的天呀我的娘！为什么对我不体谅！

泛彼柏舟，

在彼河侧。

髧彼两髦，

实维我特。 特：匹配。

之死矢靡慝。 慝（tè）：忒的假借。靡忒，无所改变意。

母也天只！

不谅人只！

【今译】那柏木船儿漂荡荡，漂荡在河水水一旁。那刘海儿垂两旁的少年郎，才真和我是一双，誓死对他不会有两样。我的天呀我的娘！为什么对我不体谅！

【评解】

《诗经》里面有两篇《柏舟》，其一定是《邶风》的首篇，我们已读过；另一就是这《墉风》的首篇。

历来解此诗是寡妇誓不改嫁的诗。但我们仔细玩味原诗，从诗中口气可知她的对象并没死，只像是女儿已有结婚对象，早已订了婚，或是定了情，而男的很久没有音讯，母亲就逼她另嫁他人，所以她向母亲表白，说出：只有那少年郎，才是她结婚的对象。她宁可独身相守，非他不嫁，唱出到死也不变心的一番誓言来。

诗中表达了这个女子爱情专一，个性坚强，有后凋松柏的节操。她虽然像漂荡的小船般没有依靠，但却有她的理想目标，不是可以任人操纵划动的！这样一位女子是可佩的！

桑　中

【故事介绍】

卫国都城朝歌城外有桑中、上宫、淇水等郊游之地，朝歌有一位自作多情的纨绔子弟，一有机会，就要追求女朋友，而且没有一定的目标。凡是有一点名望的美女，就设法和她交往，一认识，就邀约郊游。他又有用吹牛来自我陶醉的毛病，所以今天对人说：“我已约好漂亮的姜家大小姐在桑中见面。”明天又对人说：“是有名的弋家大小姐她邀我一同踏青去上宫。”而后天就对人说：“庸家大小姐她看上我啦！她约我在桑中见面，见了面她邀我一同踏青去上宫，在上宫吃喝一番，不觉日已西斜，她家的车子前来接她回家，她又请我上她的车，送我到淇水岸上并肩赏月，然后才依依不舍挥手告别。”

可是经人一打听，他约孟姜，孟姜白了他一眼。他建议孟弋同游上宫，孟弋笑了笑，他却去上宫等到天黑，也不见孟弋的踪影。孟庸有事去上宫，他献殷勤备车同去。后来孟庸家的车来接她回家，他硬要挤在她车上一起走，结果到了淇水岸上，给她轰下车去，一不小心跌到水里，成了一只落汤鸡。

于是大家编支对答歌儿来合唱，把他取笑一番以逗乐。

【原诗注译】

爰采唐矣？　　爰：在哪儿。

采：采。

唐：蒙菜，可吃。

沫之乡矣。　　沫：卫国一地名。

云谁之思？　　云：语词。

之：是。

美孟姜矣。　　孟姜：姜姓的大姑娘。

期我乎桑中， 桑中：卫国一地名。

要我乎上宫， 要：邀约。

上宫：地名，或称上宫台，或以为楼，是朝歌附近的名胜。

送我乎淇之上矣。 淇：卫国水名。

【今译】

（女声问）你到哪儿去采蒙菜啊？

（男声答）我到沫邦的乡下采啊！

（女声问）你想追的是谁家姑娘啊？

（男声答）漂亮大姐她姓姜呀！

（众声合唱）她约我在桑中，

她邀我去上宫，

她送我到淇水上啊！

爰采麦矣？ 采麦：麦叶初盛时，采来捣成汁，注入米粉中，用以制青色饼团。

沬之北矣。

云谁之思？

美孟弋矣。 孟弋：弋姓的长女。

期我乎桑中，

要我乎上宫，

送我乎淇之上矣。

【今译】

（女声问）你到哪儿把小麦采啊？

（男声答）我到那沫邦北门外啊！

（女声问）你想追的是谁家姑娘啊？

（男声答）弋家大姐顶漂亮啦！

（众声合唱）她约我在桑中，

她邀我去上宫，

她送我到淇水上啊！

爰采葑矣？　　葑：芜菁。

沫之东矣。

云谁之思？

美孟庸矣。　　孟庸：庸姓的长女。

期我乎桑中，

要我乎上宫，

送我乎淇之上矣！

【今译】

（女声问）你到哪儿采芜菁啊？

（男声答）我到沫邦东门外啊！

（女声问）你想追的是谁家姑娘啊？

（男声答）庸家大姐我看上啦！

（众声合唱）她约我在桑中，

她邀我去上宫，
她送我到淇水上啊！

【评解】

《国风》本来只是朱熹《诗集传》序中所说“出于里巷之歌谣，所谓男女相与咏歌各言其情”的作品，当然与政府官员为政的目的而作的雅颂不同。其内容多与男女的私情有关，其风格也自有它特异的地方。但是周代的歌谣，到汉代就只留下了一份歌词，已不知怎样唱法。而且汉儒（汉代的学者）也把这些歌词讲解得都和政治有关系，而把原有的特点抹杀了好多。现在我们留心去考察，有些地方，还是可探索出它原来的形态的。

像这篇《桑中》诗，汉儒虽把它编在《墉风》里，现在我们已可确定，邶、墉、卫三风，其实都是卫国的产品，内容都是卫国的事，所唱的也是一种腔调。邶腔、墉腔、卫腔本来相似，邶、墉二地并入卫国后，三种腔调更融化起来，渐渐不能区分了。所以这篇《桑中》虽称墉风，它的产地和卫风相同，都是淇水之上。其腔调也可说是卫腔，所以也有人把它举作卫风的代表。

《国风》中有一种一问一答的对唱形式，我已举《召南》的《采蘋》为代表来读过。这篇《桑中》每章前四句就是一问一答的对唱式。但每章的后三句就改变了，变成都用相同的三句话。这种形式，清儒顾亭林称之为“章余”。就是说不是各章的正句，而是附加上去的余音。这就是男女对唱以后，大家合唱的和声。这种三章前四句用相似的一问一答的形态构成采式的叠咏，再各附加上三句合唱章余的和声，便显现了由《国风》发展出来的较完整的特有民谣风格来，也是《诗经》基本形式变化的运用。所以我们对《桑中》篇的讲解，不仅洗刷去了汉代以来给它涂抹上去的政治色彩，也做了一番形式上的复原功夫。今译部分更加工译成白话民谣，并在括号中指出了应有的唱法。

这篇《桑中》诗的新欣赏，是笔者和丈夫糜文开多年研究《诗经》所得成果之一，我们另有详细的报告，这里只做简单的说明。

总之，本篇的形式，因为有男女问答式的对唱，已显得很灵活。再加上章余大家合唱的和声，格外显得气氛的热闹。二者的混合使用，便充分表现了一种民谣的特色。而其内容则可得“谑而不虐”的四字总评。

现在顺便就已经读过的几篇谈一谈《诗经》基本形式的变化，附录于后，以便对《诗经》的形式，多些了解。

基本形式：

（1）每句四字——四字成句；

（2）每章四句——十六字成章；

（3）每篇三章——四十八字成篇。

举例：

（1）《桃夭》，（2）《兔罝》，（3）《芣苢》，（4）《鹊巢》，（5）《采蘋》，（6）《羔羊》，（7）《摽有梅》，（8）《新台》。

基本形式的变化，则大别可分为五种：

（甲）字数的加或减

举例：

（1）《静女》篇“俟我于城隅”、“匪女之为美”二句各加一字，成为五字句，所以全诗变化成五十字。

（2）《螽斯》篇每章第一、二、四句各减一字，成三字句，所以每章减三字，全诗三章减九字，成为三十九字。

（乙）句数的加或减

举例：

（1）《葛覃》篇每章加两句，成为四字句的六句，多八字。所以三章共多二十四字，全篇成为七十二字。

（2）《甘棠》篇每章减一句，成为四字句三句，减四字。所以三章共减十二字，全篇成为三十六字。

（丙）章数的加或减

举例：

（1）《凯风》篇加一章成四章篇，所以加十六字，全篇成为四十八字加十六字的六十四字。

（2）《二子乘舟》篇减一章，变成十六字的两章篇，所以减了十六字，全篇成为四十八字减十六字的三十二字。

（丁）章余的附加

举例：

（1）《汉广》篇于原有基本形式：篇三章，章四句，句四字的四十八字外，每章附加相同的章余四句："汉之广矣，不可泳思；江之永矣，不可方思。"计四个四字句十六字，所以全篇加三个章余共四十八字，成为加倍的字数九十六字。

（2）本篇《桑中》，于原有基本形式四十八字外，每章附加相同的章余三句："期我乎桑中，要我乎上宫，送我乎淇之上矣"计两个五字句，一个七字句的十七字。所以全篇加三个章余共五十一字，成为九十九字。

（3）《驺虞》篇减一章，成为全篇两章的诗。又每章减两句，因而每章只有八字，但每章都附加了相同的章余两句："于嗟乎，驺虞！”计一个三字句，一个二字句的五字。所以全篇减一章只剩十六字，附加两个章余共十字，成为二十六字。

（戊）不规则的变化

举例：

（1）《关雎》篇由四十八字的基本形式，加一章成为四章篇，而第二章又加倍得八句，所以等于五章的字数，全诗得十六乘以五的八十字。

（2）《卷耳》篇由四十八字的基本形式加一章成为四章篇。而第二章“我姑酌彼金罍，维以不永怀”二句改为六字和五字句。第三章“我姑酌彼兕觥，维以不永伤”二句也是这样。所以既加一章十六字，又二句各加二字，二句各加一字，共加了六字，全诗四十八字加十六字再加六字共得七十字。

（3）《匏有苦叶》篇由三章加多一章成为四章篇，而首章“深则厉，浅则揭”二句各减一字改为三字句；第二章“济盈不濡轨，雉鸣求其牡”二句又各加一字改为五字句。所以全篇成为加一章又减二字又加二字的六十四字。

（4）《谷风》篇由三章加三章成为六章篇，而每章又句数加倍，成为八句章，全诗应为六个三十二字章的一百九十二字，但第五章的“反以我为雠”“昔育恐育鞫”又改为五字句，多了二字，所以全篇成为不规则的一百九十四字诗。

相　鼠

【内容提示】

为人在世，礼仪是很重要的。人际间靠着礼仪的维系，可以促进社会的和谐和进步。一个不懂礼仪的人，连只人人讨厌的贱老鼠都不如，应该赶快死掉，不要活在世上害人。

【原诗注译】

相鼠有皮，　　相：看。

人而无仪。　　仪：礼仪。

人而无仪，

不死何为？

【今译】看看那老鼠都还有张皮，做人反而没有礼仪。做人要是没有礼仪，不死还活着做什么？

相鼠有齿，

人而无止。　　止：容止。仪容举止。

人而无止，

不死何俟？ 俟：等待。

【今译】看看那老鼠都还有牙齿，做人反而没有容止。做人要是没有容止，不死还要等何时？

相鼠有体， 体：肢体。

人而无礼。

人而无礼，

胡不遄死？ 遄：快速。

【今译】看看那老鼠都还有肢体，做人反而不懂礼。做人要是不懂礼，为什么还不赶快死？

【评解】

我们中国号称礼仪之邦，“礼”维系了我们自古至今的社会秩序，构成了我国自古至今的文化特质。所以我们中国人，自古就特别重视礼。国家治理得很好靠礼，社会的秩序靠礼，家庭的和谐靠礼，人心的方正靠礼。没有礼，国家则亡，社会则乱，家庭则破，人心则邪。可见礼是何等的重要！一个不懂礼仪的人活在世上，所作所为，小则损人，大则害国，而自己也得不到任何好处。所以本诗痛骂不懂礼的人简直连只人人讨厌的贱老鼠都不如，责骂他“不死何为？”“不死何俟？”咒他死掉，免得活着做匹害群之马扰乱社会，危害国家。不但咒他死，而且咒他快死，早死一天，对人类社会国家就早好一天。请看！一个不懂“礼”的人，是多么惹人怨恨啊！

不过，礼是因时因地而有所不同的。古代的礼和现代的不同；中国的礼和外国的不同。古代认为是“合礼”的不一定适合于今日的时代；外国所谓“合礼”的也不一定适合于中国的国情。虽然有这些不同，然而大家却都应该“守礼”，都应该按照“礼”去行事这一点，却是古今中外绝对不变的道理。

载 驰

【故事介绍】

卫惠公即位时年幼，才十四五岁，又因谗杀了太子伋，不得民心，四年乱起，惠公逃到齐国去。卫人立太子伋的弟弟黔牟为君。黔牟八年，齐襄公率诸侯伐卫，又将惠公送回去。惠公的母亲宣姜，本来是齐国人答应将她嫁给宣公的太子伋的，却给宣公占了去。宣公死了，齐人便强使黔牟的弟弟昭伯（公子顽，也是宣公的儿子）和宣姜成亲，生二子三女，最小的女儿便是许穆夫人穆姬。所以惠公和穆姬，是同母所生，但穆姬又是惠公的侄女（穆姬的父亲昭伯，是惠公的同父异母哥哥），惠公卒，子赤立，就是以喜欢鹤，让鹤乘轩（轩是大夫所乘的车）出名的懿公。懿公是宣姜的孙子，而又是穆姬的堂房兄弟。

穆姬的大姐嫁给齐国，称齐子。齐桓公有六个如夫人（妾），六人中有大小两个卫姬，戴维姬就是穆姬的大姊齐子。穆姬的二哥名申（即卫戴公），三哥名毁（即卫文公），四姊嫁宋桓公，是为宋桓夫人，称桓姬，生子襄公（春秋五霸之一），所以也称宋襄公母。

穆姬幼年就在国家间很有名，后来许国、齐国都来求婚，穆姬自己便反对答应许国，她说："诸侯嫁女儿，是可以使她向大国求援的。许小而远，齐国大而近，假使我边疆有战事发生，去向大国齐国求救，而有我在齐国，不是更好些吗？"她目光的远大，爱国的热忱，可见一斑，结果她却被嫁给许国。卫在黄河之北，郑在黄河之南，许更在郑国之南，是一个姜姓男爵的小国（公侯伯子男五爵的最后一等），就是现在河南省的许昌。她的丈夫名新臣，即许穆公。她婚后的十年，当周惠王十七年（公元前660年）冬，狄人侵入卫国，卫懿公不得民心，大臣不肯为他打仗，都说："你喜欢鹤，把我们的车子给鹤乘，那你就叫鹤去给你打仗好了。"结果在荥泽地方被狄人打败并战死。卫国的都城朝歌沦陷。懿公无子，惠公遂绝嗣。同年的十二月，宋桓公迎接卫国的遗民七百三十人渡过黄河，在卫国的漕邑地方暂时定居下来，立穆姬的二哥申为戴公。不久戴公病死，三哥毁继立，是为文公。穆姬闻祖国沦亡，二哥又去世，哀痛异常，但以许国地远力弱，无法援救，就在次年（公元前659年）春天驱车赴漕，回去吊唁死者（二哥），安慰生者（三哥），并计划向大国求援。许国大夫前往阻挡，责备她不懂父母去世就不得归宁的道理，穆姬就作了这篇有名的《载驰》一诗。《左传·鲁闵公二年》记载此事，并清楚地说"许穆夫人赋载驰"。

以后齐桓公终于使武孟（穆姬大姊齐子所生公子无亏）率师戍守漕邑，又联合诸侯协助卫国迁都，在楚邱建筑新城，文公才能够复兴卫国。

【原诗注译】

载驰载驱，	载……载……：一边……一边……
归唁卫侯。	唁：慰问。
	卫侯：指卫文公。
驱马悠悠，	悠悠：形容路途遥远。
言至于漕。	言：语词。
	漕：卫国的边邑，狄灭卫后，卫君暂居之地。
大夫跋涉，	大夫：指许国的大夫。国君夫人父母既殁，不得归宁，今许穆夫人要回卫国，于礼不合，故许国大夫跋涉而来，阻挡许穆夫人回卫，致许穆夫人颇为担心忧急。
我心则忧。	

【今译】驱赶着车子鞭打着马，慰问卫侯回娘家。快马加鞭路迢迢，为了赶路快到漕。许国大夫跋涉来阻挡，我既焦急又忧伤。

既不我嘉，	嘉：善。
不能旋反。	旋反：回转，回心转意，或回转路程。
视尔不臧，	视：比。
	不臧：不善。
我思不远？	

既不我嘉，

不能旋济。 旋济：回转济渡，指回转许国。

视尔不臧，

我思不閟。 閟：谨慎。

【今译】既然认为我不对，也不能使我心转回。比起你们那些坏办法，我的思虑岂不更远大？你们既不赞成我，也不能使我转回许国。比起你们那些坏主意，我的思虑岂不更周密？

陟彼阿丘， 陟：登上。

阿丘：一边偏高的山丘，此为卫国一山丘名。

言采其蝱。 蝱（méng）：贝母，药草，可以治疗心头郁结之病。

女子善怀，

亦各有行。 行：道理。

许人尤之， 尤：责怪。

众穉且狂！ 穉：同稚，幼稚。

【今译】登上那阿丘去，采了贝母解愁苦。女子善思又会想，各有各的道理讲。许人责怪我不该，真是神经幼稚像小孩！

我行其野，

芃芃其麦。 芃芃：茂盛的样子。

控于大邦，

谁因谁极。　　因：亲善。

极：来到。

大夫君子，　　大夫：许国的大夫。

君子：暗指许国国君。

无我有尤。

百尔所思，

不如我所之。

【今译】我在祖国原野行，大片麦苗好茂盛。要向大邦去控诉，谁和我亲善谁就来相助。大夫君子听我说，不要再来责怪我，凡是你们所想到，都不如我所想的好。

【评解】

《载驰》一诗的内容，自来有各种解释，然而以全诗文字及前后语气观察，应以我现在这种解释比较恰当。第一章“归唁卫侯”，自是许穆夫人自述归唁，如果是许国大夫就不能说“归”了。而下文的“大夫跋涉”，则是指许国大夫。因按照那时的礼俗，许穆夫人不应归宁，所以许国大夫跑来拦阻，以致引起许穆夫人的焦急、忧愁和愤怒。因此时卫国已被狄人所灭，许国弱小，不能援救，却还拘于礼俗而不许许穆夫人回去设法营救祖国，实在太不应该了。第一章语气还比较平和，对许国君臣还没有责备的意思。第二章语气就比较愤激，并说出她回卫意志之坚决。所谓“大行不顾细谨”，此时救国要紧，不应再讲究礼俗了。第三章语气更为愤激，简直是破口大骂了。意思是说“我有深沉的忧虑，也有正常的想法，你们许国人竟然来责怪我，简直是幼稚又神经！”第四章就提出她具体的办法来，就是要去向和卫国亲善的大邦求援，并且说：“如果你们不相信我的办法好，那么试问你们谁有比我更好的主意？既然没有，那为什么还要责怪我呢？”“我行其野，芃芃其麦”应第一章的“言至于漕”。且看到祖国的大好河山，物产丰富，更兴发她的爱国思想，而不容许落入他人之手，所以更要积极设法营救。“芃芃其麦”是春景，所以判断此诗是狄灭卫后次年春天所作。“大夫君子”应第一章的“大夫跋涉”，因有许国大夫的拦阻，所以才使她发出以下的议论，最后说：“你们不要拦阻我了，不要再和我为难了……”全诗语气一贯，一气呵成，组织完密，令人无懈可击。而许穆夫人之有思想有决断，热爱祖国，意志坚决，更为一般男子愧！后来卫国果然靠齐桓公的帮助而复国，可见夫人的确有眼光。

卫国因宣公的淫乱，发生兄弟争死的悲剧。因懿公的好鹤，遭到了亡国的惨祸。但终于靠许穆夫人兄弟姐妹五人的关系和努力，得以复兴卫国。许穆夫人虽然识高才大，但在这卫国的救亡运动中，限于环境，只能奔走呼号，不能有别的作为。她的满腔忧愤，发而为诗，留下了这篇有名的杰作，令我们在两千六百多年后的今天读了，还深受感动，马上有心弦上的共鸣，兴起无限的同情，并对她无比地崇敬。清朝《诗经》学者方玉润评价这诗说：“载驰沉郁顿挫，感慨欷歔，实出众音之上。”可见这诗在三百篇中有极高的地位。另有写卫女思归的《邶风·泉水》和《卫风·竹竿》两篇，据清人考证，也是许穆夫人所作。所以《诗经》里共保留了她的三篇作品。

《诗经》是中国最早的一部诗歌总集，共辑集了周初至春秋中期以后的诗三百零五篇。其中被推测为女子之作不少。可是确实可靠，正式记载在史籍中的，却只有许穆夫人的《载驰》一篇，所以许穆夫人可称为中国第一位女诗人。

五、《卫风》四篇

淇　奥

【内容提示】

卫武公虽然年已九十，仍然孜孜不倦地进德修业，把卫国治理得很好；而且平易近人，深得人民的爱戴，卫人就作这篇诗来称颂他。

【原诗注译】

瞻彼淇奥，　　瞻：看。
淇：卫国的一条水名。
奥：水涯弯曲的地方。

绿竹猗猗。　　猗猗：茂盛美好的样子。

有匪君子，　　匪即斐。有匪，斐然，形容有文采的样子。

君子指卫君武公。

如切如磋， 磋：用锉刀锉制，使之平滑。治骨角是先切后磋。

如琢如磨。 琢：雕琢。治玉器是先雕琢后磨光。此两句是比喻求学进德，精益求精的意思。

瑟兮僩兮！ 瑟：形容庄重的样子。

僩：形容很有威严。

赫兮咺兮！ 赫：显赫。

咺：光明。形容卫武公的容止昭然显赫，光明焕发。

有匪君子，

终不可谖兮！ 终：永远。

谖（xuān）：忘记。

【今译】看那淇河的水湾里，绿竹长得多茂盛！斐然有文采的真君子啊！他进德修业，精益求精，像切治骨器，切好了还要锉光；像雕琢玉器，雕好了还要磨亮。他的态度端庄而又威严啊！他的容止光明而又昭显啊！这样一位斐然有文采的真君子呀！让人永远不会忘记你啊！

瞻彼淇奥，

绿竹青青。 青即菁字，茂盛而葱郁的样子。

有匪君子，

充耳琇莹， 充耳：古人用玉石塞耳。

琇莹：美好的玉石。现在“充耳不闻”的说法就是从这诗来的。

会弁如星。 会：接缝的地方。

弁（biàn）：皮帽子，皮帽接缝的地方缝缀上一些玉石闪闪发光如星星般。

瑟兮僩兮！

赫兮咺兮！

有匪君子，

终不可谖兮！

【今译】看那淇河的水湾里，绿竹长得茂盛又葱郁。斐然有文采的真君子啊！美好的玉石做充耳，皮帽的缀玉像星光。他的态度端庄而又威严啊！他的容止光明而又昭显啊！这样一位斐然有文采的真君子啊！让人永远不会忘记你啊！

瞻彼淇奥，

绿竹如箦。 箦：竹席子，形容绿竹长得很茂密的样子。

有匪君子，

如金如锡， 形容武公德业已成熟，像金、锡般锻炼精纯。

如圭如璧。 圭、璧都是美玉。形容武公修养到家，像美玉般温润。

宽兮绰兮！ 宽：宽宏。

绰：优雅从容。

猗重较兮！　猗：同倚，倚靠。

较：车厢两旁的木板。重较即两层的木板。

善戏谑兮！　戏谑：开玩笑。此句谓有时讲幽默话逗趣。

不为虐兮！　虐：过分。此句谓不说尖酸粗野的话伤人，即开玩笑不过分。

【今译】看那淇河的水湾里，绿竹茂密像凉席。斐然有文采的真君子啊！德业精纯像金锡，修养温润像圭璧。乘车倚着车厢板啊，态度从容又安闲啊！有时逗趣开玩笑啊，却不过分使人难堪啊！

【评解】

首章以绿竹开始生长时的美盛，兴起卫武公对学问进修的努力不懈。又说他对学问的进益像修治骨器般地把它切磋完善；对品德的修养像雕刻玉器般地琢磨美满。无论学问品德，他都能精益求精，有进无已。又写他态度端庄，仪表威严，心存正大，容止光明，这样一位斐然有文采的君上，是国人所永远不会忘记的啊！

次章实写他服饰的尊严，而以绿竹生长的葱郁茂盛以起兴。他耳朵上挂着用以塞耳的美玉，头上戴着闪闪发光的皮帽，更显出他的高贵尊严。而他的学问品德都能和他的服饰相称，真是表里如一。后四句和前章相同，以强调国人对他的难忘之情。

末章以绿竹已长到非常坚实茂密，以兴起卫武公的学问德业都已修养到家，到达成熟的阶段：他的学问已如金锡般锻炼精纯，他的品德已修养得如美玉般温润。所以他虽然身为国君，日理万机，却态度从容，心情轻松；虽然他爵高位尊，却能泰然自若，平易近人。更难得的是他会在适当的时候来点小幽默以冲淡严肃的气氛，以拉近君臣的距离。而“善戏谑兮，不为虐兮”两句更有画龙点睛之妙。《礼记》上说：“张而不弛，文武不能也；弛而不张，文武不为也。一张一弛，文武之道也。”就是说：“如果天天紧张地工作而没有轻松的时刻，连周文王、周武王都办不到；如果天天游手好闲，无所事事，周文王、周武王是不肯那样的。要有紧张工作的时候，也要有轻松消闲的时刻，才合乎文王、武王的处世之道。”本来，我们中国自古以来所讲求的中庸之道，就在于感情的适当发泄，不趋极端。能够感情适当发泄，就不会有“过分”和“不及”的现象。那么处事为人，就都能合乎义（道理）了。

这篇的特点在于用了一些很好的比喻句法，如“如切如磋”、“如琢如磨”、“如金如锡”、“如圭如璧”等句。而后来“切磋琢磨”的成语就是由此诗来的。而且还给了孔子学生子贡一个很好的启示：《论语·学而》篇：“子贡曰：‘贫而无谄，富而无骄，何如？’子曰：‘可也，未若贫而乐，富而好礼者也。’子贡曰：‘诗云“如切如磋，如琢如磨”，其斯之谓与？’子曰：‘赐也，始可与言诗已矣！告诸往而知来者。’”意思是：子贡问他老师孔子说：“贫穷的人对富人不巴结，不谄媚；富有的人对穷人不骄傲，这种品德怎么样？”孔子说：“可以了，不过还不如贫穷的人能安贫乐道，富有的人爱好礼仪更好呀！”子贡说：“《诗经》上说：‘如切如磋，如琢如磨’，就是夫子说的这个意思吧？”孔子听了很高兴，就叫着子贡的名字说：“赐啊！像你这样才可以谈论诗啊！告诉你过去的，你能由诗而了解未来的。”子贡因孔子的启发，明白了修身成德是有进无已的，学问之道是要精益求精、学无止境的。于是他就引《诗经·淇奥》篇的句子说明这种道理，真可以说是会读诗的人了。

硕　人

【故事介绍】

齐庄公的女儿，嫁给卫国的国君庄公，叫庄姜。庄姜不但身份高贵，人又长得非常美丽。卫国能和比它强大的齐国联姻，已经欣喜万分。而娶来的齐国公主又那么美丽，齐国派来送嫁的行列更是浩浩荡荡地渡河而来。车马人员都装扮得非常鲜艳华丽，轰动了整个卫国，全国欢腾鼓舞，到处洋溢着一片喜气。于是卫人就写出了这篇《硕人》诗表达他们对庄姜的欢迎热忱。诗对庄姜的美，描写细腻，比喻恰当，成为一篇有名的描写美人的上乘作品。只可惜后来庄姜无子，因而失宠，真是自古红颜多薄命，世上少有美满的事情啊！

【原诗注译】

硕人其颀，　　硕：大。
颀：秀长而高的样子。

衣锦褧衣。　　衣，作动词用，即穿。
衣锦：穿着有文采的衣服。
褧（jiǒng）：罩袍。锦衣不能常洗，故用罩袍遮盖，以免弄脏。

齐侯之子，　　齐侯：齐庄公。

子：女儿。

卫侯之妻， 卫侯：卫庄公。

东宫之妹， 东宫：太子所居之宫。用以代表太子。此东宫指齐庄公的太子，名得臣。

邢侯之姨， 邢侯：邢国的国君。

姨：妻的姐妹叫姨。

谭公维私。 谭公：谭国的国君。

维：是。

私：姐妹的丈夫。

【今译】庄姜个儿很高大，锦绣的衣服套罩袍。她是齐侯的掌上明珠，卫侯的君夫人，太子的小妹，邢侯的小姨，谭公是她的姐夫。

手如柔荑， 荑：茅草针。茅草抽出的芽，细长白嫩。

肤如凝脂， 凝脂：凝固的油脂，油脂凝固后白润可爱。

领如蝤蛴， 领：脖颈。

蝤蛴（qiú qí）：一种蛀蚀木头的虫子，白胖而长。此处用来形容庄姜脖颈白嫩柔软。

齿如瓠犀， 瓠犀：瓠瓜子，白而整齐。

螓首蛾眉。 螓：小蝉，其额宽广。

蛾眉：眉似飞蛾的触须，细长而弯。

巧笑倩兮， 巧笑：笑的样子很美好。

倩：形容两腮好看的样子。

美目盼兮。 盼：黑白分明，形容庄姜眼睛清明有神。

【今译】她的双手纤纤像茅草针，皮肤似凝结的油脂般白皙柔润，脖颈像蝤蛴般的柔软白嫩，额头方正宽似蝉，眉毛细长弯又弯。笑起来两腮妩媚真好看，一双眼睛黑白分明亮闪闪。

硕人敖敖， 敖敖：修长的样子。

说于农郊。 说：停息。

四牡有骄， 四牡：四匹公马。《诗经》中都是一车四马，四马都是公马。有骄：骄然，形容马的高大神气。

朱幩镳镳， 朱：红色。

幩：马衔外面的装饰，用红绳缠着，所以叫朱幩。

镳（biāo）：本指马衔外面的铁。镳镳：很华盛的样子。

翟茀以朝。 翟：本指长尾的山雉（一种羽毛美丽的野鸡）。在此指翟车，即用美丽的山雉羽毛装饰的车子。

茀：遮蔽，即车帘子，古时妇人乘车，前后都用帘子挡起来。

以朝：来上朝，即入朝见卫君。

大夫夙退， 大夫：卫国的众官员。

夙：早。

无使君劳。

【今译】体格健壮个儿高，车子停息在近郊。四匹公马好神气，红色的镳饰好华丽，挂着雉羽装饰的车帘来上朝。大夫们知趣早些退，不要使君上太操劳。

河水洋洋， 河：指黄河，由齐国到卫国要经过黄河。

洋洋：汪洋一大片。

北流活活。 活活：形容河水流的声音很响亮。

施罛濊濊， 罛：渔网。施罛（gū）：撒渔网。

濊濊（huò）：形容撒渔网时哗哗的声音。

鳣鲔发发， 鳣：鲤鱼。

鲔：似鳣而小的鱼。

发发：形容群鱼进网后泼喇泼喇的样子及声音。

葭菼揭揭。 葭菼（jiā tǎn）：芦苇之类的植物。

揭揭：很长的样子。

庶姜孽孽， 庶：众。

姜：指齐国陪嫁来的姜姓女子们。古时女子出嫁，有用侄、妹等陪嫁的礼俗。

孽孽（niè）：打扮华丽的样子。

庶士有朅。 庶士：护送庄姜来的许多武士。

有朅（qiè）：朅然，很武壮的样子。

【今译】黄河的水流浩荡荡，哗啦哗啦往北淌。撒下渔网呼呼响，泼喇泼喇鳣鱼鲔鱼一大网，芦苇长得高又长。陪嫁的女子们打扮得好漂亮，护送的武士们昂首阔步好勇壮！

【评解】

这是我国文学史上第一篇成功地描写美女的杰作。

第一章头两句就勾勒出庄姜的一幅小像。我们读了，好像已经看到一位个儿高高，衣饰华丽，态度雍容，举止高雅的贵族女子。“齐侯之子，卫侯之妻，东宫之妹”是说她的父族和夫族的尊贵。“邢侯之姨，谭公维私”是说她亲戚的尊贵。这五句简直就是庄姜的一个小传。而且五句依照亲疏远近之别写来，井然有序。

第二章用比喻的手法，实写庄姜之美。描写细腻，比喻恰当，让人读了，颇有真实之感。而最后两句更有画龙点睛之妙，因为只前五句，不过是一个石膏美人，有了后两句，才把庄姜写活了，真是传神之笔。全章由静态美写到动态美，由素质之美写到绚烂之美，无怪乎清人姚际恒赞美说：“颂千古美人，无出其右，是为绝唱。”

第三章写庄姜来嫁时所乘的车驾，四匹镳饰飘散着的高头大马，拉着装饰华丽的贵族礼车，好不神气！卫君到郊外迎娶来之后，臣下都能体贴入微，相告早些退下，以免君王过于劳累，因为今天是他们的洞房花烛夜啊！

第四章写齐国之富饶，送嫁行列之壮盛，场面之浩大，表现出泱泱大国之气概。本来，如果按照庄姜来嫁时间的先后，此章应先叙出。但本诗主要是站在卫国立场，以赞美庄姜，光耀卫国为主，所以就把叙述庄姜个人的尊贵，放在第一章。描述齐国富庶强大的诗句，排在末章陪衬的地位，而有主从轻重之别。连用六组叠字，是本章的特点。

全诗虽然着重在描述庄姜的华贵美丽，没有写她是如何贤德，但我们看得出来，不必多说，其贤自见，这就是弦外之音。

《论语·八佾》：“子夏问曰：‘巧笑倩兮，美目盼兮，素以为绚兮。’何谓也？”子曰：‘绘事后素。’曰：‘礼后乎？’子曰：‘起予者商也！始可与言诗已矣！’”子夏所引的三句诗，前两句是这篇《硕人》诗第二章中的句子，但无第三句。所以宋人朱熹判断子夏所引的诗是逸诗（散逸在外没有被收在《诗经》中的句子）。三句中前两句正如本诗所说是描写美人嫣然一笑，明眸皓齿，两腮微现酒窝的妩媚之态，后一句“素以为绚兮”，素是粉地，绚是彩色。是说，我们绘画时先要有粉白的底子，再加以彩色的颜料。所以孔子回答子夏说“绘事后素”，也就是说人先要有好的本质，再加以修饰就会更好看。而子夏马上领悟到“礼后”的道理。就是说礼是人为的一些条文，只是表面的一种形式，主要是在内心的真情，所以说礼是在真情之后的。譬如说亲人逝世，内心并不忧戚难过，但却铺张葬仪，这有什么意义呢？相反的，内心悲伤万分，而葬仪并不铺张，只要简单隆重已够，这却是很可取的。我们为人处世，也都应该以真情为重，那些人为的繁文缛节，虚假的客套是没有什么意义的啊！孔子由于子夏的因诗悟道，称赞他会读诗且自己也得到了启发，这是很可贵的。

氓

【故事介绍】

一个土里土气的野小子，笑嘻嘻地抱着匹麻布来找关上姑娘交换她的蚕丝。哦！他不是真的来换丝，是借机来聊天打她的主意的。来了两回，他走的时候，姑娘竟送他过淇水，一直送到顿丘才回转。原来这位姑娘已动了心，他们约好再相会的日子。但到时候她没有赴约，他前去责问，她说："是你没央媒人来说亲啊！不过别生气，我们决定到秋天再议婚好了。"

这样，就不见了男的踪影，但她已像斑鸠吃多了桑葚般被迷醉了。她天天盼他前来相见，天天攀上那垛破墙头去遥望他的踪影，而天天都让她失望。她伤心透了，伤心得涕泪交流。虽然她的兄弟劝她不要那样痴心，她哪听得进去！忽然一天，他来了。她高兴极了，有说有笑地赶紧前去迎接。于是他告诉她已用龟壳蓍草卜算过卦，结果都很好，她就相信了他而答应了他的求婚。当他驾车来迎娶时，这位姑娘就高高兴兴地带了她所有的积蓄跟他而去。于是他的计划成功，从此人财两得了。

跟他过了几年的苦日子，虽然常常闹穷，虽然天天劳累，她却从没怨言，甘心忍受。可是没想到，当她带来的积蓄用光，劳累得也失去了当日的美貌，他就变心了，对她不是拳打脚踢，就是怒气冲天，最后把她休回娘家。她大归时又经过来时的淇水。淇水仍然在哗啦哗啦地淌着，但在她听来，感受却不一样了。更加上车帷被水溅湿，使她显得格外狼狈难堪，伤心欲绝。她的兄弟不知底细，见她被休回家，对她冷言冷语，嘿嘿冷笑。她只有独自哀伤，独吞苦水。

她回想从前说好要白首偕老的，现在想起这话她就怨恨，回想当年谈情说爱，一团高兴，跟他来时是何等的欢乐！而他当初的誓言如今却完全推翻，还有什么好说的呢？到此，她是后悔莫及了。

【原诗注译】

氓之蚩蚩，	氓：野民，指不知其姓名的男子。 蚩蚩：敦厚的样子，或解为笑嘻嘻的样子。
抱布贸丝。	布：织好的麻布。 贸：交易，古代以己之所有去换己之所无的东西，即以物易物。
匪来贸丝，	匪：不是，下同。
来即我谋。	来即我：来找我，到我这儿来。
送子涉淇，	涉：徒步过水。 淇：卫国一条水名。
至于顿丘。	顿丘：地名。
匪我愆期，	愆：过。愆期：错过日期。
子无良媒，	
将子无怒，	将：请。 子：对男子的尊称。

秋以为期。

【今译】一个野小子笑嘻嘻，抱着麻布来换丝。并不是真的来换丝，是来打我主意。送你送过淇水去，一直送你到顿丘。不是我有意错过好日子，是你没有个好媒人来说亲。请你不要生气别着恼，秋天的日期再约好。

乘彼垝垣，　　乘：登上。

垝：毁。

垣：墙。

垝垣：毁坏的墙。

以望复关。　　复关：回到关上，或说复关是地名，此处是以地名代表她所盼望的人。

不见复关，

泣涕涟涟。　　涟涟：泪流不止的样子。

既见复关，

载笑载言。　　载……载……：是说一边……一边……载笑载言：一边说一边笑，即有说有笑。

尔卜尔筮，　　尔：你。

卜：用龟壳占卜。

筮：用一种叫蓍草的算卦。

体无咎言。　　体：卦体，即占卜出来的结果。

咎言：不吉祥的话。

以尔车来，

以我贿迁。 贿：财物。

迁：带过去。

【今译】登上那破墙去遥望，望望他有没有回关上。不见他人儿回关上，我就眼泪鼻涕一齐淌。见他回到关上来，有说有笑好开心。你既已占卜又算卦，都是一些吉祥话。你驾了车子来迎亲，我就带着财物跟你去。

桑之未落，

其叶沃若。 沃若：柔嫩光泽的样子。

于嗟鸠兮， 于嗟：叹词。

鸠：斑鸠鸟。

无食桑葚！ 桑葚：桑仁、桑果。有甜酸之味，吃多了会有醉意。

于嗟女兮，

无与士耽！ 士：指一般男子。

耽：欢乐。

士之耽兮，

犹可说也；

女之耽兮，

不可说也。

【今译】桑叶还没落的时候，非常光泽又柔嫩。唉！斑鸠鸟儿呀，可别贪吃桑葚啊！奉劝女孩子们呀，可别和男人一起欢乐啊！男人欢乐还可说；女孩子欢乐可就不像话啊！

桑之落矣，

其黄而陨。 陨：坠落。

自我徂尔， 徂：往。

三岁食贫。 三岁：三年，就是好几年的意思，古文古诗常以三指多数。

淇水汤汤， 汤汤：形容水流哗哗的声音。

渐车帷裳。 渐：打湿。
帷裳，指车子的帷幔。

女也不爽， 爽：差错。不爽：没有差错。

士贰其行。 贰即二，贰其行即行为不一样。

士也罔极， 罔：无，无极：无所极止。心里怎样想法，让人摸不透，即存心不良的意思。

二三其德。 德：品德，品德不一样，即三心二意。

【今译】当桑叶枯黄了就飘落下来了。自从我到你家来，多少年都是过穷的日子，现在你却把我赶回去，我又经过跟你来时的那条淇水，没想到此刻淇水也在欺负我。淇水哗啦哗啦地淌着，竟溅湿了我的车帷幔。我女的并没什么差错，是你男人行为两样，男人太没良心啊，三心二意地耍花样！

三岁为妇，

靡室劳矣。 靡：没，此句是“不以家务为劳苦”。

夙兴夜寐， 早起晚睡。

靡有朝矣。 朝是早上，此句是说没早没晚的（都在操劳）。

言既遂矣， 遂：成。此句是：原先（结婚时）已经讲好的话，而今却不照着去做，意思是：好话说在前头。

至于暴矣。 暴：施残暴。

兄弟不知，

咥其笑矣。 咥：讥笑。

静言思之， 言：语词。

躬自悼矣。 躬：自己。

悼：伤心难过。

【今译】做了你家三年的媳妇，从来不嫌家务劳苦啊！每天早起晚睡，没早没晚地操作啊！没想到你从前说得那么好听，如今却对我施残暴啊！我的兄弟还不知道，知道了可就对我讥笑啊！静静地思前又想后，我只有自己伤心自己苦恼啊！

及尔偕老，

老使我怨。

淇则有岸，

隰则有泮。 隰：低下潮湿的地方。

泮：涯，边。

总角之宴， 总角：结发，古时男女未成年时，将头发梳成两边相对而上翘的辫子。

宴：欢乐。

言笑晏晏。 晏晏：柔和温顺的样子。

信誓旦旦， 旦旦：很诚恳的样子。

不思其反。 反：以往，从前。

反是不思，

亦已焉哉！ 亦：语词。

已焉哉：算了吧。

【今译】你曾说过“我要和你白首偕老”，想起你这偕老的话我就怨恨，淇水都有个岸，湿地也有个边。想起年轻时谈情说爱的欢乐情景，你有说有笑温顺又和善，还对我诚恳发誓永不变。如今你却不再想从前。从前的事情你不再想，只好算了算了，一切不必再谈了啊！

【评解】

自由恋爱而结合的男女，固然能达成有情人终成眷属的愿望，但是如果遇人不淑，导致婚姻破裂，女方遭到被遗弃的命运，可就无人可以去诉苦。因为当初是你自己选中的，是你心甘情愿的，又怨得了谁？怪得了谁呢？这篇《氓》就是写这样一个女子的不幸遭遇，也给被爱情冲昏了头脑的青年男女一个很好的借鉴。

第一章是女的被遗弃后，回想当初他们认识以至发生感情的情形。一开头就叙述那位貌似忠厚的野小子笑嘻嘻地，以交换物品为借口，来找这个女孩子攀谈。原来他是醉翁之意不在酒，而另有目的啊！当然，可能这不是他们的第一次见面，因为大家都在一个市场：一个供原料，一个出成品，很自然地就要常常交易了，所以日久情生，也是很自然的。这天男的又来找她，干脆向她求婚，要马上娶她，不料女的并没有即刻答应，但又心疼男的难过，所以就要他去托媒人说亲，并约好以秋天为结婚之期。在这一章里，女的回忆当初那男子怎样追求她，她怎样恋恋不舍地送别，一面矜持，一面又订后约，写出女孩子不可测度的心理。那种一面轻责，一面又安慰的情境，真是历历如绘。

第二章先写两人热恋中的一段小插曲。女的简直“不能一日不见君”，所以在她等待他的到来，等得焦急万分时就登上破墙头，希望能遥望到情郎的身影。但是任她痴心远望，仍是天涯邈邈，毫无踪影。失望之余，她不禁伤心难过得涕泪交流。正在此时，她所盼望的人儿却翩然而至。于是她破涕为笑，欣喜若狂，此时才深深体会到相思之苦，才体会到他对她是多么重要，于是不能再矜持，不能再等待了。况且男的说他去占卜的结果也很好，就决定带了所有的私蓄，坐上他的车子，一团高兴地跟他而去。

第三章先以桑叶未落时的肥美光润，比喻女孩子的青春貌美。在青春散发时候的女孩子禁不住男孩子的百般引诱，就很容易沉醉在爱情的美酒里。然而却也容易造成一失足成千古恨的悲剧。所以这个女子以她自己的惨痛经验，警告世上的青春少女，不要像斑鸠鸟似的贪吃桑葚以博取一时的欢乐陶醉，那是很危险的呀！到此时她已感到往事如烟，不堪回首，只有自怨自艾，悔不当初了。“于嗟女兮，无与士耽！士之耽兮，犹可说也；女之耽兮，不可说也”，更是语语酸痛，句句悔恨，既以自悔，又以警人，语重心长，真是最好的醒世警言啊！

第四章以桑叶枯黄落地，比喻女子的色衰爱弛。不管怎样，总算也曾夫妻一场，跟你共同度过多少的艰苦岁月；如今你却郎心如铁，把我遗弃，而我大归时又经过当初跟你来时的那条淇水。想想那时的情境，真有往事不堪回首之感哪！而且人在倒霉时，连那淇水似乎也在欺负我，竟打湿了我的车帷帐，怎不令我为之心碎啊！想想和你相处的这些年，我并没有什么差错，而是你反常变心，你实在太没良心了。第一句“桑之落矣”，一个“矣”字就有黯然销魂，无可奈何之感，如改为“桑之既落”则索然无味了。在此，我们要注意的，她当初嫁来经过淇水，难道就没溅湿车帷帐吗？只是那时他们正在一团高兴，满心欢喜，认为天地间只有他们两人的存在，哪还管得了其他呢！而如今却就不同了……

第五章又自诉她嫁后虽然昼夜操劳，从无怨言。而在他们家境好转时，男的却对她施以残暴。这种情形兄弟还不知道呢，如果他们知道了一定会讥笑我的。我实在是自作自受，哑巴吃黄连，又能怨谁怪谁呢！只有自我哀怜自我苦恼了。我们看，她内心的痛苦该是如何深沉啊！全章用了六个“矣”字作语助，读之有哀怨凄苦之感，也有无可奈何之叹！

末章将整个故事的始末再叙述一遍，至此，知道男的已恩断情绝，没有挽回的余地了。她只有饮恨吞声，自叹自怜，寥寥数语，却有无限的转折。一转一叹、一叹一泪，而她的怨，她的恨，她的悲，她的悔，已达极点！

我们看在第一章"氓之蚩蚩"已透露出这个男子的不可靠：看起来似乎敦厚老实，然而他的鬼心眼儿可多着呢！你看！他不是想不需媒人这道手续就要女的嫁给他吗？（子无良媒）难怪女的不肯了。在第二章中，这个"氓"有意不去找她，好叫她尝尽相思之苦。这样一来，女的就比较容易答应他的求婚了。这是用的"以退为进"的心理战术啊！再说"尔卜尔筮"，"尔"是指男方，只是男的告诉她已占卜过了，说卦兆很好。事实上他根本没去占卜，只是用这种方法骗她。而她被爱情冲昏了头就相信不疑，所以就轻易地带着私蓄跟他而去。男的是人财两得暗自高兴。女的却做了一个大傻瓜，她为什么不自己也去占卜一下呢？"以尔车来，以我贿迁"写出女方没有深加考虑的轻率之态。他们的爱情至此达到最高潮，而高潮过后就是低潮的来临。于是以下四章都是女的诉说不尽的追悔怨艾，她反复申诉，荡气回肠，哀怨欲绝。更苦的是不能向别人诉说，只有自己忍受，甚至连自己的兄弟知道了都会讥笑她。因而我们可以想到，这个女子一定没有了父母，也没经过兄弟的同意，就自作主张地和那男的私奔。所以最后的苦果，只有自己吞食了。

篇中第一章先称那男子为"氓"，不知哪儿来的一个野小子，说明女方最初对他毫无了解。接着称"子"，子是对男子的尊称，这时她已把他当作朋友看待而尊重他了。第二章就称"尔"，是二人感情很好以后的亲昵称呼。第三章就视这个男子为路人一般而称之为"士"了，到后来根本连士也不称了。我们由女子对男子的称呼，就可看出两人感情的进展，颇耐人寻味。

《氓》和《谷风》同是写弃妇的诗，并为《国风》中叙事诗可以比美的双星，然而两篇的形式与作风都有所不同：《谷风》是先陈述夫妇的正道，再叙述被弃的冷落，后叙述被弃的痛苦；《氓》

是先说当初恋爱时的热烈，再转到被弃时的追悔。两篇所叙两人结合的情形也不同：《谷风》中的女子是按照当时正式婚礼结合的，所以在她被弃诉苦时理直气壮；而《氓》中的女子是自由恋爱、自作主张的婚姻，被弃时无人可诉，无处可诉，也无脸可诉，因而她的痛苦较之《谷风》中的女子就更深一层了。

伯　兮

【内容提示】

卫国的女子由于她丈夫去从军为周朝天子打仗，且做开路先锋，感到无上的光荣，非常的骄傲，但总免不了相思之苦。起初只是心情懒散，无心打扮，后来竟然相思到生病。在无可奈何的情境下，只好甘心以相思度日了。

【原诗注译】

伯兮朅兮，　　伯：老大，此处是女的称她丈夫。

朅：很武壮的样子。

邦之桀兮。　　邦：国家。

桀：同杰，即杰出的人才。

伯也执殳，　　殳：兵器。古用竹做，长一丈二尺，有棱无刃。

为王前驱。

【今译】我的哥儿好勇武哟，是国家杰出的人才哟。他手持殳上战场，为王打仗做前锋哪！

自伯之东，	之东：往东方去。
首如飞蓬。	蓬：草名，结的实似棉絮，风吹则乱。此形容无心梳洗以致发乱如飞蓬。
岂无膏沐？	膏：擦头发的油。 沐：米汁，用以洗发的，洗发也叫沐。
谁适为容！	适：喜悦。为博得谁的喜悦而打扮。

【今译】自从哥儿去东方，我的头发就凌乱像飞蓬。哪里是没有发膏和米汁？为谁打扮好姿容！

其雨其雨！	其雨：希望下雨的意思。
杲杲出日。	杲杲：明亮的样子。
愿言思伯，	愿：念。 言：语词。愿言思伯即念念不忘地想丈夫。
甘心首疾。	首疾：头痛。

【今译】盼着老天快下雨，偏偏太阳高高照。念念不忘地想哥儿，想得头痛也甘心。

焉得谖草? 焉：哪儿。

谖：忘。谖草：健忘草。希望得谖草，吃了可以忘去忧思烦恼。

言树之背。 言：语词。

树：种植。

背：屋后。

愿言思伯，

使我心痗。 痗（mèi）：病。

【今译】哪儿去找健忘草？把它种在屋背后。念念不忘地想哥儿，使我心头郁结病缠身。

【评解】

我们读了第一章，会有一种直觉的感受，就是作为一位军人的眷属，既以她丈夫的勇壮杰出为傲，更以能出征杀敌，为国家、民族打前锋为荣。像后来乐府诗《陌上桑》“何用识夫婿？白马从骊驹”及唐人诗“良人执戟明光里”也都是以丈夫为傲，以丈夫为荣的诗句，但都不如此诗表现得周全而有意义。

然而公义与私情往往是冲突的。固然以丈夫能去杀敌卫国为荣，但总难免相思之苦，所以做妻子的在家就无心梳洗打扮了。本来嘛，女为悦己者容，丈夫不在家，又打扮给谁看呢？第二章对这位思妇的懒散心情刻画入微，也正表现了她对丈夫爱情的深固。

第三章就写出她渴盼丈夫之归来，正如大旱之望云霓。然而每天偏偏都是阳光普照，毫无雨意。丈夫的归来，实在太渺茫了。

她只好以相思度日，即使相思得头痛，也心甘情愿。真是所谓“衣带渐宽终不悔，为伊消得人憔悴”啊！“愿言”二字表示寄意的深厚，“甘心”二字写出这位妇人的可怜可感。

末章写这位妇人想消愁而愁更愁，以至于想借健忘草使自己浑然忘掉一切，以免相思之苦。然而又到哪儿去找这健忘草呢？而且不相思又如何度日？干脆相思下去算了，即使心头郁结成疾，也是乐于忍受的。

此诗对这位思妇的描写，始则首如飞蓬，头发已乱，然而还不至于病；后来就甘心首疾，头已痛了，而心还没有病；直到最后“使我心痗”，心也病了，心病是难医的啊！笔法层层推展，以示征人离家之久，妇人思念之深。全诗无半句怨言，但感人之力却特别深刻，真是一篇标准的好诗，开启后世多少征人思妇“闺怨”诗的杰作！

不过像唐诗的“闺中少妇不知愁，春日凝妆上翠楼；忽见陌头杨柳色，悔教夫婿觅封侯”，不如“打起黄鸾儿，莫教枝上啼；啼时惊妾梦，不得到辽西”。而“打起黄鸾儿”诗又不如本篇之动人。这一篇是用一些特殊的事件（首如飞蓬，甘心首疾，焉得谖草……）说明她思念的心情，在艺术上是很有成就的。胡适小诗：“也想不相思，可免相思苦；几度细思量，宁愿相思苦。”就是由此诗衍化而出的。

六、《王风》四篇

扬之水

【故事介绍】

话说周朝自平王迁都洛邑，已经声威不振了。再过五六十年，南方的楚国越来越强大，时常兴兵北上，吞并汉水流域的小国。周桓王十六年，被封为子爵的楚国国君熊通，竟自称楚王（死后的谥号是武王），通告汉水、淮水一带诸侯，在沉鹿地方开会，黄、随两国不来参加，楚王就出兵攻打随国，把随国打败，势力就直逼王畿（周天子所直接统辖千里以内的地方）而来。于是周桓王不得不派兵戍守王畿外围的申、甫、许等国，以为戒备。

有一家兄弟三人，都被征调而去。先是大哥被征前往申国，继而二哥又被征前往甫国，最后连家中仅剩的一个男人即刚新婚的三弟也被征前往许国戍守去了。这样家中留下三个妇人，天天盼望她们的丈夫早日调防回来。一年过去了，没有消息；两年过去了，没有消息；三年期限也快到了，还是没有消息。日暮时分，三个妇人站立在村旁山溪激流的溪岸上，向南去的大路眺望，希望她们的丈夫会突然出现，但一点踪影也没有。

于是她们试着水占，来卜预兆。先由大嫂抱来一捆木柴，口中喃喃地向天祷告一番，便把整捆木柴抛向溪水中去。木柴便被激流冲去，一下子不见了；可是一下子又浮出水面来，便被几块大石挡住了。大嫂失望之至，似乎听到大哥在她耳边低语："我的那个人儿哟，不能和我一块儿来戍守申国，想念好想念啊！啥时我才能回家！"接着二嫂抱来一捆小树枝，比大嫂的木柴要轻了不少。她祷告过后，抛向水中，小树枝半浮半沉地冲下去，到几块大石那儿，也被挡住。二嫂耳边似乎也听到了二哥的低语。最后弟媳抱来一捆晒干的蒲草，简直像棉花一般轻松。她虔诚地跪下，叩了三个头，然后祷告，祷告完再叩三个头才站起来把蒲草抛下溪去。蒲草浮在水面，一冲就走。但冲到大石那儿，给二嫂的树枝扎住了，同样不再流下去。弟媳耳边，也听到了水卜给她的回响。

三个妇人痴痴地站在那儿望着那远处被挡住的柴草，直到月出银光洒地，还没有回家。

【原诗注译】

扬之水，	扬：水飞溅的样子。
不流束薪。	束薪：一捆柴薪。
彼其之子，	其：语词。 之子：这人。指戍守人的妻子。
不与我戍申。	申：姜姓国，在今河南南阳地方。

戍：驻在那儿守备。

怀哉怀哉！

曷月予还归哉！ 曷：何。

【今译】激荡飞溅的水呀，带不动一捆柴薪。我的那个人儿呀，不能和我一块来戍守申。想念啊想念啊，什么时候我才能回家！

扬之水，

不流束楚。 楚：树名，荆棘之类。

彼其之子，

不与我戍甫。 甫：也是姜姓国，也在今河南南阳一带。

怀哉怀哉！

曷月予还归哉！

【今译】激荡飞溅的水呀，带不动一捆楚木。我的那个人儿呀，不能和我戍守甫。想念啊想念啊！什么时候我才能回家！

扬之水，

不流束蒲。 蒲：草名。

彼其之子，

不与我戍许。 许：也是姜姓国，在今河南许昌。

怀哉怀哉！

曷月予还归哉！

【今译】激荡飞溅的水呀，一捆蒲草都流不下去。我的那个人儿呀，不能和我来戍守许。想念啊想念啊！什么时候我才能回家！

【评解】

《诗经》多相同句，两篇第一句相同的更常见。《邶风·柏舟》和《墉风·柏舟》，第一句都是“泛彼柏舟”。《国风》中有三篇《扬之水》，每章的第一句更都是“扬之水”三字。但《王风》和《郑风》的两篇，所接的第二句是“不流束薪”、“不流束楚”那样不称心的句子。而《唐风》的一篇却是：“扬之水，白石粼粼”，水清见底的那种舒畅的句子。于是日本人白川静在他的《诗经》研究中，应用民俗学来研读《诗经》。他研究的结果，告诉我们，这是古人风俗把柴束投入水中占卜吉凶，因卜得的预兆有好坏，所以就有欣喜的歌唱和忧愁的申诉两种诗歌的差异。日本《万叶集》中尚有这种水占风俗的诗保留下来。那诗是：“伊人久别离，饶石清且凄；借水占安吉，伊家在河西。”又说：“日落渡津，柘枝漂逝；枝阻鱼梁，劝君莫失。”久别相思，就去水占以卜安吉，完全和《王风》这篇《扬之水》的情景相符。“枝阻鱼梁”得到不好预兆，就只好劝告一番。所不同的是日本的风俗水占是用柘枝，而我国周代是用“束薪”、“束蒲”，大同中有小异而已。

《王风》这篇《扬之水》，台湾大学已故校长傅斯年断定是周桓王、庄王年间，周天子派兵戍守申、甫所产生的作品。因为“桓庄以前，申、甫未被迫；桓、庄以后，申、甫已灭于楚”。他的推断，最近情理。我现在再假定是周桓王十六年（公元前704年）楚子称王，会诸侯于沉鹿以后几年间的事，并用白川静的说法来解释这诗。

兔　爰

【内容提示】

这诗是东周王畿人民自平静岁月中忽遭连年灾乱，疲于奔命的反映，消极悲痛的呻吟。

【原诗注译】

有兔爰爰，　　爰爰：缓慢。

雉离于罗。　　离：同罹，遭遇。

罗：网。

以上两句是说乱世法政无常，小人反而逍遥法外，好人反遭逮捕。以兔子比喻小人、坏人，以雉鸡比喻好人、君子。

我生之初尚无为，

我生之后，

逢此百罹。 百罹：各种灾难。

尚寐无吪！ 尚：希望的意思。

寐：睡觉。

吪：出声音。

【今译】兔子逍遥又从容，野鸡却投到罗网中。我初生的时候还太平，我长大以后，碰上各种的灾凶。还是睡去吧！睡去不会再出声！

有兔爰爰，

雉离于罦。 罦：一种捕鸟的网。

我生之初尚无造， 无造：无为。

我生之后，

逢此百忧。

尚寐无觉！ 觉：醒。

【今译】兔子逍遥又自在，野鸡陷到网中来。我生之初没有灾害，我长大之后灾害都来。还是睡去吧！睡去不再醒过来！

有兔爰爰，

雉离于罿。 罿：捕鸟网。

我生之初尚无庸，

我生之后，

逢此百凶。

尚寐无聪！

【今译】兔子走得慢又慢，野鸡倒霉网里陷。我生之初没有灾难，我长大以后，灾难连年没有断。还是睡去吧！睡去两耳不再听见！

【评解】

方玉润评此诗说："狡兔脱而介者烹，奸者生而良者死。所谓百凶并见，百忧俱集时也。诗人不幸遭此乱离，不能不回忆生初犹及见西京盛世，法制虽衰，纪纲未坏，其时尚幸无事也。迨东都既迁而后，桓文继起，霸业频兴，而王纲愈坠，天下乃从此多故。彼苍梦梦有如聋聩，人又何言？不惟无言，且并不欲耳闻而目见之。故不如长睡不醒之为愈耳。迨至长睡不醒，一无闻见而思愈苦。古之伤心人能无为我同声一痛哭哉？此诗意也。"长睡不醒是不可能的，于是有人就求之于酒，希望能长醉不醒。所以后世诗人多饮酒以解忧。宋人王中有《干戈诗》："干戈未定欲何之？一事无成两鬓丝。踪迹大纲王粲传，情怀小样杜陵诗。鹡鸰音断人千里，乌鹊巢寒月一枝。安得中山千日酒，酩然直到太平时？"（中山是神仙，他造的酒吃后可醉一千天）就是这个意思。

"寥落古行宫，宫花寂寞红。白头宫女在，闲坐说玄宗。"这是唐人天宝以后乱离时代的诗。牛运震评《兔爰》说："读此诗，如闻老人说开元天宝年间事。"的确是如此！

葛 藟

【内容提示】

这是大动乱时代流落异乡者的悲歌。其内容可怜得像沿街喊爷要饭的乞丐，所以也有人称之为乱世的乞食之歌。

【原诗注译】

绵绵葛藟， 绵绵：接连不断的样子。

葛（gě）、藟（lěi）都是蔓生的植物。

在河之浒。 浒：水边。

以上两句是说葛藟牵连不断，互相依托，生长在它所应该生长的地方；而人在乱世，流浪他乡，无所依托，且不能在自己应该生活的地方生活，真是连无知的葛藟都不如啊！

终远兄弟， 终：步。

远：读作愿，是远离的意思。

谓他人父。

谓他人父，

亦莫我顾。

【今译】牵连不断的葛藤，牵牵连连河边生。永远离开自己的兄弟，流浪他乡去把别人叫父亲。虽然对别人称父亲，人家对我丝毫没有同情心!

绵绵葛藟，

在河之涘。 涘：河边。

终远兄弟，

谓他人母。

谓他人母，

亦莫我有。

【今译】葛藤牵牵连连长，长在河水水两旁。永远离开自己的兄弟，流浪他乡去把别人叫亲娘，虽把别人叫亲娘，也不把我放在心上。

绵绵葛藟，

在河之漘。 漘：水边、岸边。

终远兄弟，

谓他人昆。 昆：兄。

谓他人昆，

亦莫我闻。

【今译】葛藤牵牵连连生，生在岸边一层层。永远离开自己的兄弟，流浪他乡去把别人叫大兄。虽把别人叫大兄，也不会听到我的呼喊声。

【评解】

这篇《葛藟》是大动乱时代人民流离失所的实录，不必深解，而鲜明的印象，深深地留在读者的脑际。真可抵得上杜甫的“三吏三别”诸诗。南洋华侨读了，一定泪下。所以南洋华侨的宗亲会、同乡会特别发达。

牛运震说：“乞儿声，孤儿泪，不忍卒读。”每章用一叠句来转折，最为得力。

采　葛

【内容提示】

这是一首男子相思女友的恋歌。

【原诗注译】

彼采葛兮，　　葛采之可以织粗细的葛布。

一日不见，

如三月兮。

【今译】那人去采葛藤啦，一天见不到她，就像三月之久啦！

彼采萧兮， 萧：荻，祭祀用。

一日不见，

如三秋兮。 三秋可解作秋季的三个月，也可解作三年，但此诗一章已有三月，三章有三年，所以此三秋应解为三季。

为和“萧”字押韵，所以说三秋。

【今译】那人去采萧荻啦，一天见不到她，就像三季之久啦！

彼采艾兮， 艾，蒿属，祭祀用或燃点灸病，即在针灸中，灸所用的艾草。

一日不见，

如三岁兮。

【今译】那人去采艾蒿啦，一天见不到她，就像三年之久啦！

【评解】

男女相恋，两人别离后，相思而不得相见，男子即以相思度日，所以度日如年。当他相思度日的时候，今天推测她是去采葛了，明天推测她是去采萧了，后天推测她去采艾了。并不是真的只有一天不见，也不是真的知道她在做什么啊！也不是说一日不见，真像已分别三月三季三年那么久远了。只是说一旦分别了，起初像是隔三个月没见面，接着又像隔了三季没见面，再久一些，就像三年不见了，是强调他的心理感觉。夸张笔法，正合人心，便成好诗。所以"一日三秋"的成语也会被大家公认而普遍流行。正像李白《秋浦歌》所说："白发三千丈，缘愁似个长；不知明镜里，何处得秋霜？"大家也公认是首好诗。他的夸张笔法，粗看令人觉得不合情理。但细想，我们一个人的头发，至少有三万根，只要每根一尺长，加起来就有三万尺，不就是三千丈长了吗？这是夸张的技巧。《采葛》的技巧，就在他用"一日不见"的话。

再说，李白用白发代表"愁"，便想到伍子胥过昭关，一夜发白的故事。在流亡的日子里，难关在前，就会让他愁得过一夜，像过了十年似的白了头发，更成了"一夜十年"。据说李白的《秋浦歌》，作于他流放夜郎的途中。乱世人的心情，往往趋向于极端，不是十分冷酷，就是非常热烈。一日三月，一日三秋，以至一日三岁，就是产生于乱世的心理状态。所以我们从社会心理学来分析，《采葛》诗可能是大动乱时代的产品。

七、《郑风》八篇

缁　衣

【内容提示】

公务员的生活是清苦的，但因为有位贤淑能干的妻子，为他缝制合身的制服，让他穿了去上班。下班回来，热腾腾的饭菜已在等他，使他在清苦的生活中感到莫大的幸福、无比的安慰。这样，物质的清苦又算得了什么？

【原诗注译】

缁衣之宜兮，　　缁：黑色。缁衣：公务员上班时所穿的制服。

敝，　　敝：破旧。

予又改为兮！

适子之馆兮，　　适：往。

馆：办公室。

还，

予授子之粲兮！ 授：给。

粲：同餐。

【今译】黑色的制服很合身啊，等穿旧了，我再为你翻个新呀！去办公室吧，下班回来，我就给你准备好了菜饭啦！

缁衣之好兮，

敝，

予又改造兮！

适子之馆兮，

还，

予授子之粲兮！

【今译】黑色的制服很好看啊，等穿坏了，我再给你改一遍呀！去办公室吧，下班回来，我就给你准备好了菜饭啦！

缁衣之席兮， 席：宽大。

敝，

予又改作兮！

适子之馆兮，

还，

予授子之粲兮！

【今译】黑色的制服很宽松啊，等穿破了，我再给你缝一缝呀！去办公室吧，下班回来，我就给你准备好了菜饭啦！

【评解】

此诗三章意思相同，只是为了押韵改了几个字。这篇诗的好处，在于朴实中有一种温馨恬淡之美。诗中用几个单字“敝”、“还”作为意思的转折，是很有技巧的写法。而每章几个“予”、“子”字，表现了两人之间一种亲密温热的关系，恰是相敬如宾的夫妇口吻。读了它，在我们脑海中浮现出一幅俭朴而温暖的小家庭的图画：丈夫奉公守法，清廉尽职，妻子贤淑能干，克勤克俭。家中收拾得朴实整洁，自己打扮得简洁朴素，对丈夫体贴入微，使家用量入为出，使丈夫没有后顾之忧而能安心于公务。而这背后的关键人物，却是那位贤惠的主妇——吏员的妻子。

将仲子

【内容提示】

恋爱中的一对情侣，男的急于想找女的谈情，而女的虽然也很想他，却一再拒绝他来，是怕父母、兄长，以及邻居的责骂耻笑。然而男的却不听这一套，一步步爬过里门、跨越院墙而闯进花园，一路摧折花木，一关关地闯过来找她。爱情的力量使人勇敢，但这样便变成不守秩序、扰乱别人的不当行为了。所以女的就劝他不要做出越轨的行动。

【原诗注译】

将仲子兮， 将：语词，没有意义。

仲子：古人兄弟姊妹的排行多用伯仲叔季，仲子就是老二的意思。

无踰我里， 踰：越过，或写作逾。

里：住处，即今之所谓村庄，古时二十五家为一里，里有里门。

无折我树杞。 树杞即杞树，木名，即杞柳。

岂敢爱之？

畏我父母。 母字古音读米。

仲可怀也，

父母之言，

亦可畏也。

【今译】喊一声我的二哥啊，可别爬过里门来呀！也别把那杞柳折断啦！我哪儿是爱惜那杞柳，只怕父母骂我坏丫头。我想二哥也想得够苦恼，可是父母的责骂我也受不了啊！

将仲子兮，

无踰我墙，

无折我树桑。

岂敢爱之？

畏我诸兄。

仲可怀也，

诸兄之言，

亦可畏也。

【今译】喊一声我的二哥啊，可别跨过我的墙呀，也别把那桑树踩断啦！我哪儿是爱惜那桑树，只是怕哥哥们骂我太糊涂。我想二哥也想得够苦恼，可是哥哥们的责骂我也受不了啊！

将仲子兮，

无踰我园，

无折我树檀。 檀：树名。

岂敢爱之？

畏人之多言。

仲可怀也，

人之多言，

亦可畏也。

【今译】喊一声我的二哥啊，可别越过我的园呀！也别把我檀树来踩断呀！我哪儿是爱惜那檀树，只是怕人们会羞辱。我想二哥也想得够苦恼，可是人们的羞辱我也受不了啊！

【评解】

此诗描写这位女孩子的心理可说刻画入微。三章也是用的渐层式的写法，写“仲”的来到，由里而墙而园，一步步地逼近，是爱情的力量使他有这勇气。而写女孩子的畏惧心理，由父母而诸兄而众人，关系由亲近而渐渐疏远，这是受了礼俗的约束，不敢做出越轨的行为。人际关系之中，当然父母和自己最为密切，父母对自己最为关心，所以首先要顾及的也是父母的态度；然后才是诸兄，做哥哥的在家中地位相当高，是有权管教妹妹的，所以说“诸兄”而不说“兄弟”；最后顾到的才是和自己没有亲属关系的左右邻人。父母诸兄的责骂是出于一种亲人之间的爱护心理，而其他人的闲言闲语可就是一种耻笑的心理了，所以也要顾到，不能因为自己的不当行为而使家人蒙羞。这个女孩子可以说很有理性而能够“发乎情，止乎礼”，是值得我们称赞的。

萚　兮

【内容提示】

秋风送爽，五谷收成，家人团聚，欢谈共乐，唱出这支表现安和乐利，满足幸福的淳朴之歌来。

【原诗注译】

萚兮萚兮，　　萚（tuò）：竹笋于新竹生长时外壳就脱落叫萚。凡是草木皮叶脱落也叫萚，是秋天的景象。

风其吹女。　　女：同汝。你。下同。

叔兮伯兮，

倡予和女。　　倡：领头唱，即应和着合唱。

【今译】树叶枯黄落下地啦，风儿一吹就飞起。我的叔叔和伯伯呀，领头唱歌我来和。

萚兮萚兮，

风其漂女。

叔兮伯兮，

倡予要女。　　要：接着唱。

【今译】树叶落地已枯黄啦，被风吹着飘荡荡。我的叔叔和伯伯，你先领头我接唱。

【评解】

此诗两章，意思与句法完全一样，也是为押韵而换几个字。读了此诗，我们有一种知足常乐的感觉。炎热的夏天过去，宜人的秋天来到，凉风习习，令人精神为之一振，倍觉舒畅。农田又有满意的收获，于是家人团聚一起，欢乐歌唱，由长辈们领头，晚辈跟着相和。歌声在秋风中飘荡着，他们的幸福之感在心中飘荡着。这是一幅多么美好的家庭和乐图啊！

褰　裳

【内容提示】

一对小恋人，男的变了心，女的就气他说要去找别的男朋友，并骂他是“狂童”。

【原诗注译】

子惠思我，　　惠：爱。

褰裳涉溱。　　褰（qiān）裳：提起衣裳。

裳：下衣叫裳，如裙子。

溱（zhēn）：郑国一条水名。

子不我思，

岂无他人？

狂童之狂也且！　　且：语词，没有意义。

【今译】你要是爱我还想我，就提起衣裳过溱水来。你要是不想我，难道我没有别人爱？轻狂小子太无赖！

子惠思我，

褰裳涉洧。　　洧：也是郑国一条水名。

子不我思，

岂无他士？

狂童之狂也且！

【今译】你要是爱我还想我，就提起衣裳过洧水来。你要是不想我，难道我没有别人爱？轻狂小子太痴呆！

【评解】

世上的事情总是变化多端的，尤其是男女的恋爱，所谓好事多磨，更是常有不测风云。这篇诗就是写一对恋人的爱情起了变化，男的不来找女的了，女的就说出一些赌气的话并咒骂他，口里说“岂无他人”、“岂无他士”，事实上还真是“没有他人”、“没有他士”，否则她就不会这么气愤地骂他是“狂童”了。“狂”就头脑不清，“童”则幼稚无知，难怪不懂得欣赏“她”的优点绝情而去了。从这诗中的口吻，我们可以想象到她是一个骄纵而不服输的犟女孩，只知使性子是抓不住男孩子的心的啊！那么，那男孩真是个“狂童”吗？

就艺术立场来说，这诗已活画出了一个骄纵任性的犟女孩，至于男女双方的谁对谁错，留待读者来细心分析，作深入的探讨吧！

东门之墠

【内容提示】

《郑风》多女恋男的诗，这就是女子思念她的男朋友的一篇真情流露的好诗。

【原诗注译】

东门之墠，　　墠（shàn）：土墩。

茹藘在阪。　　茹藘（lǘ）：茜草，可染绛色。

阪：斜坡，不平的地方 。

其室则迩。　　迩：近。

其人甚远。

【今译】东门门外土墩高，斜坡上面长茜草。他家的房子在眼前，他的人儿却很远。

东门之栗，　　栗：栗树。

有践家室。　　有践：践然，排成行列。

岂不尔思？　　尔：你。

子不我即！　　即：亲近。

【今译】东门门外有栗树，排列整齐有房屋。我岂不把你常思念，你不来找我可怎么办！

【评解】

这是一篇女恋男的情诗，《郑风》多女恋男是其特点之一。此诗首章诗人写女子因恋其男友，不自觉地走到男友居处去探望。但限于礼仪，徘徊不前，所以有“其室则迩，其人甚远”的名句产生。次章女子又去遥望男友的居处，终于直陈其相思之苦，而怪他不来探望她，微露怨意。全诗真情流露，毫不造作，不需斧凿，而技巧上乘，并合于“哀而不伤，怨而不怒”的条件，实在是一篇不可多得的好诗。

明人钟惺说：“秦风秋水伊人六句，便是室迩人远妙注。”（按：秋水伊人，指《秦风·蒹葭》篇。）

风　雨

【内容提示】

凄风苦雨之夜，妻子在黑暗中的空房独宿，觉得格外恐惧孤寂。这时，忽听得群鸡齐啼，而她所盼望的丈夫也居然冒着风雨回到家来了。你说，这该是多么高兴啊！

【原诗注译】

风雨凄凄，

鸡鸣喈喈；　　喈喈：鸡鸣的声音。

既见君子，

云胡不夷？！　　云胡：如何。

夷：喜悦。

【今译】是一个风雨凄凄，鸡鸣喈喈的夜晚，我好不孤单寂寞而又害怕啊！正在此时，丈夫忽然回来了，见到了他，内心怎么会不喜悦呀？！

风雨潇潇， 潇潇：暴风雨的声音。

鸡鸣胶胶； 胶胶：鸡鸣的声音。

既见君子，

云胡不瘳？！ 瘳：病痊愈。

【今译】是一个风雨潇潇，鸡鸣胶胶的夜晚，我好不孤单寂寞又害怕啊！正在此时，丈夫忽然回来了，见到了他，我的心病怎么会不马上好呀？！

风雨如晦， 晦：天色昏暗。

鸡鸣不已；

既见君子，

云胡不喜？！

【今译】是个天昏地暗的风雨之夜，鸡不停地在啼叫，我好不孤单寂寞又害怕啊！丈夫忽然回来了，见到了他，我的内心怎么会不欢喜？

【评解】

这是一篇风雨怀人的名作，在气氛的传达方面，特别成功。在风雨侵袭，黑暗笼罩，人们彷徨无助的时代，“风雨如晦，鸡鸣不已”两句诗，常被引用来鼓舞人心，冲破黑暗，迎接黎明！人们受到这两句诗的感应，正会有重新振作，坚定意志，继续奋斗的一股力量产生出来。其作用简直是一服医治心病的灵药！我们读到这诗篇，也像诗中主人般获得无比的欣喜了！

姚际恒对此诗做过一番分析：首章喈喈是头鸡鸣（初号），次章胶胶是二鸡啼（再号），末章不已是三鸡啼（三号）。三鸡啼就是黎明时分了。他说：“如晦，正写其明也；惟其明，故曰如晦。惟其如晦，则凄凄潇潇时尚晦可知。诗意之妙如此，可与语而心赏者。”

牛运震评此诗说：“风雨鸡鸣，一片阴惨之气，乱世景况如见。”又说：“景到即情到，首二句令人惨然失欢；接下既见君子，便自浑化无痕，即此可悟作诗手法。”

出其东门

【内容提示】

一位男子爱情很专一，虽然处于美女如云的环境中，仍然无动于衷而心中只想着他那位装饰朴素的糟糠之妻。诗人就为他写下了这篇赞美的诗。

【原诗注译】

出其东门，

有女如云。

虽则如云，

匪我思存。 匪：不是。

思存：思之所存，即在念，所想念的。

缟衣綦巾， 缟（gǎo）衣：白布衣。

綦（qí）巾：苍艾色的佩巾。缟衣綦巾都是贫寒女子的服装。

聊乐我员。 聊：且。

员：同云，语词。

【今译】走出东门啊出东门，看见美女一大群。虽然有美女一大群，却都不是我的意中人。白布衣服青佩巾，聊且快乐我心神。

出其闉阇， 闉（yīn）：曲城，城门外面再有墙环绕以遮蔽城门，即所谓瓮城。

阇（dū）：城台，曲城上有台。

有女如荼。 荼：茅草花。形容人很多。

虽则如荼，

匪我思且。 且：语词。

缟衣如藘， 藘：即茜草，可以染绛色。此处是指用茜草所染成的绛色的佩巾。

聊可与娱。 娱：乐。

【今译】走出曲城啊出曲城，美女多似茅草花儿遍地生。虽似茅草花儿遍地生，一个也不能动我情。白布衣服佩巾红，和她相处才乐融融。

【评解】

我们读过《谷风》和《氓》两篇描写弃妇的诗，好像天下男子都是负心汉似的，其实并不然。像这篇《出其东门》，诗中的男主角就是一位不厌糟糠之妻而无动于成群美女的好丈夫。本来，夫妻一体，同甘共苦，平常还不觉得怎样，遇到灾难病患时，才更看出夫妻之情的可贵。那些打扮得花枝招展的美女，跟自己毫无关系。也许她会在你有钱有势时，跟你逢场作戏，然而却只能和你“有福同享”，而不能和你“有难同当”。到了灾难来临，当你无钱无势时，她会一走了之。到此时再想到家中黄脸婆的好处，恐怕已经晚了。所以本诗中男主角的可佩，就在于他心中只有他那糟糠之妻。她，衣着朴素，不刻意修饰，却自有她纯朴自然的美丽，和对丈夫永恒不变的爱心。这岂是那些路柳墙花所能比得了的？！所以奉劝世上的男士们，当你在外遇到其他美女时，就应该想想家中的糟糠之妻，学学本诗男主角的可佩作风，那么世上就可减少多少破裂的婚姻和家庭的不幸了。

溱 洧

【内容提示】

严寒的冬天过去，温暖的春天来到，万物复苏，欣欣向荣，更引发了青年男女郊游踏青的蓬勃兴致，于是成群结队相约而去。他们尽情游乐，尽情欢笑，享受属于他们的自然天地，享受属于他们的大好时光，临别时更互赠芍药之花以表情意，希望能够后会有期。

【原诗注译】

溱与洧， 溱、洧是郑国的两条水名。

方涣涣兮。 方：正在。

涣涣：春天河水化冰后水流很盛的样子。

士与女，

方秉蕳兮。 秉：拿着。

蕳（jiān）：兰花。

女曰："观乎？"

士曰："既且。" 且：即徂字，往的意思。

"且往观乎？

洧之外，

洵吁且乐！” 洵：诚然，实在。

吁：大。

维士与女， 维：语词。

伊其相谑， 伊：语词，或形容咿喔的笑声。

谑：说笑戏谑。

赠之以勺药。 勺药即芍药，春天开花，有草本、木本两种，草本的又名江蓠，而江蓠与“将离”同音，将要离别时赠送以表情意。

【今译】溱水洧水水正盛，哗啦哗啦淌个不停。男的女的结成伴，拿着兰花一起玩。女的说：“我们去看看？”男的说：“我已看一遍。”女的说：“再看一遍也不厌，洧水外面场地宽，场地宽大又好玩！”男的女的都来到，嘻嘻哈哈好热闹，送枝芍药把情意表。

溱与洧，

浏其清矣。 浏：水很清的样子。

士与女，

殷其盈矣。 殷：很多。

盈：很满。

女曰：“观乎？”

士曰：“既且。”

“且往观乎？

洧之外，

洵吁且乐！”

维士与女，

伊其将谑， 将谑即相谑。

赠之以芍药。

【今译】溱水洧水哗哗淌，水流清清淌得响。男的女的结成伴，成群结队到处玩。女的说：“看看那边怎么样？”男的说：“我已去一趟。”女的说：“再去看看吧！洧水外面好宽大，既宽大又好耍。”男的女的都来到，嘻嘻哈哈开玩笑，送枝芍药把情意表。

【评解】

这篇诗的两章意思一样，所写的情景真像是现在所谓的嘉年华会或是庙会，把年轻人的欢乐世界写得有声有色，使我们读了如见其人，如闻其声。我们可以想象到在春回日暖、绿草如茵、花开遍地的广阔郊外，在流水潺潺、清澈见底的溱洧水边，成群结队的男男女女，在一起欢乐，在一起游戏。他们打打闹闹，跑跑跳跳，到处听到的是开怀的笑声，到处看到的是青春的笑靥。最后分别时还互赠美丽的鲜花，以表深情。啊！他们是浸润在多么美好的世界里啊！全诗读起来音调非常流畅，对白更是逼真，所写青年男女的活泼烂漫，历历如绘。让我们似乎看到一片艳丽的花海，赏心悦目，无限的春光展现眼前。朋友！你看像不像春花盛开时的阳明山？像不像春光明媚中的日月潭？

八、《齐风》四篇

卢　令

【内容提示】

这是诗人描写齐国人俗尚游猎的诗，短短几句，却是一篇绝妙小品。

【原诗注译】

卢令令，　　卢：黑色猎狗。

令令即铃铃，犬脖颈下所带环发出令令的声音。

其人美且仁。

【今译】黑色猎狗脖颈下面环叮当，猎人英俊又有好心肠。

卢重环，　　重环：子母环，大环套小环。

其人美且鬈。 鬈（quán）：勇壮。

【今译】黑色猎狗脖颈下面子母环，猎人英俊又强健。

卢重鋂， 鋂（méi）：一环套两个环。

其人美且偲。 偲（cāi）：强壮。

【今译】黑色猎狗脖颈下面有重环，猎人英俊好壮汉。

【评解】

齐国地处滨海，有渔盐之利，国家富庶，所以人们有闲情逸致玩斗鸡走狗以消遣。他们虽好打猎，但却不像秦国人借打猎习武艺，而是为了夸耀自己的本领，像《还》篇所描述的那样，以及炫耀打猎时的装备，像本篇这样，诗人就他所见而作诗歌咏它。每章只有两句八字，三章连环式的叠咏，共只有二十四字。但既写猎犬的修饰，又写猎人的风姿，读后给人留下深刻的印象。而且读起来音调和谐，很有韵味，可称绝妙小品。

全诗重点在写声容美观，以“令令”二字表声，以重环、重鋂、鬈、偲等字表容，而不重视猎犬的猛鸷，猎人的勇武，这表现了生活的艺术化，也反映了齐俗趋向浮夸的一面。

还

【内容提示】

齐国人爱好田猎，这诗描摹齐人驱驰追逐，互相称誉，情景如绘，等于是一幅齐人田猎的风情画。诗中写齐俗的风尚，齐人的性格，写得那么深刻生动，比《卢令》篇更活！更绝！

【原诗注译】

子之还兮， 还：便捷的样子。

遭我乎猺之间兮。 遭：遇到。

猺（náo）：齐国山名。

并驱从两肩兮， 从：同踪。追踪。

肩：即豣字，兽三岁叫肩。

揖我谓我儇兮。 揖：拱手作揖行礼的样子。

儇（xuān）：同旋，健捷的样子。

【今译】你的身手好便捷啊，猺山之间遇到我啦，并驾齐驱追两肩啊，作揖夸我好矫健啊！

子之茂兮， 茂：才美。

遭我乎猛之道兮。

并驱从两牡兮， 牡：雄性的兽。

揖我谓我好兮！

【今译】你的本事真正好啊，猛山道上咱碰到啦，并驾齐驱追兽两只呀，作揖夸我了不起啊！

子之昌兮， 昌：盛壮。

遭我乎猛之阳兮。

并驱从两狼兮，

揖我谓我臧兮！ 臧：善。

【今译】你的身体好强壮啊，猛山南面咱遇上啦，并驾齐驱追两狼呀，作揖夸我技精良啊！

【评解】

清人方玉润《诗经原始》评此诗说：“还，刺齐俗以弋猎相矜尚也。序谓刺哀公，然诗无‘君’、‘公’字，胡以知其然耶？此不过猎者互相称誉，诗人从旁微哂，因直述其诗，不加一语，自成篇章，而齐俗急功利，喜夸诈之风自在言外，亦不刺之刺也。至其用笔之妙，则章氏潢云：‘子之还兮’，己誉人也；‘谓我儇兮’，人誉己也；并驱则人己皆与有能也。寥寥数语，自具分合变化之妙，猎固便捷，诗亦轻利，神乎技矣！”

宋人吕祖谦说：“当是时，齐以游畋成俗，驰驱相遇，意气飞动，郁郁见于眉睫之间，染其神者深矣。”《还》诗写出了齐国民风的特色。

牛运震《诗志》评此诗：“意气飞动，栩栩眉睫之间。”姚际恒《通论》更说此诗“多以我字见姿”。普贤说：“此诗以白描胜，写来如见其人，如闻其声，如电影的放映，而且成功地把典型的一群齐国猎人活画了出来。是诗，是画，也是一部风格别具的影片。”

东方未明

【故事介绍】

魏文侯的长子名击，次子名挚。挚年纪小，魏文侯却立他为太子，将来好继承他的君位。而把中山这个地方封给击，叫他去做中山的国君。魏文侯和击之间，三年没有往来。击的手下人赵仓唐上前进言说：“为人子的三年不向父亲请安，不能算孝子；为人父的三年不查问儿子，不能算慈父。你为什么不派个使者去朝见你父亲呢？”击说：“我很久就想这样做，只是没有找到可派的人员！”赵仓唐说：“我愿意去！”击说：“好！”因此赵仓唐就问击他父亲有什么嗜好。击说：“我父喜欢玩北方出产的狗，爱吃一种叫晨凫的野鸭。”于是赵仓唐找到北犬和晨凫作为礼物，带了去见魏文侯。

赵仓唐到达魏文侯的宫廷，请人传话给魏文侯说：“不肖子击的使者不敢当大夫们上朝时来进见，请在空闲时奉上晨凫敬献给厨师好做给君侯吃；牵了此犬交给管事的好让君侯玩。”文侯听了很高兴地说：“击真是爱我，知道我爱吃什么，晓得我爱玩什么。”于是就召赵仓唐进见，问道：“击还好吗？”仓唐只应了两声：“嗯，嗯。”又问：“击没有烦恼吗？”仓唐仍只是“嗯，嗯”，却不说下去。文侯问：“你怎么不答我话呢？”这时赵仓唐才说：“君侯已封太子为中山小国的国君，竟然直呼其名，于礼不合，所以不敢回答。”文侯吃了一惊，赶快很正经地问：“中山君还好吗？”仓唐说：“臣来时中山君恭敬地送臣到郊外，身体很好。”又问：“中山君的身材大小高矮，长得比我怎样？”仓唐说：“不敢和君侯相比，不过我想如果把君侯的衣服赐给中山君，他一定穿着很合身。”问：“中山君平常读什么书？”仓唐答：“《诗经》。”文侯又问：“喜欢读《诗经》里的哪几篇？”仓唐说：“喜欢《晨风》和《黍离》。”魏文侯就自已念出《晨风》诗来：“鴥彼晨风，郁彼北林；未见君子，忧心钦钦。如何如何，忘我实多！”那只晨风鸟很快地飞着，那北面的树林长得很茂盛。没有见到君子你，我内心非常忧愁。他对我怎么样？他对我怎么样？他实在完全忘记我了啊！”念完文侯说：“中山君以为我忘记他了吗？”仓唐说：“不敢，时常想念君侯而已。”文侯又念出《黍离》来：“彼黍离离，彼稷之苗。行迈靡靡，中心摇摇。知我者谓我心忧；不知我者谓我何求。悠悠苍天，此何人哉？”那些黏米的穗子长长地下垂，那些小黄米正长出了幼苗。我慢腾腾地走路，心神恍惚不定。了解我的，说我心里忧愁；不了解我的，说我还想有什么要求。高高在上的苍天啊！这些责备我的是什么人啊？”文侯就问：“中山君怨恨我吗？”仓唐说：“不敢，时常想念君侯而已。”

魏文侯于是就赏赐中山君一套衣服，用盒子装好，命赵仓唐带去，并叮嘱他一定要在鸡鸣时到达。带到后，中山君跪拜受赐，打开盒子一看，上衣和下裳都颠倒地放着，中山君说："赶快备好车马，君侯召我去啊！"仓唐说："臣回来时君侯并没下这道命令啊！"中山君说："君侯赐我衣裳，不是为了御寒；他想召我去，但耳目众多，不便明说，所以把衣裳颠倒放着；而且你刚才说君侯叮嘱你在鸡鸣时到达。《诗经》里说：'东方未明，颠倒衣裳；颠之倒之，自公召之。'这不是是召我去吗？"

中山君前往晋谒，魏文侯大喜，就备酒席招待并宣布说："远离贤能而亲近宠爱的人，不是国家社稷的长治久安之策。"就恢复太子击为继承人，而派次子挚出去，封为中山君。

魏文侯借《晨风》、《黍离》两诗来了解太子的心意，已经把诗篇作为谜语来猜测，这还有些像春秋时代外交上的赋诗言志的遗风。至于颠倒了衣裳送给太子击，传达秘密的心意，简直将《诗经》代替密电码来应用了。故事极妙，真是天下奇闻，今古奇观呀！

【原诗注译】

东方未明，

颠倒衣裳。　　衣是上衣，裳是下衣，如裤子裙子之类。颠倒衣裳即在黑暗中摸着裤子往头上套，摸着上衣往腿上穿，形容匆忙之状。

颠之倒之，

自公召之。　　召是上对下的说法，即公（指齐国之君）有命今叫他去。

【今译】东方还没有发亮，就急急忙忙地穿衣裳，以至于把衣裳都穿颠倒了。之所以会把衣裳穿颠倒，是因为国君发来了紧急的召唤令啊！

东方未晞， 晞：太阳将出来的时候。

颠倒裳衣，

倒之颠之，

自公令之。

【今译】还没到太阳要出来的时候，就匆匆忙忙地穿衣裳，以至于把衣裳穿颠倒了。之所以会把衣裳穿颠倒，是因为国君发来了紧急的召唤令啊！

折柳樊圃， 樊：篱笆。

圃：菜园，形容臣下匆忙应召，惊慌赶路，天又没亮，所以把柳条编的篱笆都踩断了。

狂夫瞿瞿。 瞿瞿：形容惊慌四望的样子。

不能辰夜， 辰夜实时夜，就是司夜的意思。司是管理，司时有专门管理夜间时刻的官，不能辰夜是怨司夜官不能管好夜间的时刻。

不夙则莫。 夙：早。

莫：意义同暮，晚。

【今译】（因为摸黑往外跑）以致把柳条篱笆踩断了。简直像狂人似的惊慌四顾。这都是那个司夜官不好好尽责，把上朝的时间弄得不是太早就是太晚！

【评解】

这是一篇讽刺齐国国君没有法度，不管时间的早晚，随便发布命令，弄得臣子手忙脚乱、惊慌失措的诗，写得非常有趣。头两章意思差不多。《曲礼》上说："父召无诺，君命召不俟驾。"父亲召唤儿子，不要先说"是"然后再站起来，而是要一边站起来一边答应，表示尊敬的意思。而国君有命令召唤臣下，不要等车马驾好了再乘着去，而是要赶快走去，车马驾好了随后跟来，也是表示对国君的尊敬。所以在这篇诗里，虽然天还没亮，而有国君的召唤令，就匆忙穿衣赶去，以至于在黑暗中把衣裳穿颠倒了。用颠倒衣裳来形容臣下接奉君命时的匆忙样子，真是形容得太好了。最后一章更妙，因为急急赶路，在黑暗中竟把篱笆踩断，这一来更惊慌四顾，寻找正当的走道。我们看"瞿"字的构造上面是一对眼睛，所以用"瞿瞿"二字形容这位臣下的惊慌四顾更是惟妙惟肖，入木三分。为臣者不免有所抱怨，但却不能抱怨国君，只好抱怨那司夜官的不尽职守。因为齐君起居无时，既有"未明之时"就会有"晚起之时"，是早是晚，都随他的高兴，这当然不能归咎于司夜官。但诗人不愿明说君上的过失，只好说是司夜官的不对。他这样说，只是希望这诗能传闻到齐君的耳朵里而有所改过，真是一片忠君爱国之情溢于言表。

诗三百篇，本来是各种礼仪中所应用的乐歌，所以春秋时代的贵族们，一定要熟习它们，才可办事。孔子教学生，也就把三百篇诗作为他的课本。孔子学生中，子夏是《诗经》的专家。子夏教授于西河，魏文侯尊他为师，所以当时魏国上下都熟读《诗经》。孔子曾说：“不学诗，无以言。”又说：“诵诗三百，授之以政，不达；使于四方，不能专对，虽多，亦奚以为？”我们看了魏文侯召还太子击的故事，知道到了战国初年，虽已新乐盛行，三百篇不再用于国家大典，可是用《诗经》代言的功用，依然存在，而且已经发挥到了极点。赵仓唐也真有专对的才能，可以出使四方，不辱君命了。

南　山

【内容提示】

齐国的一群老百姓，从通往鲁国去的大道上，望见车马侍从等一长行列，络绎而来，到近前才看清是国君诸儿在迎接他的妹妹文姜和妹夫鲁君到齐国来。他们都知道这诸儿兄妹有不正常的关系，打从文姜经由这条大道嫁到鲁国去，才平静无事。现在又从这大道迎接文姜回到娘家来，想这兄妹二人，一定不会干出好事来。只可怜这窝囊的妹夫，不知防范妻子，竟还亲自送她来会老相好，不禁编出一支歌儿来，把他们三人一个个给编进去了。

【原诗注译】

南山崔崔，	南山即牛山，在齐国都城临淄的南郊。 崔崔：高大的样子。
雄狐绥绥。	狐是邪媚之兽，以比齐襄公。 绥绥：行路缓慢的样子。两句是说有尊严的南山，反而有雄狐在上面慢慢走着找它的匹偶，就把南山的尊严破坏无遗了。比喻齐襄公身为国君却有淫乱的行为，那么一点国君的尊严也没有了。
鲁道有荡，	鲁道：通到鲁国去的大道。 有荡：荡然，即平坦的意思。
齐子由归，	由归：由此大道嫁到鲁国去了。
既曰归止，	曰、止都是语词。此句谓既已嫁去鲁国。
曷又怀止！	曷：何，为什么。 怀：思念，谓齐襄公思念文姜。

【今译】南山崔巍气象高，骚狐狸上面慢慢找。往鲁国的道路坦荡荡，齐国女子嫁去做新娘。既然已经嫁出去，为什么还要常想念！

葛屦五两，	葛屦：用葛草编的鞋子。 五两：五双，古时结婚有送鞋之礼。
冠緌双止。	冠緌：帽缨下端装饰用的穗子。 止：语词。

鲁道有荡，

齐子庸止， 庸：用。用此大道嫁到鲁国去。

既曰庸止，

曷又从止！ 从：相从，指文姜从齐襄公。

【今译】葛编草鞋有五双，帽缨穗子也配成双。往鲁国的道路坦荡荡，齐国女子嫁去做新娘。既然已经出了嫁，为什么还要去找他！

蓺麻如之何？ 蓺（yì）麻：种麻。

衡从其亩。 衡从：横竖。种麻时将土地横纵耕耘七遍以上，麻才长得好。种麻有一定的道理，娶妻也是有一定的道理。

取妻如之何？ 取：娶。

必告父母。

既曰告止，

曷又鞠止！ 鞠：穷，即放任。责鲁桓公放纵文姜往齐国去。

【今译】种麻怎么种？横里耕来直里耕。娶妻的道理怎么样？必须禀告父母讲。禀告父母已答应，为什么还要任她的性！

析薪如之何？ 析薪：劈柴薪。

匪斧不克。 匪：非。

不克：不能。

取妻如之何？

匪媒不得。

既曰得止，

曷又极止！ 极：穷、任其意。

【今译】要劈木柴怎么劈？没有斧头就不济事。要想娶妻怎么娶？没有媒人就不准许。既经媒人娶到了，为什么任她去胡闹！

【评解】

齐僖公有两个女儿，都是出名的美人。大女儿齐姜原本说好来嫁给卫国的太子，她的公公卫宣公是个好色之徒，听说齐姜很美丽，就把儿媳半路截下做了自己的妻子，因而齐姜被称为宣姜。《邶风·新台》所咏即此事，齐僖公的小女儿文姜，不仅美丽，而且有才华，她被称为文姜，就是有文采的意思。

文姜在齐宫中做闺女的时候，就和同父异母的哥哥名诸儿的相好。诸儿也是一个美男子，两人朝夕与共，出双入对，好像天生的一对。就可惜是兄妹关系，不能正式结为夫妇。等到齐僖公给诸儿娶了媳妇，两兄妹才被迫疏远了。

齐僖公替文姜找一个门当户对的女婿，代她选中了郑庄公的长子公子忽，就托媒人去郑国说亲。哪知公子忽也许由于微闻文姜兄妹有染，就婉辞了。别人问他拒婚的理由，他也只是说：“人各有耦（偶），齐大非吾耦也。”意思是说郑是小国，齐是大国，齐大非偶，所以不敢高攀。“齐大非偶”这句成语，就是由此而来。

鲁桓公因弑兄自立，要结纳齐国来巩固自己，就于公元前709年即周桓王十年，鲁桓公三年，齐僖公二十三年，叫公子翚向齐僖公去给他做媒，到齐国去迎娶文姜。齐僖公答应了，就择吉成亲。齐僖公亲送文姜到鲁境，鲁桓公前往亲迎返国。

诸儿知道了妹妹要远嫁鲁国，旧情复燃，就打发宫女送了一束桃花给文姜，还附了一首小诗：

桃有华（花），灿烂其霞。当户不折，飘而为苴，吁嗟兮复吁嗟！

文姜收到桃花，读了小诗，不禁黯然神伤，她也还了一首小诗：

桃有英，烨烨有灵。今兹不折，讵无来春？叮咛兮复叮咛！

这样文姜订下来春的密约，远嫁鲁国去了。但是次年春天到来，桃花开了又谢了，密约无从实践。这样眼看着花开花谢，一个个春天消逝，等了十二年，齐僖公逝世，诸儿继位为齐君是为齐襄公，于是两人才有了会面的希望。

公元前695年，即周庄王三年，鲁桓公十八年，齐襄公四年，机会来了。鲁桓公与齐襄公有事会于齐国的泺水这个地方。文姜就请求桓公顺便带她到鲁国回娘家一趟。本来，按照那时的礼俗，女子嫁到他国，非有大的事故不得返国，父母去世更不得归宁。可是鲁桓公没有拒绝文姜的请求。大臣申繻向桓公进谏，桓公不纳。于是夫妻二人就到齐国去了。

这时，齐襄公迎接妹妹文姜，就是自己所想念的情人回来了，多么高兴！连忙殷勤地招待鲁桓公夫妇。他把鲁桓公安顿在宾馆里，然后由宫女把文姜接进宫去。兄妹久别重逢，其恩爱可知。只是苦了鲁桓公一个人孤寂地睡在宾馆，干挨了一晚。第二天日上三竿，仍不见夫人回来，心里兀自别扭，派人去一打听，才知文姜兄妹男欢女爱，正在诉说离情别绪。鲁桓公怒火中烧，暴跳如雷，恨不得闯进齐宫去杀掉这一对不知廉耻的狗男女。但在他人的势力之下，又不敢鲁莽，只耐心等到傍晚，才见文姜懒洋洋地回来。追问文姜，却说昨晚喝多了酒，鲁桓公禁不住大声地斥骂，文姜却装作没事地不理睬。于是鲁桓公就连声命令收拾行李，叫人去向齐襄公告辞，马上要动身回国。

齐襄公听说妹妹和妹夫吵了架，而且妹夫就要带夫人回国，就好说歹说地要留妹夫多住一天，并且约好他们第二天上牛山游览，就在山上饯行。

次日，齐襄公率领齐国大臣在牛山上大摆筵席。齐国君臣轮流向鲁桓公敬酒。鲁桓公因为戴了绿帽子，心中好闷，就借酒浇愁。一杯杯地往肚子里灌，终于大醉不起，口中喃喃而语："同儿（鲁庄公名同）不是我所生，是你齐国国君的儿子啊！"齐襄公一怒之下，便使个眼色，向公子彭生说："扶鲁君上车，送他回宾馆去。"公子彭生是齐国的大力士，他把鲁桓公一抱，挟上车去，鲁桓公肋骨断了，气也断了。

这样，就发生了大舅子谋杀妹夫的命案。但齐强鲁弱，鲁国竟不敢兴师问罪。结果鲁桓公的尸体运回鲁国，鲁国只要求齐国处死凶手彭生了事。而当时齐国民间有这篇《南山》诗的流行。

古人对《南山》诗所咏是齐襄公淫乎其妹文姜的事，大家一致认可。但诗序说作者是齐大夫，朱子说前二章讽齐襄公，后二章讽鲁桓公。综合各家所论，我们可以说《南山》诗是讽齐襄公而兼讽鲁桓公、文姜的，作者则是齐国的无名诗人。作诗时间是在公元前 695 年，鲁桓公偕同文姜赴齐，已入齐境之后，鲁桓公被杀之前的一段日子里。盖齐人看见齐襄公迎接着文姜、鲁桓公，一路由鲁道返回临淄，就觉得不顺眼，心中不是味道，即事咏叹。便先咏齐襄公的禽兽之行，再咏文姜的旧情复燃，末咏鲁桓公放任妻子，一一给编上几句，这样就产生了这篇《南山》诗。后来发生的事情，诗人还没料到呢！

这篇《南山》诗的主题是婚姻之道。男娶女归，各有应循的规矩。而“必告父母”、“匪媒不得”，即成为当时流行的成语。此诗最令人瞩目之处是四章末两句，都用“既曰得止，曷又极止”的叠咏来严词诘问。而这诘问的方式更是各从前一句中拈出一字来发挥。这一字分别为“归”、“庸”、“告”、“得”；而诘问的重心，却各在末句第三字，即“怀”、“从”、“鞠”、“极”四字。此四字每章分配一个，正像直刺入人心的一根长针，刺得一针见血。一字之贬，使人无所躲避，这是刺诗做法的一种。与《墉风·相鼠》的“相鼠有礼，人而无礼；人而无礼，胡不遄死？”用叠句来恶毒咒骂，固然不同；与《陈风·株林》的“胡为乎株林？从夏南！匪适株林，从夏南！”用叠句来自问自答的冷语讥讽，也大有差异。而三种方式，各极其妙。其余像《魏风·硕鼠》的指桑骂槐，固然是一篇杰出的刺诗；而《召南·何彼秾矣》的赞美声中嵌上一句“曷不肃雝”的问句，只像蜻蜓点水般点到为止；《墉风·桑中》的全篇自吹自擂，言外之意，都让人可以心领神会，又各成一种巧妙的刺诗。三百篇中刺诗繁多，难于列举，读者细心体味，都可以体味出它们不同的巧妙来。

九、《魏风》二篇

伐　檀

【内容提示】

这是魏国农民终身劳动而供贵族们坐享其成的不平之鸣。

【原诗注译】

坎坎伐檀兮，	坎坎：伐木声。 檀木：木名，质坚，可以做车。
寘之河之干兮，	寘：置，放。 河之干：河岸。
河水清且涟猗。	涟：风吹水起波纹。 猗：同兮，语词。
不稼不穑，	稼：耕种。 穑：收割。
胡取禾三百廛兮？	胡：何。

廛（chán）：一夫所居叫廛，一夫有田百亩，三百廛就是三百户人家的田赋。

不狩不猎， 狩：冬天打猎。

猎：夜间打猎。

胡瞻尔庭有县貆兮？ 瞻：看到。

县：音义同悬。下同。

貆：兽名。

彼君子兮， 君子：指贵族。

不素餐兮！ 素餐：素食。

【今译】砍伐檀木坎坎响，把它放在河岸上呀！（将有用之物，置于无用之地，好像有才干的人不被任用。）河水清清波荡漾呀！不耕种来不收割，为啥收取三百户的米粮啊？既不狩也不猎，为啥看到猪獾挂在你院墙上啊？那些大人贵族呀，吃饭绝不吃素呀！

坎坎伐辐兮， 辐：古音读若逼，车轮间的细木。

寘之河之侧兮，

河水清且直猗。

不稼不穑，

胡取禾三百亿兮？ 亿：万万叫亿，三百亿形容所取之多。

不狩不猎，

胡瞻尔庭有县特兮？ 特：兽三岁叫特。

彼君子兮，

不素食兮！

【今译】坎坎伐木做车辐呀，把它放在河边路呀，河水清清直流去呀！不耕种呀不收割，为啥取粮多又多啊？既不猎也不狩，为啥看你院墙上挂小兽啊？那些大人贵族呀，吃饭绝不吃素啊！

坎坎伐轮兮，

寘之河之漘兮， 漘（chún）：水涯、水边。

河水清且沦猗。 沦：轻风吹水成纹如车轮般。

不稼不穑，

胡取禾三百囷兮？ 囷（qūn）：圆形谷仓。

不狩不猎，

胡瞻尔庭有县鹑兮？ 鹑：鹌鹑。

彼君子兮，

不素飧兮！ 飧：熟食。

【今译】坎坎伐木做车轮呀，把它放在河水滨呀，河水清清起波纹呀！既不收割不耕耘，为啥取粮三百囷呀？既不猎呀也不狩，为啥看你院中鹌鹑挂墙头呀？那些大人贵族呀，吃饭绝不吃素啊！

【评解】

魏国地隘民贫，农民们辛苦下地耕田，而他们收获的粮食，却进了贵族的谷仓；他们冒险入山打猎的猎获物，却挂满在贵族的庭院。农民们一有空闲，还要义务劳动砍伐树木给贵族去造车乘坐。而贵族们却借重敛不劳而获，席丰履厚，山珍满桌，安坐而食。这诗用对照的手法，写出社会的不合理不公平来。用三章叠咏、一唱三叹的曲调申诉出来，博取人们的同情。而四字句外，又杂用了五字、六字、七字以至八字的长句来使句调变化，气势磅礴，不愧是《国风》中社会诗的杰作。

这诗可说是东周初年，农民觉醒，封建制度将趋崩溃的时代警钟的第一声。

硕　鼠

【内容提示】

魏国统治者贪婪重敛，把老百姓剥削得困苦无告，因而诗人将他们比做大老鼠来加以责问，并说百姓们将弃此而去，迁往乐土，来发泄他们心中郁结的怨愤。

【原诗注译】

硕鼠硕鼠，　　硕：大。

无食我黍！　　黍：黏性的小黄米。

三岁贯女， 三岁：三年。

贯：伺候，或读作惯，即大人对小孩百依百顺给惯坏了的惯。女：即汝。下同。

莫我肯顾。 顾：照顾，莫我肯顾即莫肯顾我。

逝将去女， 逝：作誓讲，即发誓。

适彼乐土。 适：往。

乐土乐土，

爰得我所？ 爰：于焉二字的合音，作何处讲。

所：安身之所。

【今译】大耗子啊大耗子，别再吞吃我黄黍！小心伺候你整三年，你却一丁点儿也不把我照顾。我发誓离开你这儿，搬家去找快乐土——快乐土啊快乐土，哪儿找到我的安身所？

硕鼠硕鼠，

无食我麦！

三岁贯女，

莫我肯德。 德：恩德，这句是说不感激我饲养你的恩德。

逝将去女，

适彼乐国。

乐国乐国，

爰得我直？ 直即值，值得。

【今译】大耗子啊大耗子，别再吞吃我小麦！小心伺候了你整三年，你却一丁点儿也不感激我。我发誓离开你这儿，搬家去找快乐国——快乐国啊快乐国，搬到哪儿才真值得？

硕鼠硕鼠，

无食我苗！

三岁贯女，

莫我肯劳。　　劳：慰劳。

逝将去女，

适彼乐郊。　　郊：乡野。

乐郊乐郊，

谁之永号？　　永：长。

号：呼号。

【今译】大耗子啊大耗子，别再吞吃我豆苗！小心伺候了你整三年，你却一丁点儿也不把我慰劳。我发誓离开你这儿，搬家去找快乐郊——快乐郊啊快乐郊，谁还用得着长声呼号？

【评解】

看了以上的注译，我们知道这诗并非真的对硕鼠讲话，诗人所谴责的实在是魏国那些贪婪的统治者。他将他们比做硕鼠，要让读者自己去领悟，而始终没有把他们明指出来。这就是“以彼物比此物”，而只说彼物，却避而不说此物，将此物隐蔽起来了。这是《诗经》中比体的特例，也是比体运用的高超手法。这在修辞学上说，就叫“隐喻”。用隐喻作成的诗，在西洋文学中称为象征诗；而我们中国，则称之为“托物言志”。例如唐朝诗人骆宾王的《在狱咏蝉》诗：“露重飞难过，风多响易沉。”表面上是咏蝉，骨子里是以蝉的高洁自比，而以风露暗射爱说人坏话的谗人。其中最有名的托物言志诗是曹植的《七步诗》：

煮豆燃豆萁，豆在釜中泣；

本是同根生，相煎何太急！

有许多事有许多话，在某种的环境里是不宜或不许直说的，于是只得用托物言志的象征手法来隐约地表现出来。文学作品经过这一番曲折，便有了含蓄之美，往往能达到一种微妙的境界，而耐人寻味，格外令人爱好，乐于欣赏。曹植的《七步诗》，便是在他哥哥曹丕的煎迫之下，以托物言志的方式，感动了他哥哥，才免于被杀的杰作。《周南·螽斯》篇的比体，只是对比式的譬喻，而《魏风·硕鼠》篇的比体，却是象征手法的托物言志。诗中表面上是责骂硕鼠之贪婪无情，而骨子里所责骂的却是魏国的统治者。因此，虽同属比体，而较之《周南·螽斯》更令人赞赏。

从前人解“爰”为“在彼处”，现在我们又增加了“在何处”的新解，这样《硕鼠》三章，都以问句作结，格外生动有深度。因为本来是发誓要离去另找理想乐土，而一转折间，憧憬的理想乐土难于找到，希望的梦境实时幻灭，现实的困苦仍摆在眼前，令人徒唤奈何，这样诗的意味更是无穷了。

十、《唐风》三篇

蟋 蟀

【内容提示】

这不是反映晋人性格的最好例证吗？晋人勤俭耐劳，已成习性。虽然也知道韶光易逝，人生几何，岁暮闲暇时也应当及时行乐；但不敢放怀痛饮，更未歌舞狂欢，已觉享乐过度，就战战兢兢地以“好乐无荒”警戒自己。《蟋蟀》是一篇晋人的岁暮述怀诗，我们从这诗中，对晋人可有所认识。

【原诗注译】

蟋蟀在堂，	蟋蟀在堂是说九月、十月时蟋蟀因天气寒冷而进到屋内。
岁聿其莫。	聿：语词。

莫：暮。夏历十月即周历的十二月，已是岁暮。

今我不乐，

日月其除。 除：除去。

无已大康? 大：太。

康：乐。

职思其居。 职：仅只。

居：所居之事，即所负的责任。

好乐无荒，

良士瞿瞿。 良士：贤士。

瞿瞿：惊顾的样子，即提高警觉戒慎恐惧。

【今译】蟋蟀进到屋里啦，一年又到了年底下。如今我们不享乐，时光就空过去啦。不是太享乐？只要想想我们的职责。享乐不能太过分，贤士都知要戒慎。

蟋蟀在堂，

岁聿其逝。 逝：消逝。

今我不乐，

日月其迈。 迈：往，过去。

无已大康?

职思其外。 外：其他的事。

好乐无荒，

良士蹶蹶。 蹶蹶：勤快做事。

【今译】蟋蟀进到屋里啦，一年又快消逝啦。如今我们不享乐，时光过去不留情呀！不是已经太享乐？只要想想什么事情还没做。享乐不要太过分，贤士都知道要勤谨。

蟋蟀在堂，

役车其休。 役车：在外行役的车。

今我不乐，

日月其慆。 慆：跑。

无已大康？

职思其忧。

好乐无荒，

良士休休。 休休：安闲的样子。

【今译】蟋蟀进到屋里啦，役车也该休息啦。如今我们不享乐，时光飞逝快快过。不是已经太享乐？只要想想什么事在烦恼我。享乐不能太过分，贤士才会放宽心。

【评解】

这是《唐风》十二篇的第一篇，《左传》记吴季子到鲁国去观周乐，给他歌《唐风》，大约就是唱的开头这一两篇。季子批评说："思深哉：其有陶唐氏（帝尧）之遗风乎？不然，何其忧之远也！”《毛诗序》以为这篇是晋僖公时（西周共和宣王年间）诗，也说：“此晋也，谓之唐，本其风俗忧深思远，俭而用礼，乃有尧之遗风焉。”周初虞叔被封于唐尧故都晋阳，本称唐侯，后改称晋国。但《诗经》所辑歌谣仍称为《唐风》。唐之遗风，是指忧深思远，俭而用礼。所以《汉书·地理志》也说：“其民有先王遗教，君子深思，小人俭陋。”诗中描写一年勤劳，过年时应该及时行乐，但马上又怕太享乐了，以“好乐无荒”自我警戒，这就是本诗的特色。

本诗先写时序变化，天气寒冷了，野外的蟋蟀就跑进屋里来了。（《豳风·七月》诗有：“七月在野，八月在宇，九月在户，十月蟋蟀入我床下。”）才知道光阴易逝，倏忽已经到年底，理应寻欢作乐一番了。到此才表现心胸开旷，人生达观。文笔一放纵，还没有叙怎样寻欢作乐，放怀畅饮，歌舞狂欢等都还一字没提，却已笔锋陡转，出人意外，紧接着一连串地说：“无已大康？职思其居。好乐无荒，良士瞿瞿。”来紧紧地束缚住自己。这种不忘职责，刻苦自励，战战兢兢，不许稍存放纵之念的作风，固然是晋人的性格，也是晋国强盛的基本条件，而且也形成了我们中国民族性的一部分。与欧美民族的工作时专心工作，玩乐时只管玩乐，略异其趣。以前华侨所以能立足于海外，也靠这一点能时时刻苦勤奋的长处。可是西俗之工作玩乐两不牵挂，才完全符合“一张一弛，文武之道”！我们不赞同西方人以追求工作效率为目标的生活，但我们今日工作效率的提高，正当休闲生活的提倡，还是得特别注意的。

扬之水

【故事介绍】

一位有身份的女郎，热恋着她的男友，已经私定终身，议婚时她的父亲提出了苛刻的条件，要像样的聘礼。男方比较穷，无法承担这重负。女方的大姨妈，也是男方的亲戚，前来说情，女方始终不肯迁就，于是婚事拖延着搁置起来。女郎的父亲也就不准二人来往，给她另行提亲，但她坚持非他不嫁。等过了一年，女郎就二十岁了，心里很着急。忽然有一天，大姨妈来到女家，私下和她妹妹——女郎的母亲商量，说："甥女的年龄已到了可以自主选择的阶段，你不如私下给她些积蓄，让她先来曲沃到我家，和新郎相会，再一起转赴鹄邑新郎家成亲，固执的父亲，不必和他多话，疼你女儿的只有你，只要你点头就行了。"

做母亲的犹疑不决，就带着女儿跟大姨妈一起去汾水边水占一下。她们将一捆柴薪抛向激流的水中，结果柴薪很快地就随水漂浮而下，在不远处打了一个旋转，便顺利地越过鱼梁而去，剩下的只是那粼粼清流中一块块皓皓的白石，耀人眼睛。

于是女郎瞒着父亲，穿起她男友最欣赏的红色绣领的白上装，愉快地随大姨妈到曲沃去了。

【原诗注译】

扬之水，	
白石凿凿。	凿凿：鲜明的样子。
素衣朱襮，	素衣：白色上衣。 朱：红色。 襮（bó）：领子。
从子于沃。	沃：曲沃，地名。
既见君子，	君子：诗中女主角所爱慕的人。
云何不乐？	云何：如何。

【今译】水流激荡水花溅，白石洁净又耀眼。我穿着白衣红领真好看，赶到曲沃和你去会面。既已见到你的面，叫我怎么不喜欢？

扬之水，	
白石皓皓。	皓皓：洁白的样子。
素衣朱绣，	朱绣：红色的刺绣，也是指领子。
从子于鹄。	鹄：地名，近曲沃。
既见君子，	
云何其忧？	

【今译】水流激荡水花溅，白石洁净又耀眼。我穿着白衣红领真好看，赶到鹄地和你去会面。既已见到你的面，叫我还有啥忧烦？

扬之水，

白石粼粼。 粼粼：水清石见的样子。

我闻有命， 命：邀约。

不敢以告人。

【今译】水流激荡水花溅，流水清澈白石都出现。我听了你约我去见面，不敢告诉别人偷偷把路赶。

【评解】

《唐风》的《扬之水》，自《毛诗序》以来，都将"从子于沃"句牵涉到下面一段历史：建都于绛的晋昭公，为了不使叔父成帅（桓叔）的势力太大，就封他到曲沃以限制他的势力范围。但后来桓叔的孙子还是靠曲沃的势力来压迫公室，把昭公杀了，自曲沃迁居到绛，成为晋武公。《毛诗·小序》说："《扬之水》，刺晋昭公也。昭公分国以封沃，沃盛强，昭公微弱，国人将叛而归沃焉。"宋朱熹的《诗集传》也采纳这个说法："晋昭侯封其叔父成师于曲沃，是为桓叔。其后沃盛强而晋微弱，国人将叛而归，故作此诗。"清人虽对毛、朱二家解诗多指摘，而解此诗仍不出封沃事件的范围。但玩味诗中语气，应该是女方水占，得到好的预兆，因此高高兴兴地前去赴男友的婚姻之约。末章说："不敢以告人。"就知道还是秘密的行动。我根据周代的礼俗，试作充实其故事的情节，写在篇首。

葛　生

【内容提示】

夫妇情笃，有一个先去世，另一个则悼念不已。从此在她有生之日，尽是伤悼哀思之年，只盼自己度完残生之后去和他团聚。

【原诗注译】

葛生蒙楚， 葛：葛藤，蔓生植物。
蒙：掩盖。楚：树名，即牡荆。

蔹蔓于野。 蔹（liǎn）：草名，也是蔓生。

予美亡此，

谁与?

独处!

【今译】葛藤绕着牡荆树长，蔹草一片遍地生。我爱的人儿不见了，有谁来陪伴啊？独自一人好可怜！

葛生蒙棘， 棘：小枣树。

蔹蔓于域。 域：指墓地。

予美亡此，

谁与？

独息！

【今译】葛藤绕满了小枣树，蔹草一片墓地生。我爱的人儿不见了，有谁来陪伴啊？独自安眠好可怜！

角枕粲兮！ 角枕：用牛角装饰的枕头。

粲：鲜明光亮的样子。

锦衾烂兮！ 锦衾：锦缎被子。

烂：鲜明灿烂。

角枕锦衾有说是他们睡房的卧具，有说是殓尸所用的卧具。

予美亡此，

谁与？

独旦！ 旦：天亮。

【今译】牛角枕头亮晶晶，锦缎被子闪烁红。我爱的人儿不见了，有谁来陪伴啊？独自一人挨到天明！

夏之日，

冬之夜。

百岁之后，　　人寿百岁，此句说是老死后。

归于其居。

【今译】天天像夏季的白昼那么漫长，夜夜像冬天的夜晚等不到天亮。等我过完了这余年，回到你那儿去团圆。

冬之夜，

夏之日。

百岁之后，

归于其室。

【今译】夜夜像冬天的夜晚不见天亮，天天像夏季的白昼那么漫长。等我过完了这余年，回到你那儿去团圆。

【评解】

这是一篇非常感人的悼亡诗，开头两句就引发了无限荒凉凄楚的气氛，这种气氛笼罩了全诗。这是诗人很善于利用外物增加凄怆的情绪，一看就知道是一种墓园的景象。所以接着就说“予美亡此”。而“谁与？独处！”的一问一答，是说的死者，也是说的生者，因为从此以后天人永隔，各自过孤独寂寞的日子了。

次章意思和首章差不多，最后的一问一答却只是指死者，从此以后独自在此安息了。

第三章是从荒凉的墓园转到温馨的居室。然而旧日的温馨徒然增加今日的悲凄，物在人亡，情何以堪！那美丽的枕头，那闪亮的被子，曾经供他们度过多少甜蜜的岁月！而如今，死者已矣，生者睹物思人，辗转难眠，忍受着孤独寂寞挨到天亮。所以这章的一问一答是指生者而言。下面第四、五章就接叙生者的情况。

第四章、五章用日夜、冬夏显示岁月的流转。日夜表示天天，冬夏代表年年。夏日昼长，冬日夜长，从此以后生者所过的日子，天天都像夏天的白昼那么漫长，夜夜都像冬天的夜晚挨不到天亮。就这样，度日如年，从此有生之时尽是相思之日，其悲凄伤痛可想而知。

诗中缠绕的葛藤象征两人感情的纠结缠绵；遍地的蔹草，象征对死者的绵延思念。所以这两种植物在诗中的作用，一方面是环境的写实，一方面是情感的象征，更有着比喻的含蓄。

这诗之所以感人，固然是由于所表达感情的真挚，但利用外物如葛藤蔹草的烘托，也是很有关系的。这些外物不只是描绘出荒凉的景象，更增加伤痛的情绪。用角枕锦衾回忆旧日的欢乐，接着就转到今日谁与独旦的冷落。这是用一种对照的写法，这种写法，可以增加旧时和今日感情的浓度。而整篇诗，字里行间处处都充满一种凄怆酸楚、悲痛难抑的情绪，令人不忍卒读，真是一篇上乘的悼亡诗。

十一、《秦风》四篇

蒹 葭

【内容提示】

《蒹葭》描写的是在长着一片芦荻的浩渺秋水中，寻找一个人的诗篇。有人说是追踪情人的恋歌，有人说是怀友访旧的作品，也有人说是求贤招隐之诗，更有人说是祭祀水上女神之曲，都言之成理。总之，它对你有若隐若现的神秘感，有不可捉摸的诱惑力。加上它措辞婉秀隽永，音节的流转优美，言有尽而意无穷，真使人百读不厌，可称三百篇中抒情诗的代表作。

【原诗注译】

蒹葭苍苍， 蒹葭（jiān jiā）：芦荻。
苍苍：深青色。形容芦荻之盛多。

白露为霜。

所谓伊人， 伊人：那个人。

在水一方。 一方：一旁。

溯洄从之， 溯洄（sù huí）：逆流而上。

道阻且长；

溯游从之， 溯游：顺流而涉。

宛在水中央。 宛：好似，仿佛。

【今译】芦荻一片色苍苍，白露落上变为霜。我所说的那个人，就在河水水一方。逆着水流去找他，道路阻碍又漫长；顺着流水把他找，好像就在水中央。

蒹葭凄凄， 凄：一作萋，茂盛的样子。

白露未晞。 晞：干。

所谓伊人，

在水之湄。 湄：水边。

溯洄从之，

道阻且跻； 跻：升。

溯游从之，

宛在水中坻。 坻：水中高地。

【今译】芦荻萋萋一大片，上面的露水还没干。我所说的那个人，就在河水水岸边。逆着水流去找他，道路阻碍上坡难；顺着流水把他找，像在水中高沙滩。

蒹葭采采， 采采：茂盛的样子。

白露未已。

所谓伊人，

在水之涘。 涘：水涯。

溯洄从之，

道阻且右； 右：迂回。

溯游从之，

宛在水中沚。 沚（zhǐ）：小渚，即水中高出的小洲。

【今译】芦荻采采一大片，露水还没完全干。我所说的那个人，就在河水水源边。逆着水流去找他，道路阻碍又多弯；顺着流水把他找，又像在水中小洲间。

【评解】

《陈风》之有《月出》，《秦风》之有《蒹葭》，都是在形式上仍保留着民间歌谣三章叠咏的形式，而诗的意境已超越民歌，进而为“诗人之诗”的杰作了。王国维在《人间词话》里就说：“《诗经·蒹葭》一篇，最得风人深致。”在敌忾同仇，杀伐气氛浓厚的《秦风》中，忽然出现《蒹葭》这样一篇高逸出尘的抒情诗，尤觉有清新之感。

《蒹葭》的内容，你可当它为一首情歌读，可当它为一首访友诗读，但也不妨当它是一篇求贤招隐的诗歌，甚至当它是有所寄托的象征诗来欣赏。日人白川静更因《汉广》篇三家诗有汉水女神的传说，指此诗为汉水上游祭祀女神的歌曲。我们试读《楚辞·九歌》的《湘君》、《湘夫人》两诗，也确有些相似。

牛运震评此诗说："《国风》第一篇飘渺文字。'所谓伊人'，神魂隐跃，不可色相。钟惺以为可想不可名是也。"的确，这篇诗的表现方法极淡远，而有一往情深之感。用景来写情，极缠绵极惝恍，萧疏旷远，情趣绝佳，在悲秋怀人之外，更有一种可思不可言的深沉感慨。

黄　鸟

【内容提示】

秦穆公是秦国历史上少有的伟人，多少人赞美他！多少人崇拜他！但等他死了，这篇《黄鸟》诗并不哀悼他，却只哀悼子车的三兄弟，而且是出乎绝对的真情。为什么呢？只因为当时有用活人殉葬的坏风俗，穆公没能革除，而为他殉葬的人达一百七十七人之多，连当时杰出的人物子车氏三兄弟也被迫殉葬了。秦人就写下这篇哀悼"三良"的诗。

【原诗注译】

交交黄鸟，　　交交：通咬咬，形容鸟叫的声音。

止于棘。　　棘：酸枣树。

谁从穆公? 从：从死，就是殉葬。

穆公：秦穆公，春秋五霸之一。

子车奄息。 子车：姓。

奄息：名。下二章子车仲行，子车针虎同义。

维此奄息， 维：语词。

百夫之特。 特：匹，当。百夫之特就是说抵得上一百个人。

临其穴， 穴：墓穴。

惴惴其栗。 惴惴，形容害怕的样子。

栗：发抖。

彼苍者天，

歼我良人! 歼：杀灭。

良人：有才干的人。

如可赎兮，

人百其身。

【今译】黄鸟唧唧叫得好哀伤，唧唧叫着停止在酸枣树上，是谁跟了穆公去殉葬？子车家的奄息最遭殃。说起这个奄息，能力抵得百人强。走到他的墓穴旁，吓得全身发抖心发慌。那青天大老爷我把你问，为什么杀死我们的好人？如果能够赎回他呀，牺牲一百个人我们都甘心！

交交黄鸟，

止于桑。

谁从穆公？

子车仲行。

维此仲行，

百夫之防。 防：抵得上。

临其穴，

惴惴其栗。

彼苍者天。

歼我良人！

如可赎兮，

人百其身。

【今译】黄鸟唧唧叫得好哀伤，唧唧叫着停止在桑树上。是谁跟了穆公去殉葬？子车家的仲行最遭殃。说起这个仲行，能力抵得百人强。走到他的墓穴旁，吓得全身发抖心发慌。那青天大老爷我把你问，为什么杀死我们的好人？如果能够赎回他呀，牺牲一百个人我们都甘心！

交交黄鸟，

止于楚。

谁从穆公？

子车针虎。

维此针虎，

百夫之御。 御：抵得上。

临其穴，

惴惴其栗。

彼苍者天，

歼我良人！

如可赎兮，

人百其身。

【今译】黄鸟唧唧叫得好哀伤，唧唧叫着停止在楚树上。是谁跟了穆公去殉葬？子车家的针虎最遭殃。说起这个针虎，能力抵得百人强。走到他的墓穴旁，吓得全身发抖心发慌。那青天大老爷我把你问，为什么杀死我们的好人？如果能够赎回他呀，牺牲一百个人我们都甘心！

【评解】

《左传》文公六年载：“秦穆公卒，以子车氏三子为殉；国人哀之，为之赋《黄鸟》。”这是《黄鸟》诗的本事。此诗作于秦穆公逝世之年，那是公元前 621 年。

陆侃如、冯沅君合著的《中国诗史》评论说：“这是中国挽歌之祖，较《薤露》、《蒿里》之悲田横，尤为沉痛。惜其人至愿以身相赎，其情之真挚可知。故诗的音节也极为高亢，我们疑惑这是当时送葬的乐曲。各章章末相同的六句大约是合唱的。”糜文开说："此诗虽极沉痛，仍能含蓄不露。三良殉葬，冷语怨天，这是含蓄，也是作诗的技巧。怨天即所以尤人，正不必破口大骂。后世之论诗者，或谓此诗刺穆公，或归罪康公之不应从父之乱命。我们则着眼于后世能因此诗而革除殉葬之恶俗，此诗已发挥最大的力量，获致最大的效果。这也就是诗之所以可贵。"

无　衣

【故事介绍】

楚平王二年，平王派大臣费无极去秦国给太子建娶秦哀公的妹妹孟嬴为妻。费无极见秦女漂亮，先一步回国，献媚于平王，使平王自己娶孟嬴，而给太子另娶，并命他去镇守城父，防守边疆。后来无极又向平王说太子的坏话，说太子因为抱怨，就外交诸侯想要谋反。平王先召太子的太傅伍奢加以责问。伍奢劝平王不要听小人之言而疏远了至亲骨肉。无极又劝王趁早制裁，平王就把伍奢打入大牢，并下令召回太子建要杀掉他。太子建听到消息，就逃到宋国去。费无极知道伍奢的两个儿子都很能干，不把他们杀掉将有后患，于是又建议平王命伍奢写信叫他的两个儿子到楚国的都城郢都来，那样就可赦免他们父亲的死罪。结果长子伍尚尽孝，遵父命而来。次子伍员（字子胥）说："前往必全死，应逃亡活命，为父报仇。"于是就只身逃到吴国去，帮助吴王来图谋楚国。楚平王果然把伍奢伍尚父子都杀死了。

楚平王十三年去世，孟嬴所生的儿子名珍即位，是为昭王。昭王十年（公元前506年）因蔡国唐国的请求，吴王阖闾与伍子胥大举攻楚，十一月战于柏举，楚军大败，吴军乘胜追逐，五战而直捣郢都，掘平王墓，伍子胥鞭打他的尸首三百以泄愤，楚昭王仓皇北奔，流亡到随国去躲起来。

伍子胥在楚国时，和楚国另一大臣申包胥很友好，当他逃向吴国去时，对申包胥说："我一定要灭亡楚国。"申包胥说："你若能把楚国灭亡，我就一定能把楚国复兴。"如今楚国被打败，昭王逃走，于是申包胥要实践他当初对伍子胥立下的誓言，要恢复楚国。他想到楚昭王是秦哀公的外甥，只有秦国能救楚，就昼夜奔驰，西行去秦国讨救兵。他走得两脚皮开血流，撕下衣裳包扎了再走，直奔秦国当时的都城雍州告急，请秦哀公看在甥舅的情分上出兵相救。秦哀公说："我秦国兵员不足，将才又少，自保都还来不及，哪还能救人呢？"申包胥就对秦哀公说："吴国早想并吞诸侯，灭楚不过是他第一步计划。吴若灭楚，下次就轮到秦国了。现在发兵救楚，还来得及，和吴共分楚国土地；如果救楚成功，楚国一定感激秦国，情愿世世北面事秦；若不救楚而楚亡，那不就等于秦国也丧失一大块领土吗？"秦哀公听了这话，就请申包胥暂且在宾馆歇息，他将从长计议，但终不肯发兵。

于是申包胥不解衣不脱帽，站在秦廷，日夜号哭，其声不绝。这样哭了七日七夜，水浆一滴不入口，哀公知道了，大惊说："楚国竟有如此急救君难的大夫啊！楚国有这样的贤臣，吴国都还要灭掉它；而我秦国没有这样的贤臣，吴国岂能放过我们吗？"哀公被感动得泪流满面，就命乐队唱起《无衣》这篇诗来，答应马上出兵。《无衣》诗共三章，每唱一章，申包胥本来只要一拜以答礼，而今他每章三顿首，竟一共顿首叩了九个头，这样才挽救了楚国灭亡的命运。

【原诗注译】

岂曰无衣？

与子同袍。　　同：共同。

袍：战袍。

王于兴师，　　王：指周王。

于：曰，即说，发命令。

修我戈矛，　　修即修理的意思，下同。

戈、矛都是古时作战的兵器。

与子同仇。

【今译】哪里说没有衣裳穿呢？我愿和你共穿一件战袍。天王说声去打仗，就把戈矛修理好，去攻打我们共同的敌人，好把国仇报！

岂曰无衣？

与子同泽。　　泽的音义同襗字，襗是内衣或裤子。

王于兴师，

修我矛戟，　　戟（jǐ）也是古代作战的兵器。

与子偕作。　　偕是共同、一起。

作：兴作，即起而行的意思。

【今译】哪里说没有衣裳穿？我和你战裤共一件。天王说声去打仗，就把矛戟修理好，和你一起总动员。

岂曰无衣？

与子同裳。 裳：下衣叫裳，如裙子之类。

王于兴师，

修我甲兵， 甲兵也是指武器。

与子偕行。

【今译】哪里说没有衣裳穿？我和你战裙共一件。天王说声去打仗，我的甲兵修理好，同把敌人去打跑。

【评解】

秦人尚武，这篇《无衣》诗，可以说是秦国的一首军歌。而这篇诗最初的写成，是根据《史记·秦本纪》所记载的史事，应该是在秦襄公护卫周平王东迁的时候（公元前770年）。我们知道周幽王被犬戎所杀，秦襄公带领军队救周有功；幽王的儿子周平王为避犬戎之难东迁洛邑，秦襄公就护送周平王，周平王就封他为诸侯。秦襄公一生和戎人作战，勤王救周，送王东迁，所以他都是为王兴师。而这篇《无衣》诗就是在那个时候写成的。到秦哀公时（公元前506年）就为申包胥唱这篇现成的诗，作为对申包胥的回答了。

读着这篇诗，的确可以振奋士气，让人油然生出一种同仇敌忾的心理。如果大队人马行军时高歌此诗，更能使大家士气高涨，增加杀敌的勇气和信心。这篇诗的写作方法也是渐层式的：第一章

“同仇”只是一种心理状态；第二章“偕作”是共同站起来了；第三章“偕行”，就共同一起上战场杀敌了。所谋“战友”、“袍泽之爱”的典故就是从这诗来的。当然，战友、同泽、同裳，并不是真的共穿一件，只是表示同心同德，同仇敌忾的心理而已。

权　舆

【内容提示】

这是反映春秋时代社会变迁的作品。没落的贵族，失去了依凭，以致贫困到食不果腹的地步。往日的豪华，徒成追忆，因而独自悲叹，唱出这贵族没落的哀歌来了。

【原诗注译】

于！我乎！　　于：叹词。

夏屋渠渠；　　夏屋：大厦。

渠渠：深广的样子。

今也，每食无余。

于嗟乎！　　于嗟：同吁嗟，叹气。

不承权舆！　　承：继续。

权舆：起初、开始。造衡（度量衡即称东西的秤）先造权（秤锤)；造车先造舆(车厢)，所以权舆是开始的意思。

【今译】唉！我呀！从前住的是深院大屋，而如今呀，吃饭都没得剩余。唉呀唉呀！不能继续像当初那么舒服！

于！我乎！

每食四簋； 簋：扁圆形的食器。

今也，每食不饱。

于嗟乎！

不承权舆！

【今译】唉！我呀！从前每顿饭都是四盘好菜肴，而如今呀，每顿饭都不能吃得饱。唉呀唉呀！不能继续像当初那么美好！

【评解】

冯谖在孟尝君门下做食客。孟尝君起先没有礼待他。他弹铗而歌："长铗归来乎！食无鱼！"孟尝君知道了，就给他鱼吃。他又歌："长铗归来乎！出无车！"于是又给他车子坐。但这篇《权舆》诗一再呼喊"每食无余"、"每食不饱"，都没有回响，只得自叹命薄。这和战国时代竞相养士的食客情形不同。这是春秋时代的诗，贵族纷纷没落，而养士的风气还没盛行，所以解为贵族没落的哀歌，比较合适。

两章末两句也是《召南·驺虞》篇一样的章余，不过一样是"于嗟乎"，而有一篇是叹美，一篇是悲叹的区别。

十二、《陈风》七篇

宛　丘

【内容提示】

周武王封虞舜的后代妫满于陈，是为陈国的第一位国君陈胡公，并将自己的大女儿太姬嫁给他。太姬没有生儿子，就喜欢叫男巫、女巫举行歌舞的表演来祈祷鬼神。陈国人民受她的影响，也就特别爱好歌舞音乐，整天沉溺其中。诗人看不惯，就编支歌来描写一番，讽刺一下。

【原诗注译】

子之汤兮，　　汤即荡，游荡。

宛丘之上兮。　　宛丘：四方高中央低的山丘。

洵有情兮，　　洵：真正。

而无望兮。　　望：德望、威望。

【今译】你只知道沉溺歌舞啊，在那宛丘山上啊！真是很有情调啊，却没有威仪可望呀！

坎其击鼓，　　坎：击鼓声。

宛丘之下。

无冬无夏，

值其鹭羽。　　值：持，拿着。

鹭羽：鹭鸶鸟的羽毛，跳舞时拿着指挥。

【今译】鼓声敲得坎坎响，在那宛丘山旁。不分寒冬和炎夏，手挥着鹭羽跳舞耍。

坎其击缶，　　缶：陶器，敲打着可以配合乐拍。

宛丘之道。

无冬无夏，

值其鹭翿。　　鹭翿（dào）：用鹭羽所制的羽扇。

【今译】敲打着瓦盆坎坎响，在那宛丘山道上。不分寒冬和炎夏，手持羽扇跳舞狂。

【评解】

跳舞是休闲的娱乐，也是艺术的表现，但在街头道旁，城里城外到处跳舞，已经不像话；现在还整年累月，无冬无夏地只是跳舞，沉溺于玩乐，更不成体统。而这民族的前途也就可想而知了。难怪吴季子听了乐工歌唱《陈风》，要说“国无主，其能久乎”了。

有人说舞是颂诗的特征。但《陈风》的《宛丘》、《东门之枌》两诗，虽都全篇不见一个“舞”字，却是舞蹈的诗，足见《国风》也是有舞的。不过，这和颂诗又有音乐又有舞蹈是不同的。这只是描写陈俗沉迷舞蹈的诗歌，对陈俗加以讽刺，并不是唱这两诗时需要伴以舞蹈的。

清人马瑞辰著《毛诗传笺通释》，解释此诗“而无望兮”句，说“望”是祭祀的名称。古时巫（女巫）、觋（男巫）降神，必有望祭，所以“无望”可以解释为没有望祭。这样解释也通。因为巫觋在行望祭时有歌舞，现在陈国人民不举行望祭也整天跳舞，那就只是不务正业的游荡。这是千万要不得的坏风气啊！

东门之枌

【内容提示】

请看！诗人用白描手法，绘出了一幅陈国人民醉心歌舞，男女交欢的风情画！这画不用彩色来渲染，却用歌声来表现。

【原诗注译】

东门之枌，	枌（fén）：树名，白榆。
宛丘之栩。	宛丘：四方高中央低下的丘山。 栩：树名，橡子。
子仲之子，	子仲：姓。
婆娑其下。	婆娑：跳舞的样子。

【今译】东门外面有白榆，宛丘上面有栩树。子仲家的女子啊，在那树下婆娑舞。

谷旦于差，	谷旦：吉日、好日子。 于：语词。差：选择。
南方之原。	
不绩其麻，	绩：纺。
市也婆娑。	市：疾速。

【今译】选个好日子，到南方平原上。不在家纺麻，只知跳快舞。

谷旦于逝，	逝：过去、消逝。
越以鬷迈。	越以：于是。 鬷（zōng）：众多。 迈：前行。

视尔如荍， 荍（qiáo）：锦葵花。

贻我握椒。 贻：给。

椒：花椒，有香味，又因花椒多子，含有如娶她即可多得子的意思。

【今译】好时光是容易消逝的，大家赶快寻欢作乐吧！我看你像朵锦葵花，你就送我花椒一大把。

【评解】

这诗写陈国的男女，不事生产，只知寻欢作乐。所以他们有时在枌树下跳舞，有时在栩树下跳舞。这表示他们不管什么时候，不论什么地方，随时随地都在跳舞，甚至把正事丢下不管。不必正面说他们怎么不对，我们已看出诗人讽刺的意味了。因为我们知道，农业社会，最重要的就是男耕女织，从事生产，人民能够乐其业，才能安其居。如今陈国男女，不事生产，只知歌舞欢乐，是不正常的现象，所以要加以讥刺，认为此风不可长，更不足为法。不只是陈国人应该警戒，任何人都应该以此为戒。

衡　门

【内容提示】

当世之人，醉心富贵，竞尚奢华，而贤士却能甘贫无求，隐居自乐。这篇就是安贫乐道者的隐士之歌。

【原诗注译】

衡门之下， 衡门：搭一根横木当门，是形容住处的简陋。

可以栖迟。 栖迟：止息、栖身。

泌之洋洋， 泌：泉水。
洋洋：水流充沛的样子。

可以乐饥。 乐饥：观泉水之流动，自得其乐而忘了饥饿。

【今译】搭一根横木就当门，横木下面可以安身。泌泉的水流很充沛，看了就乐得不知饥困。

岂其食鱼，

必河之鲂？ 河：黄河。
鲂：鳊鱼，黄河所产之鱼皆味美。

岂其取妻， 取：娶。

必齐之姜？ 姜：姜是齐国大姓。齐之姜即齐国贵族的女子。

【今译】难道要吃鱼，一定要吃黄河的大鳊鱼？难道要娶妻，一定要娶齐国贵族的女子？

岂其食鱼，

必河之鲤？

岂其取妻，

必宋之子？ 宋之子：宋国姓子。宋之子即宋国贵族之女子。

【今译】难道要吃鱼，一定要吃黄河的大鲤鱼？难道要娶妻，一定要娶宋国贵族的女子？

【评解】

姚际恒《诗经通论》说："此贤者隐居甘贫而无求于外之诗。一章甘贫也；二章三章无求也。唯能甘贫故无求，唯能无求故甘贫。一章云'可以'，二三章云'岂其、必'，词异而意同。又因饥而言食，因食而言取妻，皆饮食男女之事，尤一意贯通。"

方玉润《诗经原始》说："《衡门》，贤者自乐而无求也。陈之有《衡门》，亦犹卫之有《考盘》（也是隐士之歌），秦之有《蒹葭》，是皆从举世不为之中，而己独为之。卫虽淫乱，实多君子；秦虽强悍，不少高人；陈则萎靡不振，巫觋盛行，其狂惑之风，尤难自拔，而此独澹（淡）焉无欲，超然自乐，可谓中流砥柱，挽狂澜于既倒，有关世道人心之作矣。"

牛运震《诗志》说："两'可以'，四'岂其'，呼应紧足，章法甚灵。"他对"乐饥"两字的解释最平易而别有心得，他说："'乐饥'字深妙，胜于疗饥、忘饥等字。"

孔子说："饭蔬食，饮水，曲肱而枕之，乐亦在其中矣！不义而富且贵，于我如浮云。"（《论语·述而》）又说："一箪食，一瓢饮，在陋巷，人不堪其忧，回也不改其乐，贤哉回也！"（《论语·雍也》）

这是《论语》上所记载的孔子、颜回等的快乐。本诗不食鲂鲤，不娶姜子，衡门栖迟，泌水乐饥。安贫乐道，仿佛孔颜，其境界自高人一等，这就是此诗所描述的隐士之难能可贵的地方。

东门之池

【内容提示】

陈国百姓歌舞之风很盛，以跳舞出名的有子仲家的姑娘（《东门之枌》）；以唱歌出名的，当推贤淑漂亮的姬小姐。请看，下面就是青年男子慕恋姬小姐貌美善歌的歌词。

【原诗注译】

东门之池，

可以沤麻。 沤：长久浸在水中。将麻泡软，麻的外皮纤维和麻干才容易脱离。

彼美淑姬， 淑：贤德。
姬：姓。

可与晤歌。 晤歌：对答唱歌。

【今译】东门那边有水池，把麻泡在水池里。那位贤淑美丽的姬小姐，可以和她对答唱山歌。

东门之池，

可以沤纻。 纻即苎，麻的一种。

彼美淑姬，

可以晤语。

【今译】东门那边有水池，水池里面泡苎麻。那位贤淑美丽的姬小姐，可以和她对面说情话。

东门之池，

可以沤菅。 菅：草名，可做绳索。

彼美淑姬，

可与晤言。

【今译】东门那边有水池，菅草泡在水池里。那位贤淑美丽的姬小姐，可以和她对面谈些知心话。

【评解】

《陈风》中的《东门之枌》、《衡门》、《东门之池》接连三篇，是每篇三章，每章四句，每句四字的《诗经》基本形式的四十八字诗。本篇内容是对美女淑姬才华风度的赞许。淑姬的特点是能言语，善唱歌。言语而说是“晤语”，就不是演讲，发表议论，应该是和人应酬时的对答如流，周旋中节，应对得体。唱歌而说“晤歌”，就不是独唱，应该是和别人对面而唱，唱的是一唱一和对答式的对口歌。那非但要嗓子好，而且要有出口成章、随机应变的本领。可是这诗以沤麻为兴，以晤语接续晤歌，就不是单纯地赞许一个人能言善歌了。沤麻的目的在于织成布，和一位美女由对口唱歌，进而面对私语，那便是恋爱进程的叙写了。所以我们推断这篇《东门之池》，是青年男子慕恋贤淑貌美而又善歌的淑姬之诗。全诗重点只在慕恋淑姬的贤淑貌美而善歌，不在淑姬的能言善辩，而在可与“晤语”、“晤言”。晤语晤言是谈情说爱的情形，那情调和能言善辩就完全不同了。

因为《东门之池》刚好编在《衡门》的下一篇，所以姚际恒以为是《衡门》的续篇。他说：“玩‘可以’、‘可与’字法，疑即上篇之意，娶妻不必齐姜、宋子，即此淑姬，可与晤对咏歌耳。”衡门贫士说：“岂其取妻，必齐之姜！”“岂其取妻，必宋之子！”当然阔气的贵族女子，未必是贫士理想的配偶。按当时陈国的社会风气，我们可以说：“要像贤淑貌美而又善歌的淑姬，才是众所慕恋的对象。”但此诗作者，未必就是衡门贫士，不过两诗都是咏婚姻、恋爱的诗，所以就编在一起了。

东门之杨

【内容提示】

男女约会，约定黄昏见面，现在等呀等的，等到晓星也出现在天空，仍不见心上人的倩影，你想，该是怎样的滋味呀！

【原诗注译】

东门之杨， 杨：白杨树，叶圆柄长，风吹相碰作响，有凄凉之感，多种在荒郊墓园之地。

其叶牂牂。 牂牂（zāng）：树叶茂盛以致风吹得啪啦啪啦作响的声音。

昏以为期，

明星煌煌。 明星：星名，即金星，春夏秋多在日出前出现于东方，叫启明星，开启光明的意思，又称晓星；冬天多在日落后出现于西方，叫长庚，即继日之长的意思。

煌煌：很明亮的样子。

【今译】东门外面有白杨，风吹叶子刷刷响。约好黄昏来见面。等着等着，却只见金星亮闪闪。

东门之杨，

其叶肺肺。 肺肺：形容风吹树叶发生啪啪的声音。

昏以为期，

明星晢晢。 晢晢：明亮的样子。

【今译】东门外面有白杨，风吹叶子啪啪响。约好黄昏来相见，等着等着，却只见金星亮闪闪。

【评解】

《陈风》中抒情诗最突出的有星、月两篇。月篇指《月出》，星篇即《东门之杨》。男女约会在东门白杨树下，以日落黄昏为期，对方失约没到，他仍然在那儿等着，等着，只听到风吹树叶的声音，好像在对他耳语；只看到星星在向他眨着眼睛，好像在笑他的痴情。此诗写来很是含蓄，而情景活现，十分深刻，十分生动，耐人寻味。牛运震评论说："不必作负约怨恨语，不说完便浑便远。"

十五国风大多是流传民间的活泼泼的自然之歌声，充分发挥了文学的创造性。但后世诗人的作品，虽说是一个人的创作，却拟古的模仿心很重，到唐朝已经从四言的《诗经》时代，演变为五七言律绝盛行的时代，诗人们还在考求字字的来历。刘禹锡是被友人白居易称许为"诗豪"的，重阳节作诗想用"糕"字，但因五经中没有此字，所以就没作成这首诗。后来宋祁嘲笑他说："刘郎不敢题糕字，虚负诗中一世豪。"可是聪明的诗人，却能融合《诗经》

中的意境，成为自己的好句子。《陈风》的星月两篇各有美妙的意境，我们看宋词中的名句“月上柳梢头，人约黄昏后”，难道不就是星月篇的改头换面吗？把“东门之杨”的“杨”字，改成了“柳”字，再把“昏以为期，明星煌煌”的“黄昏星”，换上了月篇的“黄昏月”，就变成了另一意境。这是偷星换月的办法，我们可以说，这两句正是星月两篇的结晶啊！

又，唐人李商隐诗“昨夜星辰昨夜风，画楼西畔桂堂东；身无彩凤双飞翼，心有灵犀一点通”，便是直接承袭这篇的意境。

月　出

【内容提示】

诗人单恋着一位美女，静夜独坐，望月兴叹，创作了一篇优美的抒情诗，挑动后世亿万读者的心弦，永远不厌地享受着无限的欣赏情趣。

【原诗注译】

月出皎兮，	皎：月光皎洁。
佼人僚兮；	佼人：美人。 僚：美好的样子。

舒窈纠兮， 舒：发语词。
窈纠：同窈窕，美好的样子。

劳心悄兮！ 劳心：忧心。
悄：忧心的样子。

【今译】月光皎洁洒满地啊，美人的样子好秀丽啊；仪态绰约好风姿啊，忧心悄悄有谁知啊！

月出皓兮， 皓：光明洁白。

佼人浏兮； 浏（liú）：美好的样子。

舒懮受兮， 懮受：窈窕。

劳心慅兮！ 慅：忧念的样子。

【今译】月光洁白洒满地啊！美人样子好秀丽啊；风姿绰约真正妙啊，日思夜想忘不掉啊！

月出照兮，

佼人燎兮； 燎：明媚的样子。

舒夭绍兮， 夭绍：窈窕。

劳心惨兮！ 惨：忧伤。

【今译】月亮出来照大地啊，美人样子好明丽啊；风姿仪态好优美啊，想她想得好伤神啊！

【评解】

《月出》共三章，三章每句句末有一“兮”字，而与“兮”上的第三字用韵。这样一韵到底，也一“兮”到底，便建立了特有的风格，再配上热情恋歌的浪漫主义情调，我们几乎疑惑这不是《国风》中的民歌，而是《楚辞》中的诗人杰作。在汉朝经学家的眼光之中，《月出》篇是讽刺好色的诗。我们站在文学欣赏的立场来读它，实在是一篇优美的小品。宋代的大诗人苏轼，便是最欣赏《月出》篇的一人，他在泛舟遨游赤壁之夜，等待月出之时，便一面饮酒，一面将《月出》篇先朗诵了一遍，又高歌不已。他把这情景写入《赤壁赋》中说：“诵明月之诗，歌窈窕之章。”（就是《月出》篇的第一章）。一会儿“月出于东山之上”后，又扣舷而歌道：“渺渺兮予怀，望美人兮天一方。”因诵《月出》之篇而望美人，这完全摆脱了经学家“讽好色”的头脑来欣赏《月出》篇了。至少，苏轼已把《月出》篇作为象征诗来欣赏。所谓《楚辞》中的香草美人，是指贤能的人，或指君王。然而既可以美女象征贤者或君王，那么好色也并非坏事了，孟子所谓“如好好色，如恶恶臭”，是人之常情，只要不越礼便可。因好色而趋于淫乱，当然是要不得的。

清人牛运震也说出这诗和《楚辞》的关系来。他说：“极要眇流丽之体，妙在以拙峭出之。调促而流，句聱而圆，字生而艳，后人骚赋之祖。”方玉润则说：“其用字聱牙，句句用韵，已开晋唐幽峭一派。”姚际恒更讲到律诗的作法：“似方言之聱牙，又似乱辞之急促；尤妙在三章一韵，此真风之变体，愈出愈奇者。每章四句，又全在第三句使前后句法不排。盖前后三句皆上二字双，下一字单；第三句上一字单，下二字双也。后世作律诗，欲求精妙，全讲此法。”

株　林

【内容提示】

陈灵公爱上了株林的寡妇夏姬，时常带着孔、仪二位大夫一起去株林幽会，淫乱得不成体统。大夫泄冶进谏被杀，君臣三人更肆无忌惮。灵公为讨好夏姬，就让她的儿子夏南继承他父亲夏御叔的司马官位。诗人不敢指责灵公，只描写灵公前往株林的情景来冷嘲一番。

【原诗注译】

胡为乎株林？　株：夏姬丈夫夏御叔的封邑。

林：野外。

从夏南！　夏南：名，字子南，故称夏南，是夏姬的儿子，不便直指其母夏姬，故含蓄而说去找夏南。

匪适株林，

从夏南！

【今译】为什么要去株林啊？为的是去找夏南呀！不是往株林那儿去，是到夏南家里去。

驾我乘马， 乘马：四匹马。

说于株野； 说：舍息。

乘我乘驹， 乘驹：四匹驹马，五尺以下的马叫驹。

朝食于株。

【今译】我车驾上四匹马，到达株野就停下。大夫们骑着我的四匹驹，到株邑早餐不会耽误。

【评解】

郑穆公的女儿嫁给陈国的大夫夏御叔。郑国姓姬，丈夫夏氏，所以称夏姬。夏姬花容月貌，非常漂亮，而且又像妲己文姜一样妖冶，出嫁以前就和她哥哥公子蛮私通，不出三年，公子蛮就死了。嫁给夏御叔后，生下一男，名征舒，字子南，人称夏南。夏南十二岁时，就死了父亲，夏姬即成了寡妇。夏姬叫儿子留在都城读书习艺，自己退居到丈夫的封地株邑去。

几年下来，夏征舒学得一手好武艺。有一天，征舒跟大夫孔宁一起射猎郊外，孔宁顺便送他到株邑省亲，见到夏姬已快四十岁了，仍像少女般美丽，便留宿株邑，私下勾搭上了，临走还偷穿了夏姬的锦裆（锦绣的内衣）而去，回都城后不免向大夫仪行父夸示一番。仪行父身材高大，仪表堂堂，心有不服，就也去株邑勾搭。夏姬来者不拒，并说只爱行父，不爱孔宁。行父也向她乞讨一物，以为明证，夏姬就将自己穿的碧罗襦（绿纱做的短衣）相赠。从此行父和她往来密切，夏姬对孔宁就不免疏远了些。

仪行父为了孔宁将锦裆向他炫耀，便拿出碧罗襦也向孔宁夸示一番，并讥笑孔宁偷窃，不是夏姬自愿赠送，又转述夏姬不爱孔宁的话。孔宁自料难以和行父争风，便想出一计来对付他。

却说当时陈国国君灵公，姓妫名平国，不理国政，性贪淫乐，是一个地道的昏君，非但全无威仪，腋下又有狐臭的毛病。他早就听说夏姬的美丽，而也很想沾点好处，只是苦于没有合适的机会和借口。孔宁知道了他的心事，就觉有机可乘，心想如果由他来完成陈侯的愿望，陈侯一定很感激他，他就可从中得到些好处。同时夏姬要是有陈侯，自然对仪大夫就会疏远些。但像妫平国这种有狐臭的人，夏姬哪会喜欢？孔宁既引他同去，自己倒可借此机会多亲近夏姬。于是孔宁在陈灵公前又炫耀了他偷来的锦裆，并盛称夏姬虽年及四十，而其娇艳，胜过十七八岁的美女，她的媚力，更令人销魂，若主公有意，愿效劳陪驾，一定马到成功。灵公大喜，约定次日一早就驾车便服出游到株邑去，只教大夫孔宁相随。孔宁先送信给夏姬，教她备酒相候。到时，夏姬礼服出迎，迎至大厅坐定，夏姬就行拜见之礼并说："妾男征舒，到外地求学，不知主公驾临，有失迎接之礼。"声如新莺巧啭，十分动听。陈灵公见貌而惊，闻声而醉，见她应对有序，格外爱护，忙教换去礼服，开怀畅饮，由于孔宁的安排，这晚灵公醉倒，就在此过夜。

次晨，灵公起身，夏姬就把自己的贴身汗衫给灵公穿上，要灵公睹物思人，常来相会。灵公用过早点，赏赐了夏姬上下，由孔宁驾车回朝。百官知陈侯野宿，都站在朝门伺候，灵公传令"免朝"，径直进入宫门，第二天才正式早朝。早朝礼毕，百官俱散。灵公召孔宁到他面前，谢他介绍夏姬之事；又召仪行父责他不该瞒着他。灵公又说："你们两人虽先尝美味，但她对我却偏有所赠。"说着就解开外衣，露出汗衫给两人看。孔宁就也撩起衣服来出示他的锦裆，行父则解开碧罗襦给灵公观看。灵公大笑，说：“我们三人，随身都有证物，他日可同往株林相会。”不料这一君二臣，都穿了夏姬所赠的内衣，在朝堂戏谑的事，传出朝门，恼了一位正直大夫泄冶。他就穿着整齐，手拿笏板，闯入朝门进谏，直指他们君臣淫行的不当，批评他们在朝堂之上，秽语难闻，廉耻丧尽，全无君臣的体统，这是亡国之道，应该快快改正。灵公羞得连忙以袖掩面，说：“卿勿再言，寡人知所悔改了！”泄冶又教训了孔仪二人一顿，二人也唯唯谢教。泄冶走了，孔、仪见灵公怕泄冶的直谏，就献计花大钱买通刺客，把泄冶杀了。

泄冶死了，没人再敢进谏。君臣三人，更无忌惮，公然同往株林，不再避人耳目，国人就作这篇《株林》诗加以讽刺。诗中只说：“胡为乎株林？从夏南！”到株林是去看夏南的。又说：“匪适株林，从夏南！”不是到夏姬的住处株林，是去看夏南的。诗人忠厚，不肯明说，但越描越黑，讽刺的意味也就显露了。

灵公君臣三人，同访夏姬调笑，弄成一妇三夫，同欢共乐，不以为怪。征舒不赞成他母亲所为，只得托故走避。那时征舒十八岁，生得长躯伟干，多力善射。灵公只是个草包，为讨夏姬欢喜，就让他继承他父亲的职位做司马官，执掌兵权，入朝理事。

有一天，灵公和孔、仪二人又去株林，征舒因感激命他继承父爵的恩德，特地回家设宴，款待灵公。夏姬因儿子在座，不敢相陪。酒酣之后，君臣三人又互相嘲谑，手舞足蹈。征舒厌恶，退入屏风后边，偷听他们谈话。灵公对仪行父说：“征舒躯干魁伟，有些像你，莫非是你生的？”仪行父笑说：“征舒两眼炯炯有神，很像主公，还是主公所生。”孔宁从旁插嘴说：“主公和仪大夫年龄比较小，生他不出，他的爹很多，是个杂种，想来夏夫人自已也搞不清了！”三人拍掌大笑，听得征舒怒火中烧，忍耐不住，就先把后路锁断，从便门溜出，吩咐随来的兵众，包围府第，不许有人逃出。他自己全副武装，带着得力家丁数人，从大门杀进，口中大叫：“快拿淫贼！”陈灵公急向内奔，无路可通，奔向后园，逃入马房，群马惊嘶，忙又退出。征舒追到，大喊：“昏君休走！”挽弓一箭，正中当胸，射死马房之下。孔宁、仪行父见陈侯向东逃，就急往西奔入射圃（练习射箭的地方），从狗洞中钻出来，得以逃到楚国去。次年楚王到陈国把夏征舒杀掉，想并吞陈国，陈国几乎灭亡。

这桩陈国弑君的大事，孔子《春秋》也有记载："（鲁）宣公九年（周定王七年，陈灵十四年，公元前600年）冬十月，陈杀其大夫泄冶。”《左传》：“陈灵公与孔宁仪行父通于夏姬，皆衷（怀）其衵服（妇人贴身内衣）以戏于朝，泄冶谏。公曰：‘吾能改矣。’公告二子，二子请杀之，公弗禁，遂杀泄冶。”《春秋》：“宣公十年五月癸巳，陈夏征舒弑其君平国。”《左传》传：“陈灵公与孔宁仪行父饮酒于夏氏。公谓行父曰：‘微舒似汝。’对曰：‘亦似君。’征舒病之。公出自其厩，射而杀之，二子奔楚。”《春秋》：“宣公十一年冬十月楚人杀陈夏征舒。”

《毛诗序》：“《株林》刺灵公也。淫于夏姬，驱驰而往，朝夕不休息焉。”《株林》篇的讥讽陈灵公，相当含蓄，所以朱熹称说是诗人之忠厚。但我们玩味挖苦的口吻，实已讥讽得入木三分。

十三、《桧风》一篇

隰有苌楚

【故事介绍】

强大的敌兵，侵袭弱小的桧国，桧人无法抵抗，以致国破家亡，不得不扶老携幼，向邻近荒僻地区逃难，以维残生。其中一人，挈妻抱子，辗转流徙，不堪家室之累，苦痛之极，而无可告诉。就在这时，他看见道旁泽畔，长着几株茂盛的羊桃树，有的开满鲜花，有的已果实累累，微风吹拂着它枝叶摇摆，自由自在，正像开心地跳舞一般。于是他对着这无知的植物，倾吐他羡慕的痴话说："你自由自在地生长着，长得柔润又光彩，我好羡慕你的无知！我好羡慕你没有家室之累！"诗人把这小故事歌唱出来，便成为一篇很有艺术价值的好诗。

【原诗注译】

隰有苌楚， 隰（xí）：低湿的地方。

苌楚：羊桃树。

猗傩其枝。 猗傩（yī nuó）：美盛的样子。

夭之沃沃， 夭：柔嫩美好的样子。

沃沃：光泽。

乐子之无知！

【今译】低湿的地方长着羊桃树，树枝摇摆着好自在。看来柔嫩又光泽，羡慕你的无知无识无忧虑！

隰有苌楚，

猗傩其华。 华即花字。

夭之沃沃，

乐子之无家！

【今译】低湿的地方长着羊桃树，美丽的花朵开满枝。看来柔嫩又光泽，羡慕你没有家累真快乐！

隰有苌楚，

猗傩其实。 实：果实。

夭之沃沃，

乐子之无室。

【今译】低湿的地方长着羊桃树，果实累累挂满枝。看来柔嫩又光泽，羡慕你没有家累真快乐！

【评解】

《毛诗序》：“《隰有苌楚》，疾恣也。国人疾其君之淫恣而思无情欲也。”因而解诗的人就把“夭”讲成“少年”，把“无知”讲成“无匹配”，实在牵强。朱熹改定兴体为赋体，另出新解。诗人于苦痛之余，无可告诉时，见苌楚长得很美盛，就转向无知的苌楚发言，倾吐他的羡慕之情。这表现了文学的情趣，解释得颇为高超。方玉润再加以修正，将朱子所指“政烦赋重”之苦，改为遭乱携眷流亡之苦，说来更为圆通。

牛运震评论此诗道：“自恨不如草木，极不近情理。然悲困无聊，不得不有此苦怀。较‘尚寐无吪’（《王风·兔爰》篇中的语句）蕴藉，然愁乞之声，更自可怜！”又说：“三乐字惨极，真不可读，无一语自道，却自十分悲苦，妙！”

我们知道，人都是愿意有知，而不愿意无知；我们也知道，只听说有人以无家为苦，而没听说以无家为乐的。而如今，桧国的人民，羡慕无知无家的苌楚，却是反乎人情之常态。因为，太平时代，人民能室家相保；乱离时代，则人民室家相弃。相保相弃，全由一国在上者之所为。的确，人在乱世真是不如草木。俗语说：“宁为太平狗，不做乱世人。”就是这个意思。朋友们！我们不应该珍惜我们自由安定的生活吗？

十四、《曹风》一篇

候　人

【故事介绍】

晋献公听信宠妾骊姬的谗言，杀死了太子申生。申生的弟弟公子重耳就逃到狄国去，在狄娶了季隗。十二年后，又离开狄到齐国去，齐桓公待他很好，也把女儿嫁给他，并送他八十匹马。隔一年，桓公死了，齐国将有内乱，他就又经过卫、曹、宋、郑四国而去楚国。周襄王十年冬，他到卫国时，卫文公因有邢、狄来犯，不能招待他。他就离开卫国，到了曹国。曹共公不但不按礼招待他，反而因为听说他的肋骨是连成一片的，出于好奇，当他洗澡时还偷看，真是太没礼貌了。

本来公侯之国只设五位大夫。大夫以上的官才可赤芾乘轩（穿红蔽膝的朝服，乘高贵的轩车），而曹更是伯爵的小国，但曹共公即位十二年来却把高官随便送人，以致赤芾乘轩者多达三百位，且都是草包，只知奉承共公，没有一位知道劝谏的。只有一个小官僖负羁向共公进言，劝他应该礼遇公子重耳，说："公子重耳十七岁从晋国出奔流亡，就已有公卿之才的三个人狐偃、赵衰、贾佗随从他，他的贤能而得人心，可想而知。我们应该好好招待他，不应该对他没有礼貌，我们花费一些玉帛酒食算得了什么。现在得罪了他，将来要吃亏的。”曹共公不听，僖负羁的妻子建议僖负羁自己准备一盘饭菜，放了一块白璧，恭敬地奉献给公子重耳。公子重耳感谢他的好意，接受了他的饭菜，退还了他的白璧。

公子重耳到宋国，宋襄公送给他八十匹马。经过郑国，郑文公也不礼待他。到了楚国（周襄王十四年），楚成王用隆重的大礼招待他。酒席上楚王问公子：“你若回到晋国主政，将何以报答我？”公子说：“如果晋楚两军相遇，当退避三舍（九十里）。”令尹子玉（当时楚国的宰相）私下劝楚王杀了晋公子，以绝后患。楚王说：“不可，曹诗曰：‘彼其之子，不遂其媾。’不可非礼。”这两句曹风，就引自《候人》篇第三章。而《候人》篇第一章有“三百赤芾”之句，所以我们知道《候人》篇所咏，就说的是曹共公的事。后来秦穆公派人到楚国去邀请公子，楚王就备了许多礼物把公子送到秦国去。

公子重耳到了秦国，秦穆公把女儿怀嬴等五个人嫁给公子。周襄王十五年十二月，秦穆公把公子重耳送回晋国继位做国君，从此晋国大治。在外流亡了十九年的公子重耳，在历史上就成为周襄王二十年城濮一战胜楚而霸诸侯的晋文公。

晋文公即位后，就去打曹国，报复“窥浴”之耻。当晋兵到达曹国时，晋文公就拘捕了曹共公，责问他为什么乘轩者三百人，而偏偏不重用僖负羁，并为了报答僖负羁，给了他特别的荣誉。

《候人》诗写的就是曹共公用了三百个赤芾乘轩者，高官厚禄，耗尽国家财富。而一般小吏和人民可就非常苦了。像《候人》篇所写的小吏，就是其中的一个例子。他昼夜辛勤，枵腹从公（饿着肚子为公家做事），却得不到一点好处。

【原诗注译】

彼候兮， 候人：官名，在道路上迎送宾客的官。

何戈与祋。 何：同荷，扛在肩上。
祋（duì）：长一丈二尺而无刃之兵器。

彼其之子， 其：语词。

三百赤芾。 赤芾：红色的蔽膝，大夫以上所穿的朝服。

【今译】那个守在路边的候人呀，扛着金戈和殳棍。他们那些人儿呀，身穿红色蔽膝的竟有三百人！

维鹈在梁， 鹈即鹈鹕，吃鱼的一种水鸟。
梁：鱼梁，在水中筑高以捕鱼。

不濡其翼。 濡：沾湿。

彼其之子，

不称其服。 称：适当，合适。

【今译】他就像鹈鹕站在鱼梁上，不曾沾湿两翅膀（因无鱼可食，比喻候人枵腹从公的可怜相）。他们那些人儿呀，朝服穿着不像样！

维鹈在梁，

不濡其咮。 咮：鸟嘴。

彼其之子，

不遂其媾。 媾（gòu）：厚，此句是说：不能长久处于厚爱之中，即不能长久得宠。

【今译】鹈鹕站在鱼梁上，一滴水也没沾到嘴巴上。他们那些人儿呀，得宠的日子不会长！

荟兮蔚兮， 荟、蔚：云兴起，形容黎明时朝云由紫黑色变化成五色灿烂的样子。

南山朝隮。 隮（jī）：云升。

婉兮娈兮， 婉娈：形容年少而美好的样子。

季女斯饥。 季女：指候人的幼女。
斯：语词。

【今译】云兴起呀好灿烂，南山的朝云升上天。我的幺女天真烂漫似朝云，却小小年纪受饥困。

【评解】

《候人》诗是看到曹共公的朝中无功受禄的大臣有三百之多，只知虚耗国家的库银，不知所为何事，以致下级小吏像荷戈守候在路边接待宾客的候人，只得枵腹从公，活似守在鱼梁上无鱼得食的鹈鹕般可怜。诗人寄予无限的同情，给他抱不平。最成功的是末章的描写：候人小吏在路边守候冬夜，眼看着天边的云彩由紫黑色渐变成五彩，南山的朝云，冉冉而升，因而想到他那天真烂漫、美丽如朝云的幺女，小小年纪，就要熬受饥饿的困苦。从朝云着笔，笔法似宕开却更紧束，格外动人。难怪牛运震要说“末章精神飞动，更是一篇生色争胜处”了。

十五、《豳风》三篇

七　月

【内容提示】

农民的生活是困苦的，也是劳碌的，一年中只有过年时才能休息几天。这篇《七月》诗就是描述豳地农民一年到头劳苦忙碌的情形。按时令的变换，对他们的一切，描写详尽而生动，不啻是一幅豳地农民生活的风俗画。

【原诗注译】

七月流火，	七月指夏历的七月，夏历七月是周历的九月。 流火：火，星名，六月初黄昏时在南方出现，到七月黄昏时就向西方流下，所以说是流火，即火星下沉的意思。
九月授衣。	九月，夏历的九月，即周历的十一月，天气已寒

冷，所以分发衣服，使人们可以御寒。

授：给予。

一之日觱发， 一之日是周历的一月（正月），夏历的十一月。

觱（bì）：可以吹着发声的一种角，声音悲凉，像寒风的声音，所以说觱发是风寒。

二之日栗烈； 二之日是周历的二月，夏历的十二月。

栗烈即凛冽，非常寒冷的意思。

无衣无褐， 褐：粗布衣。

何以卒岁？ 卒岁：过完一年。

何以卒岁：靠什么度过冬天，过完这一年？

三之日于耜， 三之日是周历三月，夏历的正月。

耜（sì）：农具，即今日之锹，用以铲土。于耜：修理农具，准备开始农田的工作。

四之日举趾。 四之日周历四月，夏历二月。

举趾：举脚踏耜，去耕田。

同我妇子，

馌彼南亩， 馌：送饭到田里给农夫们吃。

亩：古音读米。

田畯至喜。 田畯：田官，劝导耕作的官。

【今译】七月里火星往西沉，九月里该把寒衣分。冬月里寒风呼呼吹，腊月里寒气真冻人；粗衣细衣没一件，怎么度过这一年？正月里把锹来修理，二月里踏着去耕地。老婆孩子都做事，到南亩送饭食。田官到来看着好欢喜。

七月流火，

九月授衣。

春日载阳， 载：开始。

阳：温暖。

有鸣仓庚。 仓庚：黄莺鸟，春天鸣叫，声音悦耳。

女执懿筐， 懿筐：很深而好看的箩筐。

遵彼微行， 遵：顺着，沿着。

微行：小路。

爰求柔桑。 爰：乃，于是。

春日迟迟， 春天日渐长，所以说迟迟，感觉时光过得好像很慢。

采蘩祁祁。 蘩：白蒿，用白蒿水浇在蚕子上，使没生的蚕可以生出来。

祁祁：人很多。

女心伤悲，

殆及公子同归。 殆：将要，担心将被贵公子强带回去。或说女孩许嫁给公子，因将和家人离别而伤悲。

【今译】七月火星向西沉，九月就该把寒衣分。春天开始天气暖，黄莺鸟儿歌婉转。女孩拿着深箩筐，顺着小路去采桑，柔嫩的桑叶好漂亮。春天的时间过得慢，很多人们去采蘩。女孩子心里正悲伤，嫁给公子就要远离爹和娘！

七月流火，

八月萑苇。 萑苇即芦苇，八月收割芦苇，以备来年用为曲簿，曲簿是养蚕的器具。

蚕月条桑， 蚕月：养蚕之月，夏历的三月。

条作动词用，即修理修剪，剪去枯老的桑枝，可以多生幼嫩的新枝。

取彼斧斨， 斨也是斧，插柄的孔，方形的叫斨，椭圆形的叫斧。

以伐远扬， 远扬：长而扬起的树枝。砍伐短了可以多生小枝，小枝多，桑叶就多，这都是为明年养蚕打算。

猗彼女桑。 猗：美盛的样子。

女桑：柔嫩的小桑树。

七月鸣鵙， 鵙（jú）：伯劳鸟。

八月载绩。 载：则，就。

绩：纺丝。

载玄载黄， 玄：黑色。

载玄载黄：又是黑色又是黄色。

我朱孔阳， 朱：红色。

孔：非常。

阳：鲜明。

为公子裳。

【今译】七月里火星往西落，八月割芦苇做曲簿。三月里把桑枝修剪好，拿着斧头把长枝条砍短，嫩枝条儿才会长繁茂。七月里伯劳鸟儿啼，八月里纺丝织布匹。有黑有黄很好看，我染的红色最鲜艳，做成衣裳给公子穿。

四月秀葽， 秀：结子。

葽（yāo）：草名。

五月鸣蜩。 蜩：蝉。

八月其获，

十月陨萚。 陨：落。

萚（tuò）：草木皮叶落地。

一之日于貉， 貉：兽名，于貉：去猎取貉。

取彼狐狸，

为公子裘。 裘：皮袍子。

二之日其同， 同：会同，冬天会同众人去打猎。

载缵武功， 载：则、就。

缵：继续练习。

言私其豵， 言：语词。

私：私有，归自己有。

豵（zōng）：一岁的猪叫豵，此处是指小的兽。

献豜于公。 豜（jiān）：三岁的猪，此处是指大的兽。

【今译】四月里葽草结子了，五月里到处蝉儿叫。八月里庄稼收获好，十月里树叶往下掉。冬月就去猎貉兽，打了狐狸剥下皮，做好皮袍送公子。腊月里会同大众去田猎，借此机会练武功。猎得小兽自己留，大兽送公爷去享受。

五月斯螽动股， 斯螽：虫名，蝗属。

股：大腿，大腿抖动磨翅发声。

六月莎鸡振羽。 莎鸡：纺织娘，翅膀相碰而发声。

七月在野，

八月在宇， 宇：屋檐。

九月在户， 户：门户。

十月蟋蟀，

入我床下。 下：古音读户。

穹窒熏鼠， 穹：洞穴。

窒：堵塞。

熏：用烟熏，将室中穴洞堵塞，免入寒风，用烟熏鼠穴，以免藏在洞中。

塞向墐户。 向：向北的窗子，冬天吹北风，所以要把向北的窗子堵塞住，以免透风。

墐：用泥涂物。

农家多用竹片或木条编成门，有缝隙，冬天则用泥涂缝隙，以免透风，可以御寒。

嗟我妇子， 嗟：慨叹声。

曰为改岁， 曰：语词。为：将。

入此室处。

【今译】五月里螽斯腿抖动，六月里纺织娘翅膀碰。七月里蛐蛐儿在郊外，八月搬到房檐底下来。九月里就向门口迁，十月里直往床底下钻。堵住窟窿熏老鼠，塞住北窗涂门户。唉！我的老婆和孩子，旧的一年就过去，我们可以在屋里休息了。

六月食郁及薁， 郁：唐棣之类的果物。
薁（yù）：野葡萄。

七月亨葵及菽， 亨：烹，煮。
葵：菜名。
菽：豆类。

八月剥枣， 剥：同扑，用杆子扑打枣使落下。

十月获稻。 获：濩字的假借字，濩是煮的意思，煮稻酿酒，北方很少种稻，所产不多，只用来酿酒，不用来煮食。

为此春酒， 春酒：冻醪，冬天天冻时酿造，新春饮用，所以叫春酒。

以介眉寿。 介：同匄，求。
眉寿：高寿。

七月食瓜，

八月断壶， 壶：瓠。断壶：断蒂取瓜。

九月叔苴。 叔：拾。

苴：麻子，可做菜羹。

采荼薪樗， 荼：苦菜。

樗（chū）：下等的木材，可做柴薪用。

食我农夫。 食：给人食物。

【今译】六月里吃唐棣野葡萄，七月里把葵菜豆子炒。八月里打枣，十月里煮稻，酿成美酒新春喝，以求长寿。七月吃甜瓜，八月割断葫芦蒂，九月拾麻子，采了荼菜砍伐樗树枝，我们庄稼汉也该有的吃。

九月筑场圃。 场：打谷场。

圃：菜园子。同一块地，秋冬平了做打谷场，春夏翻耕做菜园。

此处场圃合言，即指打谷场。

十月纳禾稼。 纳：收纳，禾稼指谷物。

黍稷重穋， 黍：黏性的小黄米。稷：不黏的小黄米。

重：后熟的。穋：先熟的。

禾麻菽麦。 菽：豆子。

嗟我农夫，

我稼既同， 同：聚，已收聚完毕。

上入执宫功。 上入：到都城去。

执宫功：为豳公建造房屋。

昼尔于茅， 尔：语词。

于茅：整理茅草，以备覆盖屋顶之用。

宵尔索绹； 索绹：搓麻绳。

亟其乘屋， 亟：急，赶快。

乘屋：覆盖屋顶。

其始播百谷。

【今译】九月里修筑打谷场，十月就把谷子装进仓。有早熟晚熟的小黄米，还有禾麻豆麦也藏起。唉！可叹我们庄稼汉，自己的粮食收藏完，还得进城去公干。白天忙着理茅草，晚上就把绳搓好。赶快把屋顶盖严密，播种百谷就要开始。

二之日凿冰冲冲， 冲冲：凿冰的声音。

三之日纳于凌阴。 凌阴：地窖，地底下的冷藏室。

四之日其蚤， 蚤：音义同早。

献羔祭韭。 羔：小羊。韭：韭菜。

用羔羊及韮菜祭献，然后开冰窖。

九月肃霜， 肃霜：九月霜降，收缩万物，即天冷下霜之意。

十月涤场。 涤：洗。

打谷场用完即洗扫干净。

朋酒斯飨， 朋酒：朋友们一起喝酒。

斯：是。

飨：宴饮。

曰杀羔羊。 曰：语词。

跻彼公堂， 跻：升上去。

公堂：豳公的厅堂，登上去为豳公祝寿。

称彼兕觥： 称：两手并举。

兕觥（sī gōng）：牛角杯。

“万寿无疆”。

【今译】腊月里凿冰冲冲响，正月里冰块地窖里放。二月里趁早准备好，祭献羔羊韭菜开冰窖。九月里天冷就下霜，十月里洗扫打谷场。朋友们饮酒共宴飨，还要杀只肥羔羊。登上那公爷的厅堂去，牛角杯儿双手举：“万寿无疆”齐祝福。

【评解】

本篇是十五《国风》的第一长诗，共三百八十三字，第一章写民生主要问题衣食的解决，没有御寒的冬衣，就没法度过酷寒的冬天，也就没有从事农作的人。所以先说授衣，然后再说到食农田耕作的事情。所以此章衣食双起，是民生最先要解决的。在农村社会里，是没有闲人的。像本章所写，男人们在田间耕作，妇女孩子们就担任煮饭送饭的事，大家分工合作，真是一幅美好的农家耕作图。难怪田官看到会欢喜了。

第二章先叙蚕桑杂事。因为一方面是王政以养老为最要，所以孟子述王政之始，是要人们在墙外种桑，五十岁的老人就可以有绸衣穿；一方面是承接上章“四之日举趾”而言，所以就接着叙述“四之日”的事情。四之日是夏历二月。夏历二月就要开始生蚕，要采柔嫩的桑叶喂养幼蚕。“女执懿筐，遵彼微行，爰求柔桑”几句写来，勾勒出一幅绝妙的采桑图。最后添上两句儿女私情，就觉文意生动，文笔不呆板。

第三章承接上章仲春二月的时令，已是夏历三月季春时节，仍然着重在蚕桑的事情。今年蚕丝已成，要为来年的幼蚕预做准备。并将蚕丝纺织染色以至做成衣裳。在平淡的叙事中加入“七月鸣鵙”一句，全章就觉有生气而不枯燥。

第四章先从四月、五月慢慢叙来，直到八月收获。不久冬天来到就要去打猎，为的是猎取了狐狸好给公子做皮袍。由私人的打猎，写到大家的会猎。会猎的目的在练习武备，如同现在的军事演习，至于将猎获物献给公爷是次要的目的。

第五章由蝗虫的鸣叫，蟋蟀的搬家，说明时令的变迁，由夏而秋而冬，寒气转深。于是要将居室打扫干净，堵塞缝隙，准备好好过个年，也可使劳碌了一年的身心，得到暂时的休息。

第六章叙述农桑余事，凡有关蔬菜瓜果，酿酒取薪等事，都琐细陈述，是综合了他们复杂而真实的生活的具体写照。然而读起来并不令人觉得琐碎，反而有一种真实亲切之感。“为此春酒，以介眉寿”更洋溢着一片祥和温馨之气。

第七章先说筑场圃，表示国无旷土，同一块土地，秋冬春夏各有不同的利用价值；纳禾稼表示地无遗利，将收成的庄稼好好收藏；而秋收冬藏之后，还要利用这段农闲时间为公家服役，然后才能顾到自己房屋的修补，这就是人无遗力，农民们是年头忙到年尾，没有空闲时间可以让他们过过轻松日子的。他们世世代代年复一年地这么刻板地生活着，然而他们不但没有怨言，反而会有一种理所当然，心满意足之感，我们的农民是多么可爱啊！

此诗首章写于耜举趾，是农事之始；此章叙筑场纳稼，是农事之终。首尾呼应，章法整齐。

最后第八章先叙藏冰之事：冰可以消暑，可以防腐用之于祭祀。而从前没有人造冰，就须在严冬时分将大块的天然冰藏入地窖中，到春天二月开窖取冰应用。周时朝中有司冰之官，专门管颁冰的事。所以那时凿冰、藏冰、用冰，都有一定的制度。《礼记·月令》篇说："仲春献羔开冰。"所以开冰窖也有一定的典礼。

冬天米粮已收进谷仓，大家就喝着美酒吃着羊肉，共同登上公爷的厅堂，一齐举杯祝颂公爷"万寿无疆"。

我们看这篇诗所写，有日月霜露等天象的变化，有虫鸟草木等动植物的点缀；有男耕女织，男主外女主内的生活秩序，整个社会都能维持着父父子子、夫夫妇妇的伦常关系，既能养老，又能慈幼。且上下融通，一片和睦，洋溢着知足常乐的太平景象。诗中更包括了那时的礼仪制度、风俗习惯。从诗中我们可以看到他们的活动，听到他们的声音；分担了他们的劳碌，分享了他们的幸福。真是一篇值得我们再三诵读，细细玩味的千古奇文。而周历夏历同用，更是此诗的特点。

鸱鸮

【故事介绍】

武王革命，牧野一战而灭商，纣王自焚而亡，武王仍封其子武庚于殷商旧都，派自己的两个弟弟管叔和蔡叔去监督他。数年后，武王病死。武王的太子继位，就是成王。这时成王才十三岁，而周朝刚得天下，一切都还没安定下来，所以就由成王的叔父（武王的另一个弟弟）周公摄政（代理政权），他的政绩很好，管叔、蔡叔就很嫉妒，散布谣言说："周公将对小孩子成王不利，要篡取他的王位。"成王听到谣言，就对周公起了疑心。周公就对当时的两位重要大臣召公和太公说："我若不避嫌，就无法告慰我们死去的先王。"他就避居东都。商纣的儿子武庚就利用这个机会勾结管叔、蔡叔领导东方的淮夷等一起举兵叛乱。周公也就奉成王之命领兵东征平乱。周公做了一篇禽言诗，来表明自己的心迹，陈述他满怀苦衷保卫周室的赤忱之心。这篇诗开头就说："鸱鸮！鸱鸮！既取我子，无毁我室！"把武庚比作凶猛的夜猫子，说他攫取了周室的管蔡二子，还想来毁灭周室。全诗周公把自己比作辛苦经营鸟巢的一只鸟儿，对鸱鸮的侵袭，焦急万分，弄得焦头烂额，只有恐惧得哀鸣了。

这篇《鸱鸮》诗流传在民间，一路传唱到镐京成王的耳朵里，但成王并没有什么表示。

周公东征经过两年，杀了武庚管叔，放逐了蔡叔，平定了叛乱，才班师回报成王。但因成王还不觉悟，周公自己只好仍留东都。

次年秋天，五谷大熟，但还没收割，忽然天变，刮着大风，雷电交作，田里的谷物都仆倒，大树也连根拔起。成王和高级官员们都惊慌得不得了，于是穿上了朝服，打开"金滕之书"——用金属绳子捆着的祷告书，看看里面是不是有什么秘密，有什么启示。结果他们看到是周公的祝祷文。那是灭商以后，武王病得很厉害，周公祷告三代祖先，自愿代替武王去死的祷告词。当时因周公的祷告，武王的病便好了。召公、太公和成王就查问史官和执事人员，他们回答说："确实有这回事，只是当时周公嘱咐我们不许张扬，所以不敢告诉别人。"于是成王拿着祷告书感动得哭泣着说："不用占卜了，周公一向忠心耿耿，勤劳王事，而我年幼无知，现在上天发威来表扬周公的美德，我该去迎他回来。”

于是成王派使者迎接周公回朝，并郊祭谢天，这年仍得丰收。

以上《鸱鸮》诗的故事记载在《尚书·金縢》篇和《史记·鲁世家》中，诗文则辑录在十五国风的《豳风》中。

【原诗注译】

鸱鸮！鸱鸮！	鸱鸮（chī xiāo）：夜猫子，即猫头鹰，性凶猛，专捕其他小鸟为食。
既取我子，	子：指管叔、蔡叔。
无毁我室！	室：鸟巢，比喻周室。
恩斯勤斯，	恩：恩爱。斯是语助词，无意义，下同。
鬻子之闵斯！	鬻（yù）子是稚子，即小孩子，指周成王。 闵同悯，是可怜的意思。

【今译】夜猫子呀夜猫子！你既然已经抓走了我的孩子，可别再毁坏我的窝巢呀！我一片爱心，殷勤照顾，完全是为了可怜的稚子呀！

迨天之未阴雨，	迨：趁着。
彻彼桑土，	彻是取。 桑土：桑树根，

绸缪牖户， 绸缪：缠绕结扎。

牖是窗子。

户是门。

此处指鸟巢，鸟巢是用草或细根织结而成的。

今女下民， 女：音义同汝，你。

下民：巢下的人。

或敢侮予！ 或：或人，即谁，有谁还敢来欺侮我呢！

【今译】趁着还没阴天下雨，早早去采取那桑树的细根，把鸟巢缠绕扎紧，那么，现在你们那些在巢下面的人，有谁还敢来欺侮我呢！

予手拮据， 拮据是手口并用，操作劳苦的意思。

予所捋荼， 捋是采取。

荼：芦荻的穗子，可以铺巢。

予所蓄租， 蓄是积聚。

租同苴，是草垫子。

予口卒瘏。 卒：尽，都。

瘏(tú)：病。

曰予未有室家。 曰：语词。

【今译】我的手为了采树根小草已累得不得了；我的口为了采芦荻穗子铺巢，也都累病了，但是好像还没有把窝弄好，我是如何的焦急啊！

予羽谯谯， 谯谯：羽毛因劳累而脱落减少。

予尾翛翛， 翛翛（xiāo）：鸟尾疲敝的样子。

予室翘翘， 翘翘：危险的样子。

风雨所漂摇。

予维音哓哓。 维：只是。

哓哓（xiāo）：恐惧的声音。

【今译】我的羽尾脱落了，我的尾巴也不上翘了；我的屋子就要倒，在风吹雨打中飘飘摇摇，看着这种危险的情形，只有吓得喳喳叫啊！

【评解】

《魏风·硕鼠》的隐喻，已显出比体的高超手法，而这篇《鸱鸮》，又更胜一筹。因为《硕鼠》篇和硕鼠讲话的还是人，而《鸱鸮》篇连对鸱鸮说话的也改用一只鸟，而成为一篇禽言的寓言诗了。

《鸱鸮》是一篇童话式的寓言诗。诗中所表现的是老鸟爱护小鸟的一片苦心。但是我们读了它，却能体会出当年周公体国爱国的一片赤诚。虽然对于鸟巢的经营已尽心尽力，但是仍然担心它在狂风暴雨中有被毁坏的危险。第一章是责备鸱鸮的过失，但又有哀求的意味，读了不禁令人寄予无限的同情。第二章写预防灾难的发生，可谓不遗余力，似乎有了信心，以为从此以后不会再有人敢来欺侮我了。然而又一想，鸱鸮是很坏的，是防不胜防的，我虽然劳累得手酸嘴破，仍然觉得这个家不够完善。末章写为了使鸟巢更坚固更完善，以致操劳疲累得羽毛脱落，尾巴衰敝，看着风雨中飘摇欲坠的窝巢，吓得只有喳喳地惊叫，只有干着急。在这种情况下，人事已尽，只有寄希望于上天的保佑了。

周公为了尽瘁国事，忙碌得一饭三吐哺（一顿饭没吃完就为了公事而好几次把含在口里的饭吐出来），一沐三握发（洗一次头都为了忙公事而好几次握着还没洗好的头发来处理），又曾经制礼作乐，所以他不只是对周朝有伟大的贡献，也可以说是对我们中华民族有伟大的贡献，就他表现在《鸱鸮》诗中的这种忠诚为国之心，已足够为我们所感动而应以他为榜样了。后代成语“未雨绸缪”就是从本诗第二章来的。而本篇也是三百零五篇诗中唯一的一篇禽言诗，开后世寓言童话之祖。《鸱鸮》诗的音调铿锵而有力，自用“鸱鸮”叠语开篇，至用哓哓叠字作结，诗中多用双声、叠韵之词。拮据双声；恩勤、绸缪、漂摇叠韵。而自第二章最后一字用一“予”字，以下两章几乎每句都以“予”字开头，句法新奇，音调更为美妙。末章五句都押韵，而且连用谯谯、翛翛、翘翘、哓哓等四句叠字，当中只隔一句叠韵，尤觉有力！

东　山

【故事介绍】

在《鸱鸮》的“原诗注译”中，我们知道了周朝初年有纣子武庚联合管叔、蔡叔叛乱的史事，当时周公为了保护王室，就带领了豳地的青年壮丁到东方去平定叛乱。前后经过三年之久，艰苦备尝，最后总算把乱事平定了。如今凯旋归来，从军的青年归心似箭，偏偏遇上细雨蒙蒙，致使路途泥泞，延迟了他们抵达家园和家人团聚的时间，心中自是不乐。更想到自己离家三年，家中因为没有男人的帮助，不知已荒凉到什么景象；闺中人更是在渴盼他的归来；又想到自己初婚时的种种，如今久别重逢，不知该有多高兴呢！

【原诗注译】

我徂东山，	徂（cú）：往。 东山：东方有山之地，指东征所到的地方。
慆慆不归。	慆慆：很久。
我来自东，	
零雨其蒙。	零雨：细雨。 其蒙：蒙然，迷蒙。
我东曰归，	曰：语词。
我心西悲。	
制彼裳衣，	
勿士行枚。	勿：不要。 士：事，即从事。 行：行伍，打仗。 枚：衔枚。古时行军时怕大家说话被敌方听到，所以每人口中含着一根像筷子般的木条，就可以

不讲话，不出声。

蜎蜎者蠋， 蜎蜎（yuān）：蠕动的样子。

蠋（zhú）：桑虫，野蚕。

烝在桑野， 烝：语词。

敦彼独宿， 敦：团，因怕冷将身子蜷成团的样子。

亦在车下。 亦：语词。

车下：行军在外，夜晚就在战车下过夜。

【今译】我往东山去打仗，好久不得回家乡。如今我从东山还，蒙蒙细雨下不完。我在东方就想回，悲伤的心儿向西飞。缝制一套便装，不再去上战场。蠕动的野蚕弯又弯，蠕动在桑树田野间。蜷着身子独个儿睡，战车下面好安身。

我徂东山，

慆慆不归，

我来自东，

零雨其蒙。

果赢之实， 果赢：栝楼，药草名。

实：果实。

亦施于宇。 施：延伸。

宇：屋檐。

伊威在室， 伊威：虫名，俗称土鳖，常在阴湿的地方。

蟏蛸在户。 蟏蛸（xiāo shāo）：长脚蜘蛛。

町畽鹿场， 町畽（tīng tuǎn）：鹿所到之处，或者说是鹿的脚印。

熠耀宵行。 熠耀：光闪动的样子。

宵行：萤火虫。

亦可畏也！

伊可怀也！

【今译】我往东山去打仗，好久不得回家乡。如今我从东山还，蒙蒙细雨下不完。栝楼的果实已长成，拖拖拉拉檐底生。土鳖屋里到处有，长脚蜘蛛挂门口。鹿脚印儿满空场，萤火虫闪闪发亮光，荒凉的景象好可怕啊！使我对她更牵挂呀！

我徂东山，

慆慆不归，

我来自东，

零雨其蒙。

鹳鸣于垤， 鹳：水鸟，喜欢下雨。

垤：蚁冢，蚂蚁因造窝而盗出的土形成一土墩，有的高大如一小坟墓。

妇叹于室。

洒扫穹窒， 穹：空洞，空隙。

窒：堵塞。

我征聿至。 征：出征的人。

聿：语词。

有敦瓜苦， 有敦：敦然，团团的样子。
瓜苦：苦瓜。
烝在栗薪。 栗薪：堆积的柴薪。
自我不见，
于今三年。

【今译】我往东山去打仗，好久不得回家乡。如今我从东山还，蒙蒙细雨下不完。鹳鸟在土堆上鸣叫，老婆在屋里叹气着好烦恼。打扫屋子把空隙塞，我的征夫就要回来。团团的苦瓜很好看，长在柴薪上一大片。我好久不见这景象，三年的时光真够长。

我徂东山，
慆慆不归，
我来自东，
零雨其蒙。
仓庚于飞， 仓庚：黄莺鸟。
于飞：在飞。
熠耀其羽。
之子于归，
皇驳其马。 皇：马黄白色。
驳：马赤白色。
亲结其缡， 缡：佩巾，即蔽膝。古时女子出嫁，母亲为她系

	上佩巾，是结婚仪式之一。
九十其仪。	九十：形容仪式之多，九种十种的。
其新孔嘉，	新：新婚。 孔：很。 嘉：美好。
其旧如之何？	旧：久，指久别。

【今译】我往东山去打仗，好久不得回家乡。如今我从东山还，蒙蒙细雨下不完。黄莺鸟儿在飞翔，翅膀闪闪好漂亮。那天你做新嫁娘，拉车的马儿白赤又白黄。亲娘为你系佩巾，拜来拜去成了亲。新婚欢乐似蜜糖，久别重逢又该怎么样？

【评解】

豳地是现在陕西省的邠县，东山是在东方，两地相距，非常遥远。在那时既没有快速的交通工具，路途又崎岖难行，而此行又是去打仗，其困苦情形，更是可想而知。如今能够凯旋而归，当然恨不得一步到家。然而偏偏遇到蒙蒙细雨的坏天气，使原本难走的道路，更是泥泞不堪，寸步难行。再加以夜晚只能睡在兵车下面，不得安眠，使得白天精神疲惫，举步维艰。再想到自己已离家三年，家中不知荒凉到什么样的景象。想着想着，既担心又害怕。老婆应该知道我就要到家而在打扫准备迎接吧！提到老婆，不禁使我回忆起新婚时候的景象：那是一个风和日丽的美好春天，黄莺鸟儿都在空中飞舞祝贺，又黄又白的马儿拉着新嫁娘的礼车，我和她左拜右拜地结成了夫妻，那是一段多么美好的时光啊！不知经过三年的分别，再见面将是何等滋味呀！他一边走，一边想，一会儿快乐，一会儿忧愁，只恨身无彩凤双飞翼，能够即刻飞到她的面前该是多好！对征人归来心情的描写，淋漓尽致，深刻动人。

篇中第二章所写家中的荒凉景象，是一种凄怆的色泽；第四章回忆结婚时的甜蜜，是一种艳丽的色泽，这也是用的对照的写法：两种完全不同的颜色，并不觉得矛盾，反而增加色泽的浓度，增加感情的深度，使我们觉得荒凉得更可怕，甜蜜得更美好，是一种很有技巧的写法。

《雅》之二十篇

《鹿鸣》　《常棣》
《伐木》　《采薇》
《出车》　《六月》
《车攻》　《我行其野》
《斯干》　《无羊》
《十月之交》　《蓼莪》
《大东》　《车舝》
《宾之初筵》　《文王》
《生民》　《公刘》
《烝民》　《常武》

一、《小雅》十五篇

鹿　鸣

【内容提示】

鹿儿是一种合群的兽，在野外得到可食的美草，必呼朋唤友来共同享受，这好似一个国家中君臣能够互相照顾的情形。诗中叙述君上宴请臣下，不但有美酒佳肴，奏乐娱宾，并且赠送礼物，为的是臣下能在和乐的气氛中畅所欲言，对国家有所建议，以便在上者作为施政的参考，真是上下一心，一片和谐。

【原诗注译】

呦呦鹿鸣，　　呦呦：鹿鸣声。

食野之苹。　　苹：草名，一名藾蒿，嫩时可食。

我有嘉宾，　　嘉宾：主人尊称客人之词。

鼓瑟吹笙。 鼓：对乐器的敲击弹奏都可说是鼓。

瑟、笙都是乐器名。

吹笙鼓簧， 鼓：鼓动。

簧：笙的舌片，吹笙时鼓动舌片发声，所以簧也是一种乐器。

承筐是将。 承：捧着。

筐：用以盛币帛等礼物的筐子。

将：致送，进献。

古时玉、马、皮、圭、璧等均可称币。

人之好我， 好我：喜欢我。

示我周行。 示：指示。

周行：大道，盖指治国之大道。

【今译】鹿儿在呦呦地鸣叫，是呼朋唤友来共同享受藾蒿。我宴飨高贵的宾客，又鼓瑟吹笙奏出美好的音乐，共同欢娱，还捧着箩筐赠送宾客礼物。客人要是喜欢我，就请指示我一条大道，我好遵循着去做。

呦呦鹿鸣，

食野之蒿。 蒿：一种野草，即香蒿。

我有嘉宾，

德音孔昭： 德音：别人的言语。

孔：甚。

昭：明。孔昭即很高明。

“视民不恌， 视：看待。
恌：轻贱。

君子是则是效。” 君子：指在上之君王或国君。
则：法则。
效：仿效，效法。

我有旨酒， 旨酒：美酒。

嘉宾式燕以敖。 式：语词。
燕：同宴。
敖：舒畅。

【今译】鹿儿在呦呦地鸣叫，是呼朋唤友来共同享受香蒿，我宴贵宾满大厅，贵宾说的话很高明：“对待人民不轻贱，君上应当取法照着办。”我有美酒请大家，务必请喝个痛快尽情欢。

呦呦鹿鸣，

食野之芩。 芩：草名。

我有嘉宾，

鼓瑟鼓琴。

鼓瑟鼓琴，

和乐且湛。 湛：乐之久。

我有旨酒，

以燕乐嘉宾之心。

【今译】鹿儿在发出呦呦的声音，是呼朋唤友来共同享受嫩芩，我宴请尊贵的宾客，弹琴鼓瑟大家共欢乐，气氛融洽快乐多。我有美酒请大家喝，大家喝了好快活。

【评解】

这诗是《小雅》的第一章，是宴会应用乐歌最重要的一篇。天子宴飨公卿及诸侯用它，各国国君宴飨群臣也用它，所以可称是代表五伦之中君臣一伦的乐章。

孟子说："君之视臣如手足，臣之视君如腹心；君之视臣如犬马，臣之视君如国人；君之视臣如土芥，臣之视君如寇雠。"由此可知，在我国古代，君权与臣权是相对的。由本诗中，我们也可以看出君上对待臣下，好像对待尊贵的宾客一般，情意深厚，谦冲有礼，为的是要臣下能"示我周行"。因为我们知道君臣的关系，平常受礼俗的拘束，虽有所建议，也不敢轻易出口，怕冒犯龙颜。而在宴饮的时候却就不同了，在宴饮中，大家吃吃喝喝，说说笑笑，不觉拉近了君臣的距离，感情融洽，上下一体。臣下在此时有所建议，即使是君上不喜欢听的话，他也不会生气的，这真是"乞言"的最好办法。更何况君上已表明"人之好我，示我周行"，为君者如此谦虚有礼，为臣者得到君上如此优厚的礼遇，哪有不被感动而愿赤诚尽忠的！自然就知无不言，言无不尽了。但是治国之道，千头万绪，从何说起？而在此诗的第二章却能提纲挈领地把治国最重要的原则说出来，那就是"视民不恌"，对待人民不轻贱，即尊重人民。我们知道，古今中外任何一个治国者，没有哪个不尊重人民而能成功的。所以"尊重人民"是治理国家的不二法门。可见我国的民主思想，在三千多年以前就已经很发达了。孟子读了此诗，得到启示，发明了他的“民贵君轻”的思想，因而《鹿鸣》一诗在三百篇中也就有了它特别重要的地位了。

全诗文笔朴实，情意真挚，感人至深。而其声调和悦，流畅圆润，更有令人百读不厌之感。

常　棣

【内容提示】

常棣花开之所以好看，是因为有承花的萼托，所以牡丹须要绿叶扶持，两两配合，才能相得益彰，二者是互有关联的，缺一则不能成其美好。这就像兄弟手足之亲情，也是互相关联的。本诗就特别强调人生世上兄弟亲情之重要。依次写死生之间，急难之间，私斗之间，共安乐之间，以及家室之间兄弟相亲的情形。

【原诗注译】

常棣之华，　　常棣即棠棣、唐棣，果如樱桃可食。

华：花。

鄂不韡韡。　　鄂即萼，承花的托。

不即柎，萼足。

韡韡（wěi）：光明，借棠棣之花萼相承，比喻兄弟手足相亲之义。

凡今之人，

莫如兄弟。

【今译】棠棣花开真好看，萼柎相承好鲜艳。凡是今日世上人，没谁能比兄弟亲。

死丧之威， 之：是。

威：畏，怕。

兄弟孔怀。 孔怀：非常怀念。

原隰裒矣， 原：原野。

隰：低湿的地方。

裒（póu）：聚。

兄弟求矣。

【今译】人们都怕看死人，只有兄弟怀念深。死尸堆满原野地，也要去找自己的兄弟。

脊令在原， 脊令即鹡鸰，鸟名，飞则鸣平，行则摇尾，有急难之义，借以比喻兄弟之相救急难。

兄弟急难。

每有良朋， 每：虽。

况也永叹。 况：兹，即滋，多次。
永叹：长叹。

【今译】鹡鸰鸟儿在高原，就像兄弟救急难。虽然你有好朋友，只能一再长声叹。

兄弟阋于墙， 阋：打斗。
墙：家墙以内。
外御其务。 务：同侮。
每有良朋， 每：虽。
烝也无戎。 烝：久。
戎：帮助。

【今译】兄弟在家常打斗，外侮来了齐连手。虽有好友帮助你，时间太久赶不及。

丧乱既平，
既安且宁。
虽有兄弟，
不如友生。 生：语词。

【今译】丧乱既然已平定，生活平安又宁静。虽然你也有兄弟，不如朋友更亲密。此章述安乐时，兄弟往往为小事而争吵，灾难或外侮时反而合作。所以安乐时，兄弟却不如朋友了。但朋友只能于安乐中见友情，而兄弟却能于灾难时见亲情，所以还是朋友不如兄弟。

傧尔笾豆， 傧：陈列。

笾（biān）豆：祭祀或宴饮时所用以盛食物的器皿。

饮酒之饫。 之：是。

饫：餍足。

兄弟既具， 具：俱，都在。

和乐且孺。 孺：濡的假借字，濡是滞留长久的意思。

【今译】排列满桌笾和豆，大家喝酒喝个够。兄弟必须都到齐，才能和乐且长久。

妻子好合，

如鼓瑟琴。

兄弟既翕， 翕（xī）：合。

和乐且湛。 湛：乐之久。

【今译】与妻子很恩爱，如鼓琴瑟好和谐。兄弟之间须友善，才能和乐且久远。

宜尔室家， 家：古音读姑。

乐尔妻帑。 帑（nú）：即孥，子。

是究是图， 究：推究。

图：考虑。

亶其然乎？ 亶：诚然。

然：如此。

【今译】兄弟使得全家和睦，妻子才能真正快乐。细细推究细思量，岂不真正是这样？

【评解】

这是《小雅》中宴请兄弟们的乐歌，也是《诗经》里可以代表五伦之礼中兄弟一伦的作品。

《常棣》篇的作者，说法很多，其中以周公所作的说法，后人赞成的比较多。全诗共八章。第一章以棠棣花开之所以好看，由于萼柎扶持的关系，以兴起兄弟的关系是互相依傍而无法分开的。所以世上任何的人际关系，都不如兄弟的重要，总提全诗旨意。次章之所以特别举出死于战场上的尸体，是因为一次战争就会积尸满野，无法找到亲人的尸体，而且常人都怕看到死尸，更何况到危险万分的战场！然而兄弟情深，纵然万分困难，万分危险，也要去寻找自己兄弟的尸体，以便运回掩埋。第三章以鹡鸰鸟的飞则鸣叫，叫行则摇尾，好像时时都在急人之难，以兴起兄弟遇有急难，虽有良朋，恐鞭长莫及，远水不救近火；或因总是外人，无法插手，只有在旁长叹的份儿。唯独自己的兄弟，能及时相救，别人也不会讲闲话。第四章说兄弟总是兄弟，虽在家中有时吵嘴打架，但一有外侮，就激发了他们的手足之情而齐心抵抗。此时虽有良朋，也帮不上忙。第五章感叹世人在安乐时反而亲兄弟不如朋友，转进一层写，更见兄弟应互相爱护。下三章强调人生手足之情最重：如果兄弟不在一起，虽有美酒佳肴，也会食不知味；虽有妻子的亲情，然而如果兄弟不和，也不能获得家庭的真正快乐。所以第六章就叙有兄弟同享饮食，才能有长久之乐；第七章说夫妇感情虽好，但必须有兄弟的和乐才更美满。末章头两句加重上章的意思，谓一家之中必须兄弟和乐，才能享受妻子之和乐。因为朋友、妻子都是以人结合的，而兄弟的关系却是天生的，是天合的。以人合的，虽亲而实疏；以天合的，虽离而仍合。夫妇、朋友相处和谐则是夫妇、朋友；否则夫妇离婚，朋友反目，都会形同路人。而兄弟就不同了，在任何情况下，兄弟的关系是不能改变的。

牛运震评此诗说："一章有一义，一篇直如一章。浅而真，惨而厚。怨慕曲折，恻怛团结，朱子以为'垂涕泣而道者'得之。"

伐　木

【内容提示】

砍伐树木，不是一人之力可以为功的，人生世上，少不了朋友的帮助；尤其是治理国家，更需要多人的协助。这篇诗就是强调朋友的重要，而且应该厚待我们的朋友。

【原诗注译】

伐木丁丁，　　丁丁：砍伐树木的声音。

鸟鸣嘤嘤； 嘤嘤：鸟鸣声。

出自幽谷， 幽谷：幽深的山谷。

迁于乔木。

嘤其鸣矣，

求其友声。

相彼鸟矣， 相：看。

犹求友声； 犹：尚且。

矧伊人矣， 矧（shěn）：何况。

伊：语词。

不求友生？ 生：语词。

神之听之， 神之：慎之，即谨慎交友。

听之：听从朋友的忠告。

终和且平。 终：既。

【今译】砍伐树木声丁丁，山鸟鸣叫声嘤嘤。从那山谷飞上去，飞上高大的乔木。山鸟的嘤嘤鸣叫，是在呼朋唤友伴，看看那些山鸟啊，都还发出求友声；何况我们人类啊，怎么可以没朋友？谨慎交往相听从，必能相处和乐又平等。

伐木许许， 许许：形容锯木的声音。

酾酒有芎。 酾酒：用茅草过滤酒去渣滓。

有芎：美好的意思。

既有肥羜， 羜（zhù），羔羊，出生五个月大的羊为羜。

以速诸父。 速：邀请。

诸父：朋友中之同姓而辈尊者。

宁适不来，

微我弗顾。 微：非，不是。

弗顾：没有照顾到。

于粲洒扫， 于：叹词。

粲：鲜明。

陈馈八簋。 陈：陈列，摆设。

馈：食物。

簋（guǐ）：装食物的容器，如盘碗之类，天子宴客八簋。

既有肥牡， 牡：公牛。

以速诸舅。 诸舅：朋友中异姓而辈尊者。

宁适不来，

微我有咎。 咎：过错。

【今译】锯木的声音呼呼响，过滤的美酒真正香。准备了肥美肉嫩的羔羊，邀请诸父来品尝。宁肯他刚好有事不能来，也不要我礼貌没尽到。啊！打扫得多么鲜明又整洁，摆设下好菜八大盘。准备了肥美的好牛肉，邀请诸舅来赏光。宁肯他刚好有事不能来，也不要我做事不周详。

伐木于阪，	阪：山坡之地。
酾酒有衍。	衍：多。
笾豆有践，	笾：竹编盛物之礼器。 豆：木制盛物之礼器。 有践：践然，陈列的样子。
兄弟无远。	兄弟：朋友之同辈者，包括同姓及异姓。
民之失德，	失德：失和。
干糇以愆。	干糇（hóu）：粗劣的食物。 愆：过错，连上句意思是说：招待朋友要优厚，如果用粗劣的食物宴请朋友，就会有伤友谊而与朋友失和。
有酒湑我，	湑：过滤。 湑我：我湑。
无酒酤我。	酤：买。 酤我：我酤。
坎坎鼓我，	坎坎：击鼓的声音。 鼓我：我鼓，我打鼓。
蹲蹲舞我。	蹲蹲：跳舞的样子。 舞我：我舞。
迨我暇矣，	迨：及至，等到。 暇：空闲。
饮此湑矣。	

【今译】砍伐树木在山坡，滤好的美酒多又多。笾豆盛菜摆一排，宴请兄弟都要来。人们常常伤和气，往往因为吃的是粗食。有酒我就把它滤好，没酒我就去买，我击鼓坎坎声调和，我蹲蹲跳舞共欢乐。等我哪天有空闲，再滤美酒请大家喝。

【评解】

这是《小雅》中宴请朋友故旧的乐歌，也是《诗经》里可以代表五伦之礼中朋友一伦的作品。

此诗旧分六章，朱子因诗中章首用“伐木”二字，而全诗只三云伐木，故知当改为三章。今从朱子的分法。

第一章以伐木之需人帮助，兴起人生在世不能没有朋友。开头两句的“丁丁”、“嘤嘤”，就谱成一曲山林交响乐，颇得山林静趣。唐人诗：“伐木丁丁山更幽。”“鸟鸣山更幽”都是这一种情趣。下面接叙“出自幽谷，迁于乔木”，山鸟听到伐木声音而受惊吓之余，仍不忘引朋呼伴赶快由深谷飞上高大的乔木以避难。这象征我们交朋友是应该互求上进，虽然自己居于高位，也不可忘记旧日的朋友。孟子更引此两句以责难陈良的学生陈相之不知学好，原来陈相要抛弃儒家之学而去向许行学神农之说。孟子责他道：“吾闻出自幽谷，迁于乔木，未闻下乔木而入幽谷者。”所谓人往高处走，不应该抛弃华夏的文化而去向蛮夷之俗学习，骂陈相太不善于改变自己了。这又是引诗的另一意义。不过，我们虽然不能没有朋友，但也不能随便结交朋友。所以在这第一章就标明交友之道在于“慎与敬”，要谨慎择交，而相交之后就应尊重友谊，听从朋友的忠告，这样才能交到真正的朋友，也才能维持友谊的长久。

第二章只用锯木呼呼的声音作引子，就接叙宴饮朋友、故旧的情景，表现了慎敬之道的实践。而在宴请朋友时，应根据亲疏远近之别作为宴请先后的次序。所以先邀请“诸父”，是朋友中同姓而辈尊的；再邀请“诸舅”，是朋友中异姓而辈尊的。而且宁肯对方有事不能来，也不要我礼貌没做到，所谓“不来在人，弗顾在我”，躬自厚而薄责于人。本来，我们做人，就是要尽其在我，求个心安理得，至于别人怎样对我，那就不管他了。

第三章用伐木于阪作引子，接叙宴请朋友故旧的情景。上章是请的长辈，此章是宴请兄弟，指朋友中之同辈的，包括同姓异姓在内。上章对尊者说“宁适不来”，不敢说请他就一定来；而此章对同辈的就说“兄弟无远”，既无远则当一定来。这是对长辈、平辈说话的不同技巧，措辞得法。下面接叙宴请朋友可以增进感情，可以沟通意见。所以宴饮在朋友之间也是很重要的，更何况还有音乐舞蹈以助兴呢！到此时已由上章慎敬之道的实践而到达鼓舞欢洽的地步了。最后“迨我暇矣，饮此湑矣”是以拖宕之笔留有后情，可谓笃厚之至。宋人真德秀说：“玩其诗，只见为人之求友，而不为君之求臣。盖先王乐道忘势，但见有朋友相须之义，而不见有君臣相临之分故也。”

牛运震评此诗的首尾特色说：“《伐木》鸟鸣二语幽静之极，空山无人读之，始见其妙。”“‘迨我暇矣，饮此湑矣’，宕笔作结，隽逸耐人讽思。唐人诗‘数瓮犹未开，来朝能饮否？’亦以拖宕之笔，收结成趣。”

采　薇

【内容提示】

西周时代，北方野蛮民族猃狁（秦汉时称匈奴）常常南侵扰乱，所以周朝不得不派遣军队远征，去从事神圣的保卫战。壮士从戎，誓无生还，他们出门后跟家人更是相见无期。纵然在岁暮天寒，思乡情切，也是家书莫达，两地音讯渺然。而最后终于打了胜仗，凯旋归来，可是已物换星移；出征时是杨柳依依的春天景，如今归来已是大雪纷飞的严冬了。想到这次出征，艰苦备尝，胜利果实来之不易，不禁有所感伤而就写下了这篇感怀诗。

【原诗注译】

采薇，采薇，

薇：野菜名，俗称野豌豆，嫩时可食。

薇亦作止。　亦、止：均语词，下同。

作：生出。

曰归，曰归，　曰：语词。

岁亦莫止。　莫：同暮。

靡室靡家，　靡：无。本有室家，因在外戍役，就变成没室没家了。

猃狁之故。　猃狁（xiǎn yǔn）：西北方的狄人，商末周初称为鬼方，周朝中叶以后称为猃狁，秦汉时称匈奴。

不遑启居，　不遑：没有时间。

启：跪。居：坐。启居：安居意。

猃狁之故。

【今译】采薇菜呀采薇菜，薇菜刚刚长出来。回家吧！回家吧！时间已到年底下。在外作战既没室也没家，都是为了来把猃狁打！没有时间可安居，都是为了猃狁的缘故！

采薇，采薇，

薇亦柔止。　柔：嫩芽柔软。

曰归，曰归，

心亦忧止。

忧心烈烈，　烈烈：很忧愁的样子。

载饥载渴。　载……载……：又……又……

我戍未定，　我戍未定：在外行军征戍，行踪不定。

靡使归聘。　归：如《论语》“齐人归女乐”之归，是“送”的意思。聘：慰问。因自己在外行踪不定，家人没办法使人来慰问，致和家人音讯断绝。

【今译】采薇菜呀采薇菜，薇菜的幼芽已长嫩。回家吧！回家吧！心里实在很愁闷。愁闷的情绪很难熬，又饥又渴受不了。我驻防的地方常常换，家中没法使人来问平安。

采薇，采薇，

薇亦刚止。 刚：薇菜已长得坚硕了。

曰归曰归，

岁亦阳止。 阳：夏历十月为阳月，即周历的岁末。

王事靡盬， 靡：没，

盬（gǔ）：止息。

不遑启处。 启处即启居，安居。

忧心孔疚， 孔：非常。

疚：病。

我行不来。 来：慰劳，不来：没人来慰劳，正应上章“靡使归聘”句。

【今译】采薇菜呀采薇菜，薇菜已长得硬挺挺。回家吧！回家吧！已是十月来到啦。天王的事情没停止，我就没空能休息。内心忧愁病已深，没人慰劳我这出征人。

彼尔维何？ 尔：同苶，花开茂盛的样子。

维：是。

维常之华。 常：常棣，即棠棣。

华：花。

彼路斯何？ 路：车名。

斯：维，是。

君子之车。 君子：古时对有官位的人也称君子。

戎车既驾， 戎车：兵车。

四牡业业。 业业：形容马的盛壮。

岂敢定居，

一月三捷。

【今译】那好茂盛的是什么花？那是棠棣开的花。那辆车是谁的车？那是长官的座车。兵车驾好四匹马，四匹公马好壮大。哪敢停下来休息，一月三次告胜利。

驾彼四牡，

四牡骙骙。 骙骙（kuí）：形容马的盛壮。

君子所依， 依：依靠车中，即坐在车中。

小人所腓。 小人：指士卒。

腓（féi）：避在一边。是说士兵在车旁步行随从。

四牡翼翼， 翼翼：形容马的行列整齐。

象弭鱼服。 象弭：用象骨装饰弓的两头。

鱼：兽名，似猪，皮可做弓箭的袋子。

服：箭囊。

岂不日戒？

猃狁孔棘。 孔：非常。

棘：急，快速。

【今译】驾上四匹公马，四匹公马好高大。长官倚在车中坐，士兵跟着车旁走。四匹公马很整齐，象骨饰弓装进鱼服里。哪能不天天都警戒？猃狁的行动非常快。

昔我往矣，

杨柳依依。 依依：披拂摆动的样子。

今我来思， 思：语词。

雨雪霏霏。 雨雪：落雪。

霏霏：形容雪盛的样子。

行道迟迟，

载渴载饥。

我心伤悲，

莫知我哀！

【今译】从前我出门去打仗，杨柳依依好春光。如今归来已严冬，大雪纷飞好寒冷。道路难行慢慢走，又饥又渴好难受。我的心里伤感又悲哀，悲哀没人能了解。

【评解】

《诗经·小雅》有三篇有关讨伐猃狁的诗，即《采薇》、《出车》和《六月》，都是在周宣王时代的故事。这篇《采薇》共六章，前五章是征人追念出征时的情况，后一章是征人叙述今日归还时的心情。第一、二、三章是以薇菜生长的进度，说明时序的变化。此次出征，是为抵御外侮猃狁，所以字里行间充满对猃狁的痛恨之情。出征在外的人大概有四件事是最感烦恼的：一是远离家人之悲，二是无暇休息之劳，三是忍饥受渴之苦，四是不得家中音讯之忧。而此四事，在本诗的前两章都叙到了。想到这些烦恼，都是可恶的猃狁造成的，因而对猃狁的痛恨更深沉，要消灭他们的勇气也就更增加了，所以才会有一月三捷的辉煌战果。再由于看到出征马车的神气，武器装备的精良，将帅仪容的威武，加上胜利号角的频吹，使他感到无上的光荣、无比的骄傲。那么如今凯旋归来，应庆生还，感到高兴才对，可是人的感情是变化多端的，想到战争时期的艰苦备尝，得到胜利果实的牺牲代价；又想到出征时还是杨柳依依的春天景，而如今却是大雪纷飞的严冬，再加上饥寒交迫，关山难度，不禁感慨万千，而有“莫知我哀”之叹！

此诗的好处全在末章真情实景感时伤事的描写，所以晋朝大将谢安曾问他的子弟们说：“你们认为《诗经》中哪几句最好？”他的侄子谢玄就答道：“昔我往矣，杨柳依依；今我来思，雨雪霏霏。”谢安却不赞成说：“我认为‘吁谟定命，远猷辰告’（《大雅·抑》篇）两句最好。”谢安所说，自是宰相口吻，但后世诗人，多喜欢谢玄所提两句。清人沈德潜就说：“此一时兴到之句，然亦实是名句。”朋友！你赞成他们哪个呢？

牛运震评此诗说：“悲壮凄婉，全以正大之笔出之。结构用意处更极浑成。后世出塞曲，伤于惨而尽矣。”方玉润就说：“绝世文情，千古常新。”都对此诗给以很高的评价。

出　车

【内容提示】

周宣王派大将南仲去北方筑城，把顽强的外夷猃狁吓跑，胜利归来，诗人就写下了这篇叙事诗。

【原诗注译】

我出我车，　　上“我”字指我国家，下“我”字指我的军队。

于彼牧矣。　　于：往。

　　牧：远处野外。

自天子所，　　自：从。

谓我来矣。　　谓：使。

召彼仆夫，

谓之载矣。　　谓：告语。告诉仆夫把军需品载到车上。

王事多难，

维其棘矣。　　棘：急，战事紧急。

【今译】国家派遣我这支兵车，到那遥远的野外。从天子所在的地方出发，使我来保卫国家。召唤那些仆从车夫，把军需品装上车去。国家正在多难之时，情势已经非常紧急。

我出我车，

于彼郊矣。

设此旐矣， 旐：画着龟蛇的旗子。

建彼旄矣。 建：打起来。

旄：一种旗子，旗杆上挂着牦牛尾。

彼旟旐斯， 旟：画着鸟隼的旗子。

斯：语词。

胡不旆旆！ 胡：岂不。

旆旆：旗子飘洒飞扬的样子。

忧心悄悄， 悄悄：很忧心的样子。

仆夫况瘁。 况：苦。

瘁：病。

【今译】国家派遣我这支兵车，到那遥远的郊野。竖起画有龟蛇的大旗，也打起挂着牦牛尾的旗帜。还有那画着鹰鸟的旗子，旌旗飘飘又飞扬，好不威武气势壮！责任重大我担忧，仆夫困苦也发愁。

王命南仲， 南仲：周宣王时一大将名。

往城于方。 城：筑城。

方：地名，或者说朔方，北方之地。

出车彭彭， 彭彭：形容车辆盛多的声音。

旂旐央央。 旂：画着蛟龙的旗子。

央央：鲜明的样子。

天子命我，

城彼朔方。 朔方：北方荒远之地。

赫赫南仲， 赫赫：名声显赫。

猃狁于襄。 于：是。

襄：除去。

【今译】天王命令南仲，往朔方去筑城。大队兵车彭彭响，旗帜鲜明又飘荡。天子命令我奉行，往那朔方去筑城。南仲显赫又威武，顽强的猃狁被驱除。

昔我往矣，

黍稷方华； 黍：黏性的小黄米。

稷，不黏的小黄米。

华：茂盛。

今我来思。 思：语词。

雨雪载涂。 雪雨：落雪。

载涂：涂同途。载涂意为满路途。

王事多难，

不遑启居。

岂不怀归？

畏此简书。 简书：策命。天子派遣军队的命令如同现在的公文。

【今译】从前我离家去出征，黍稷长得正茂盛。如今战罢我归来，大雪纷飞路难行。国家正在多难时，没有空闲可休息。哪里不想回家乡？天子的命令不敢违抗。

喓喓草虫， 喓喓（yāo）：虫鸣声。

草虫：蝗属，即纺织娘。

趯趯阜螽。 趯趯（tì）：跳跃的样子。

阜螽即幼蝗。幼蝗还没生翅膀故善跳。草虫鸣则阜螽跳着跟随，比喻夫唱妇随，所以闺中人看了有所感触。

未见君子， 君子：指出征的人。

忧心忡忡； 忡忡：担忧不宁。

既见君子，

我心则降。 心降：心安，即放心。

赫赫南仲，

薄伐西戎。 薄：语词。

西戎：西方夷狄之人。

【今译】草虫前面喓喓叫，阜螽跟着蹦蹦跳。没有见到君子面，忧心忡忡很不安；如今见到君子面，我才觉得很舒坦。南仲显赫又威武，接着又打西戎去。

春日迟迟，

卉木萋萋。 卉：草。

萋萋：繁荣茂盛。

仓庚喈喈， 仓庚：黄莺。喈喈：鸣声。

采蘩祁祁。 蘩：白蒿。（见《豳风·七月》篇注）

祁祁：众多。

执讯获丑， 执：活捉。

讯：可以询问口供的战俘。

丑：众多。

薄言还归。 薄言：语词。

还归：凯旋而归。

赫赫南仲，

猃狁于夷。 夷：平。

【今译】春天的时光慢又慢，草木繁荣很好看。黄莺鸟儿婉转歌，采蘩的人们多又多。活捉了许多战俘问口供，凯旋归来好高兴。南仲显赫又威风，猃狁从此被平定。

【评解】

这是一篇将帅出征的诗，写得有声有色，威武异常。一开头就说此行任务，是由天子所命，可见此次出征责任之重，使命之专。前两章都是叙述行军时仪仗之盛，飞扬飘洒，好不神气！真是声势赫赫，惊心动魄，照人耳目！然而却有重责大任在身，所以上下都必须谨慎从事，以致“忧心悄悄，仆夫况瘁”，写出大将思虑深沉，处事稳重的一面。

第三章点明大将是南仲。“王命南仲”、“天子命我”，两个“命”字，显得异常郑重，义正词严，声威百倍。因而不用一兵一镞，只是筑城朔方，已使敌人丧胆，闻风而逃。不是以南仲大将的威风，上能承天子的威灵，下能共士卒之甘苦，又怎能收得如此神速的功效？真是所谓“其出也有名，其作也有勇，而其往也无敌，此之谓王者之师，此之谓王者之将”啊！

第四章写凯旋归途，回忆往事，感于时令的变迁、出征的辛苦、思归不得的怨尤，自是人情之常，但总以王事为重，不能因私情妨碍公义呀！

第五章忽插入一段室家之思，是描述征人文字不可或缺的。正喜于征人之能够归来团聚，却不料又有西戎之役。于是赫赫南仲，又不得不接着去打西戎。正看出南仲大将的声势显赫，能力高强，为天子所倚重，所以才命他马不停蹄地转战各地了。

末章叙述春回日暖，黄莺鸟儿唱着悦耳的歌声，采蘩妇女结队郊外之时，于春光明媚中英雄们凯旋而归。于是“执讯获丑，献俘天子”。如此一来，西戎既服，猃狁也平，真是畅快淋漓，全国欢腾。南仲大将完成如此赫赫战功，实在了不起啊！

综观全诗，可分三大部分：前段描述大将的威风，征人奋战的情形及心理，真是金戈铁马，洋溢着驰骋沙场的雄风壮志。中段接叙闺中人的情感，以及那一忧一喜的心理，又富有温柔旖旎的气氛。末段则叙述在春日艳阳的天气，草长莺飞的时候，大队英雄胜利归来，报功献俘于明堂之上，审讯一批一批的战俘，使得四夷震惊，边患永除。这是多么值得我们炎黄子孙骄傲而应大书特书的事啊！

方玉润评此诗说：“全诗一城猃狁，一伐西戎，一归战俘，皆以南仲为束笔。不唯见功归将帅之美，而且有制局整严之妙。此作者匠心独运处，故能使繁者理而散者齐也。”

日本学者竹添光鸿批评此诗说：“句句是大将举止，出师尚严：读首三章，便凛如秋霜；凯归贵和：读后三章，便蔼如春露。其间有整有暇，有勤有慎，有威有断。我出我车，责任专也；自天子所，宠命渥也；忧心悄悄，临事惧也；执讯获丑，恩威著也。全是专阃气象。”（专阃：执掌军事大权之将帅。）

六　月

【内容提示】

周宣王有一位很得力的允文允武的大臣尹吉甫，他奉王命于六月的大暑天，率领着大队人马做开路先锋，往北方去讨伐入侵的猃狁。他的仪仗威武，军队严整，终于获得了伟大的战功。胜利归来，把得自天子的厚赐，分享各位战友，并大设筵席慰劳僚属。诗人就作此诗以歌颂他的风度和功绩。

【原诗注译】

六月栖栖，　　六月：盛夏出征，说明敌寇入侵的紧急。

	栖栖：惶惶不安的样子。
戎车既饬。	戎车：兵车。 饬：整饬。
四牡骙骙，	四牡：四匹公马。 骙骙：形容马的壮盛。
载是常服。	载：用车装载。 常服：戎服：即军装。此处应指穿军装的将帅而言，《左传》上说："帅师者有常服。"
猃狁孔炽，	孔：甚。 炽：盛。
我是用急。	是用：是以，即所以。
王于出征。	于：曰，说。
以匡王国。	匡：救助。

【今译】六月的暑天，大家急急忙忙地把兵车都装备好，驾上四匹高头大马，上面载着全副武装的将帅。这样的紧急动员，是因为猃狁入侵的势力炽盛，所以天王一发布出征令，大家就立刻行动去救助王国。

比物四骊，	比物：马力相等。 骊：黑色的马，古时用马，凡祭祀朝觐会同，就用毛色相同的马；凡军事就用力气相等的马，因前者重文饰，后者重力强。
闲之维则。	闲：动作娴熟。

维则：有法则。

维此六月，

既成我服。 服：军服。

我服既成，

于三十里。 于三十里：往行三十里，古者行军每天以三十里为限。

王于出征，

以佐天子。 佐：辅佐，帮助。

【今译】驾上力气相等的四匹黑马，动作熟习而有法则。在这盛暑的六月，赶制好了军服，大家穿了出征赶路，一天之内要赶三十里。天王发布出征令，我们就立刻应命助天子。

四牡修广， 修：长。

广：宽，形容马的高大。

其大有颙。 有颙：颙然，很庞大的样子。

薄伐猃狁， 薄：语词。

以奏肤公。 奏：收到。

肤公：大功。

有严有翼， 即严然翼然。严是威严，翼是谨慎。

共武之服。 共：恭敬。

服：事。武之服即军事。

共武之服，

以定王国。

【今译】四匹高大的公马，真是庞然大物。去讨伐外夷猃狁，完成了伟大的功业。大队人马既威严又谨慎，恭敬地去从事战争，不敢掉以轻心，为的是打跑外夷，安定王国。

猃狁匪茹，	茹：柔。 匪茹：不柔顺不柔服。
整居焦获。	整居：齐集。 焦获：地名，猃狁所盘踞之地。
侵镐及方，	镐：地名，不是周的镐京。 方：地名。
至于泾阳。	泾：水名。 泾阳：泾水的北边。
织文鸟章，	织：帜，旗子。 鸟章：鸟隼的花纹。
白旆央央。	白：帛，绸子。 旆（pèi）：旗下的飘带。 央央：鲜明的样子。
元戎十乘，	元戎：大车。 十乘：十辆。
以先启行。	启行：开路。

【今译】猃狁顽强不柔服，大军齐集在焦获。侵入了镐又到了方，一直到达泾水的北边，势力实在太猖狂。大队人马去讨伐，鸟隼的旗帜很雄壮，绸带飘洒好鲜亮。大车十辆做前导，勇往猛进上战场。

戎车既安，

如轾如轩。 轾（zhì）：车后起。

轩：车前高。

如：或。形容车辆前进，由于路面不平，有时前高后低，有时前低后高。

四牡既佶， 佶：壮健。

既佶且闲。 闲：熟练。

薄伐猃狁，

至于大原。 大原即太原。在今山西省。

文武吉甫， 吉甫：即尹吉甫。

万邦为宪。 万邦：万国。

宪：法，模范。

【今译】兵车走起来很安稳，或高或低都没危险。四匹公马很壮健，壮健而又步伐很熟练。前去讨伐猃狁，一直打到太原。能文能武的尹吉甫，真是天下的好典范。

吉甫燕喜， 燕：乐。

既多受祉。 祉：福祉，即赏赐。

来归自镐，

我行永久。

饮御诸友， 御：进食。

友：战友。

炰鳖脍鲤。 炰：煮。

脍：细切肉，即切成肉丝。

侯谁在矣？ 侯：维，语词。

张仲孝友。 孝友：孝敬父母，友爱兄弟。

【今译】接受了天子很多赏赐，吉甫真是好欢喜。想到这次从镐归来，行军日子很长久。所以要炰鳖脍鲤设大宴，慰劳我的众战友。在座贵宾谁重要，孝敬父母，友爱兄弟的张仲他最好。

【评解】

这是《小雅》中有关北伐猃狁三篇的最后一篇。也是一篇翔实的记载，使当时历史文化的大事流传下来。我们读了，都会为我们伟大的祖先感到骄傲，也更感到我们作为龙的传人而责任之重大，使命之无所旁贷，要作为一个历史的接棒者，继续努力向前，推动着时代的巨轮，让它在时间的旅程上也留下值得纪念的轨迹。那样也许不会愧对我们的祖先，而对我们的子孙也有所交代。诗中最后特别提出一位重要的客人是有孝友之德的张仲。这是借孝友陪衬文武，而且“求忠臣必于孝子之门”，作者是含有深意的啊！

车　攻

【内容提示】

周宣王借田猎大会诸侯，以增进感情，并沟通上下的意见。诗中对田猎的情形，描写得详尽而生动。

【原诗注译】

我车既攻，	攻：巩的假借字，坚固的意思。
我马既同。	同：速度相同，步调一致。
四牡庞庞，	庞庞：强盛的样子。
驾言徂东。	言：语词。 徂：往。

【今译】我的猎车既巩固，我的马力也相同。四匹公马很强盛，驾着车子往东行。

田车既好，	田车：猎车。
四牡孔阜。	阜：大。
东有甫草，	甫草：大草原。

驾言行狩。 言：语词。

狩：冬猎叫狩。

【今译】猎车既然装备好，四匹公马大又高。东方有片大草泽，驾了车子去打猎。

之子于苗， 于：往。

苗：狩猎的通名。

选徒嚣嚣； 选徒：选好的徒众。

嚣嚣：形容人数众多声势大。

建旐设旄， 旐（zhào）：画有龟蛇的旗子。

旄：挂着犛牛尾的旗子。

搏兽于敖。 搏兽：搏取野猎。

敖：山名。

【今译】这人前往去打猎，声势浩大随员多。打着龟旗和旄旗，搏取野兽敖山里。

驾彼四牡，

四牡奕奕。 奕奕：盛大的样子。

赤芾金舄， 赤芾：红色的蔽膝。

金舄（xì）：有金饰的鞋子，赤芾金舄都是诸侯的礼服。

会同有绎。 会：诸侯不定期地朝见天子。

同：很多诸侯同时朝见天子。
有绎：绎然，络绎不绝，形容盛多。

【今译】驾上四匹大公马，四马强壮又盛大。红色的蔽膝金饰鞋，诸侯纷纷来朝拜。

决拾既佽， 决：象骨所做的扳指，套在右手拇指上以钩弓弦，以免指痛。
拾：用皮做的套袖，套在左臂上。
佽（cì）：帮助。

弓矢既调。 调：调整好。

射夫既同， 射夫：参加射箭的人，指诸侯。
同：会同。

助我举柴。 柴：指聚积的鸟兽，形容猎获之多。

【今译】有扳指套袖做帮助，弓箭调理也合度。射箭的人们都聚齐，帮我把鸟兽都搬离。

四黄既驾， 黄：马的毛色黄里带赤。

两骖不猗。 骖：一车四马，靠外的两马叫骖。
猗：即倚字，偏倚不正。不猗即不偏。

不失其驰， 不失其驱驰之法，即驾车的技术很好。

舍矢如破。 舍矢：放出箭去。
如：而。

破：射中了兽。

【今译】四匹黄马驾上车，两匹骖马不歪斜。驱驰的技术很巧妙，一箭射去兽就倒。

萧萧马鸣， 萧萧：马鸣声。

悠悠旆旌。 悠悠：很长的样子。

旆旌（pèi jīng）：旗子。

徒御不惊， 徒：徒步走的。

御：乘车的。

不惊：不喧哗。

大庖不盈。 大庖：天子的厨房。

不盈：不满。意谓射猎虽多，多分给同射的人了。表示天子的恩德。

【今译】四马长鸣声萧萧，旌旗招展随风飘。步兵御卒不喧哗，君庖不满君恩大。

之子于征， 征：指东行。

有闻无声。 此句是说人们只听说有打猎的事情但没听到行军喧哗的声音，表示军行纪律严整。

允矣君子， 允：信。允矣：信哉，真正是。

君子：指宣王。

展也大成。 展：诚，诚然。

大成：所成者大。

【今译】这人打猎去远征，只闻消息没有喧哗声。真正是个好君子，确实能够成大功。

【评解】

周朝自厉王无道，周天子的威望大减，以致诸侯不朝，外夷侵略。幸而有宣王的继立。我们知道，宣王是周朝的中兴明主，他即位后，运用他的雄才大略，重整山河，驱逐蛮夷，威震诸侯，恢复了文武时代的声望。于是借田猎以修武备，诸侯都能应命前来，声势浩荡，场面壮大，这是若干年来没有的现象了。国人怎不为之欢欣鼓舞，诗人怎能不为之欣喜兴奋！于是他就不惜铺张扬厉地谱出他赞颂的讴歌，使我们读了，也觉得无上的光荣，无比的欣慰。

一开头首章四句读起来就有一种酣畅淋漓之感，反映出诗人那种欢欣兴奋的心情。

第一章泛言车马，第二章就指出是田车，并说明此行目的在田猎。第三章更具体地说明田猎的地点是在敖山，写来一层推进一层。第四章写诸侯盛装来朝，这才真正是此次田猎的目的，为的是要收拾天下人心。而如今诸侯能纷纷来朝，可见宣王已恢复周天子的威望了。第五章写射猎时的装备，而一句“助我举柴”不说猎获之多，其多自见。第六章正式写射猎的技巧，看出射夫都是训练有素、技艺精良的。第七章写猎罢归来的情况。本来出发时容易维持队伍的严整，事毕后则容易散乱。然而他们却始终如一，维持着严整的纪律。这更见出他们毫不懈怠的敬事精神。“萧萧马鸣，悠悠旆旌”写出大营严整的气象。“大庖不盈”一句证明宣王狩猎的目的，并不是在猎获很多以满足私欲，而是为了要建立周室的威望，重新恢复周天子的号召力。宣王为国的苦心，于此可见。最后第八章总起来称赞一番。全诗是以“严整”二字作骨子，一层一层地描写，到最后才说出“有闻无声”的赞语，结语更是庄重得体。整篇诗以严整的气氛，反映场面的壮大及雄武，也反映出周宣王那种旷世仅有的大王雄风！真是一篇让人读了觉得非常过瘾的好诗。而“萧萧马鸣，悠悠旆旌”，“之子于征，有闻无声”四句不但读起来音调铿锵，看起来更是形象生动。后来杜甫的《后出塞》“落日照大旗，马鸣风萧萧”，“中天悬明月，令严夜寂寥”及欧阳修的“万马不嘶听号令”可说都是从《车攻》中的这几句衍化而出的。

牛运震评此诗说：“一篇严静文字，步伍分明，节奏安雅。正如唐人四句一韵古体。”

我行其野

【故事介绍】

一个强健的男子，因为家境贫困，终年勤劳所得，尚不足以糊口。凭人说合，就入赘于富女之家。富女虽然做了他的老婆，但只把他当奴隶一般支使，他一点也得不到家庭的温暖。两年后，富女便天天骂他，甚至诅咒他早些死去，让她可以另找新婿。于是他不得不独自走在旷野，采些羊蹄菜等野生植物来充饥，踟蹰着走在回到自己老家的路途上，口中唱出这赘婿的悲歌来。

【原诗注译】

我行其野，

蔽芾其樗。 蔽芾：枝叶茂盛的样子。

樗：树名，木质很坏。

昏姻之故， 昏：婚。

言就尔居。 言：语词。

尔不我畜， 畜：收容。

复我邦家。 复：返回。

邦家：故乡的家。

【今译】我流浪野外难过伤心，只有茂密的樗树为我遮阴。为了婚姻的缘故，才来你家居住。如今你容不下我，只好回到我的本乡故土。

我行其野，

言采其蓫。 蓫：羊蹄菜。

昏姻之故，

言就尔宿。

尔不我畜，

言归斯复。 言、斯：都是语词。

【今译】我流浪野外没喝没吃，羊蹄菜采来暂时充饥。为了婚姻的缘故，才来和你同住。如今你容不下我，只好回到我的本乡故土。

我行其野，

言采其葍。 葍：恶菜。

不思旧姻，

求尔新特。 特：雄性的兽叫特，此处是指夫婿。

成不以富， 此句是说：新成的婚姻，并不是因为他富有。

亦祇以异。 异：新异。

【今译】我流浪野外没喝没吃，采了葍菜暂时充饥。不思念往日的夫妻之恩，又去找你新的匹配。并不因为他富有，只因你喜新厌旧。

【评解】

《小雅》和《国风》，没有明显的界限。像这篇《我行其野》，形式既是三章叠咏的歌谣风格，内容也只是男女个人私情的申诉，就是风诗入于《小雅》的一个例子。从前解诗的，便因它在《小雅》中而强要和政治拉上关系，说它是讽刺宣王的荒政，又说是申后被废归国，怨幽王之诗，实在没有道理。

我们知道，《小雅》中有东周时代的作品，那时已有赘婿之俗的流行。其中著名的，像淳于髡，就是齐国的赘婿。赘婿不仅被人贱视，而且常受妻家的侮辱，多有不能忍受者。五代时的刘知远，就是最好的样本。他入赘李家，做李三娘的赘婿，三娘虽是贤妻，但李家对他的侮辱，还是使他无法忍受，只得离别三娘而出走。刘知远的诸宫调中，就有“劝人家少年诸子弟，愿生生世世莫做人赘婿”的话，这篇诗中的男子，更被自己的妻子虐待冷落，就不得不走向旷野中去悲歌诉苦。你听了，是不是觉得赘婿之俗应该革除呢！

斯　干

【内容提示】

这是一篇祝贺新屋落成的诗。先写新屋坐落的环境，有远景有近景；再写新屋构造的情形，由外观写到内室；最后写到新屋主人生男育女的情形，所生男女，各有不同的待遇。写来层次分明，文笔生动。

【原诗注译】

秩秩斯干，　　秩秩：清澈的样子。

斯：语词。

干：涧，两山之间的水流。

幽幽南山，　　幽幽：深远的样子。

如竹苞矣， 如：而，语词。下同。

苞：茂密，草木丛生的样子。

如松茂矣。

兄及弟矣，

式相好矣， 式：语词。

无相犹矣。 犹：同尤，埋怨责怪。

【今译】近处涧水清澈流，远望南山深幽幽。竹子长得一丛丛，松树长得好茂盛。兄弟相亲又相爱，感情融洽很和谐，切莫怨尤相责怪。

似续妣祖， 似：嗣。嗣续：继承。

妣：女祖先。

祖：男祖先。

此句是说要继承先人的遗志。

筑室百堵。 堵：一方丈是一堵，百堵是说筑室很多。此句是说创新业。

西南其户， 将门户开向西或向南。

爰居爰处， 爰：在那里。

爰笑爰语。

【今译】继承祖先产业，建筑新屋展宏图。向西向南开门户，在此定了居，在此要长住，一家有说有笑好幸福。

约之阁阁， 约：捆扎。

阁阁：一道一道的样子。从前筑墙用两板夹起来填土在里面，叫板筑。两板必须用绳捆扎得一道一道的，以免脱落。一板筑好再将两板上移筑另一板，直到所要筑墙的高度为止。

椓之橐橐。 椓：由杵捣土使墙坚硬，即打夯。

橐橐（tuó）：捣土的声音。

风雨攸除， 攸：所以，因而。

除：去。

鸟鼠攸去，

君子攸芋。 芋：同宇，居住。

【今译】筑墙的木板紧紧绑，杵捣地基橐橐响。不怕风雨来侵袭，鸟鼠也都避开去。君子住着很安舒。

如跂斯翼， 跂：同企。

斯：语词。

翼：恭敬，此句是说房屋的气势像人企立，很恭敬的样子。

如矢斯棘； 棘：急。此句是说房屋四周墙的棱角，像射出去急驰的箭那么直。

如鸟斯革， 革：张开两翼。此句是说房屋两边的屋檐像鸟张开两翅的样子。

如翚斯飞。 翚：雉鸡。

君子攸跻。 跻：升，升入此室。

【今译】气势像人恭敬地站立，墙角像飞箭一般直；屋檐像飞鸟展两翅，又像五彩的雉鸡飞舞起。君子登上台阶进到屋里。

殖殖其庭， 殖殖：平正的样子。

庭：院子。

有觉其楹。 觉：直，有觉即觉然。

楹：柱子。

哙哙其正， 哙哙（kuài）：明亮。正：正厅。

哕哕其冥， 哕哕：昏暗。

冥：暗处，指内室。

君子攸宁。

【今译】庭院平坦又方正，圆柱挺直又坚硬。大厅光线很明亮，内室幽静暗无光，君子住着保安康。

下莞上簟， 莞：蒲席，较软。

簟：竹席，较滑。

乃安斯寝。

乃寝乃兴，

乃占我梦。

吉梦维何？

维熊维罴， 罴：兽名，似熊而大。

维虺维蛇。 虺（huǐ）：小蛇。

【今译】蒲席上面铺竹席，睡在上面很安适。睡足一觉醒过来，请人占卜梦中事。请问所梦是什么？大熊小熊山上走，小蛇大蛇地上爬。

大人占之，

维熊维罴，

男子之祥。 祥：吉兆。下同。

维虺维蛇，

女子之祥。

【今译】圆梦大人占断说：梦着大熊和小熊，预兆是要生壮丁；梦见小蛇大蛇地上爬，预兆是要生女娃。

乃生男子，

载寝之床。 载：则，就。

载衣之裳， 衣：穿。

载弄之璋。 璋：古玉器，半圭形。

弄璋：预祝他做大官。

其泣喤喤。 喤喤：大声。

朱芾斯皇， 朱芾：红色的蔽膝。

斯：语词。

皇：鲜明。

室家君王。 意思是：一家之主。

【今译】生个大男孩，给他睡到床上来，给他衣裳穿，给他圭璋玩，哇哇哭得好大声，红色的蔽膝好鲜明，他将是这家的主人翁。

乃生女子，

载寝之地，

载衣之裼， 裼：小包被。

载弄之瓦。 瓦：纺锤，使她会做纺织等女红。

无非无仪， 非：违背。

唯酒食是议。

无父母贻罹。 贻：遗给。

罹：忧。不使父母担忧，不给父母忧愁。

【今译】要是生个小女孩，给她睡到地上来，小被包着不会冷，纺锤给她常玩弄。不许违背礼仪，要做一个会持家的能手，不使父母担心。

【评解】

此诗描写新屋，真是巨细不遗。先写它的大环境：远有青山，近有溪水，已富有山水幽美的情趣；再叙近处绿竹丛生，松树繁茂，更点缀得如诗如画。这样美好的环境，如果住在里面的人一天到晚吵架，又有什么幸福可言？所以第一章就提出兄弟和乐融洽的重要性。正如《常棣》篇所说，一家之中兄弟和乐，全家才会有真正的快乐。同时以绿竹的丛生，比喻这户人家的根本稳固，以松树的繁茂，比喻这户人家的子孙繁衍。而且我们知道，为人子孙如果只能守成，不能创新，总有坐吃山空的一天，所以又祝颂这房屋的主人，既能承受先人的遗志，又能开创更新的事业，即诗中“似续妣祖，筑室百堵”两句所说。

其次叙述对房屋的构造，门窗要讲究方向，墙垣要打得紧密。第四章叠用四个比拟的词句，来形容新屋的高耸、直立、宽敞、华丽。由“如翚斯飞”一句我们可看出这新屋是雕檐画栋，像五彩的雉鸡在空中飞舞，真是形容得既具体又生动。而他们对于正厅内室的光线有明暗的分别，卧室的床铺也很讲究：下面铺软的，上面铺滑的。诗中叙述生男育女，及父母对子女观念及待遇的差别，这种思想今日看来是落伍了，但在那时并不认为有什么不对。不过，这种“重男轻女”的思想，至今未全打破，也可见这篇诗对后世的影响有多么深远了。

全诗写来层次分明，由远而近，由大而小，由外而内，由静而动，由实而虚。自第一章至第六章的前半章都是写实，以后就纯属推想期望的意思。而第三章写墙垣坚固，就说“君子攸芋”；第四章写房屋气势，就说“君子攸跻”；第五章写内室居寝，就说“君子攸宁”。

描写既细致又生动，用字更是精练恰当。而各章多用排句，是本诗的特点。

无　羊

【内容提示】

这是一篇描述放牛羊的诗。诗中对于牛群羊群的动态，描写得各尽其妙，不但描写人畜的动态刻画入微，栩栩逼真，构成一幅别具风格的画面；同时它更像电影一样在我们眼前移动，逐渐变换，特别生动而富有意义。

【原诗注译】

谁谓尔无羊？

三百维群。　　维：是。

谁谓尔无牛？

九十其犉。　　犉：身长七尺的黄体黑唇的牛。

尔羊来思，　　思：语词。

其角濈濈；　　濈濈（jí）：聚在一起的样子。

尔牛来思，

其耳湿湿。 湿湿：润泽的样子。牛病则耳干燥，健康则润泽。

【今译】谁说你没有羊啊？一群就是三百只呀！谁说你没有牛啊？七尺大的黄牛就有九十头呀！你的羊群来到时，羊儿的犄角聚一起；你的牛群都来到，牛儿的耳朵光闪耀。

或降于阿， 阿：大丘陵。

或饮于池，

或寝或讹。 讹：通吪，出声音。

尔牧来思， 思：语词。

何蓑何笠， 何：通荷，背着。

蓑：蓑衣。

笠：斗笠。

或负其糇， 负：背。

糇：干粮。

三十维物。 物：杂色牛。

尔牲则具。 牲：祭祀用的牲口。

具：具备。

【今译】有的从山坡走下来，有的到池中去饮水，有的在睡觉，有的出声音。你的牧人来到了，背着蓑衣和斗笠，有的干粮也背起。牛羊的毛色三十种，足够你祭祀所需的供品。

尔牧来思，

以薪以蒸， 以：与。

蒸：细的柴薪。

以雌以雄。 雌雄：指牧人利用空闲时所射获的雌雄之鸟。

尔羊来思，

矜矜兢兢， 矜矜兢兢：很守规矩的样子。

不骞不崩。 骞：撒野。

崩：离群。

麾之以肱。 麾：通挥，指挥。

肱：胳臂。

毕来既升。 毕来：都来。

升：进入牢。

【今译】你的牧人来到了，带回粗薪和细柴，猎获的鸟儿也带来。你的羊群都来到，从容温驯性情好，不撒野来不乱跑，只用胳臂招一招，就都乖乖进了牢。

牧人乃梦， 乃梦：就做梦。

众维鱼矣，

旐维旟矣。 旐：画有龟蛇的旗子。

旟：画有鸟隼的旗子。

大人占之：

“众维鱼矣， 鱼：余同音，意思是有多余的，所以说梦到鱼是丰年的预兆。

实维丰年；

旐维旟矣，

室家溱溱。”　　溱溱：众多。

旐旟等旗子用以聚集群众，所以说梦到旐旟是人口众多的预兆。

【今译】牧人做梦有意思，梦到鱼儿一大群，还有旐旗和旟旗。圆梦先生把梦占：“梦到鱼儿一大群，是要有个大丰年；梦到旐旗和旟旗，人口众多子孙繁。”

【评解】

这是一幅令人赏心悦目的牛羊放牧图。读了它，会不会让你联想到法国著名画家米勒笔下的名画？而此诗比他的名画更为生动。因为在美丽的画面上又浮现出一个很有意义的梦境来。透过梦境，可以让我们知道了“年年有余”、“多子多孙”的思想就是从那时奠定的。

十月之交

【内容提示】

古人认为自然界的变化和人世间的一切是互相有关联的。由于周幽王暴虐无道，宠爱褒姒，任用小人，政治败坏，人民遭殃，所以就有日食、地震等各种可怕的自然现象发生。诗人认为这是对幽王的警告，就写下了这篇纪实的诗，表达他忧国忧民的赤忱。诗中对于天灾人祸的描述，非常真实而生动。

【原诗注译】

十月之交， 十月：周历的十月，是夏历的八月。

交：日月交会，即夏历每月的初一。

朔月辛卯， 朔月即月朔，每初的初一。

辛卯：古时用干支纪日，就是用甲乙丙丁戊己庚辛壬癸十干和子丑寅卯辰巳午未申酉戌亥十二支配合，每配六十次就是一周，然后再从头配起，如甲子、乙丑、丙寅……第六十就是癸亥，第六十一又是甲子，以此类推，古代对于年、月、日、时都用这种方法来记。

日有食之， 有：又。

亦孔之丑。 亦：语词。

孔：甚。

丑：恶。

亦孔之丑：很坏的事。

彼月而微， 微：不明。

此日而微。

今此下民， 下民：天下的人民。

亦孔之哀!

【今译】十月初一这一天，干支算来是辛卯，天上突然有日食，这种现象真不好。不久之前才月食，如今又有日食的坏征兆。可怜天下老百姓，痛苦悲哀何时了!

日月告凶， 告凶：告示将有灾难发生。

不用其行。 行：道路。

不用其行：不走它正常应走的道路。

四国无政， 四国：四方之国，指天下。

无政：没有善政。

不用其良。 不任用贤良的人。

彼月而食，

则维其常； 维：是。

此日而食，

于何不臧? 于：语词。

臧：善。

【今译】日月显示凶恶兆，就不走它的正常道。天下到处没善政，只因好人不被用。从前发生了月食，这种现象不稀奇。如今日食也发生，为何还不行善政?

烨烨震电， 烨烨：电光闪闪的样子。

不宁不令。 令：善。

百川沸腾，

山冢崒崩， 冢：山顶。

崒：匆猝，突然。

高岸为谷，

深谷为陵。

哀今之人，

胡憯莫惩？ 胡：何。

憯：曾。

惩：惩戒。

【今译】电光闪闪雷隆隆，天摇地撼不安宁。大小河川水腾滚，山顶突然往下崩。高高崖岸变山谷，深深山谷变丘陵。可叹今日在位人，为啥还不快警醒？

皇父卿士， 皇父：人名。

卿士：百官之长。

番维司徒。 番：姓。

维：是。

司徒：官名，管天下土地之图，人民之数。

家伯冢宰， 家伯：人名。

冢宰：官名，管邦治的官。

仲允膳夫， 仲允：人名。

	膳夫：管王饮食的官。
棸子内史，	棸：姓。 内史：中大夫，管爵位俸禄的废置和生杀予夺之法。
蹶维趣马，	蹶：姓。 趣马：为王管马的官。
楀维师氏，	楀（yǔ）：姓。 师氏：中大夫，管朝政得失的事。
艳妻煽方处。	艳妻：美艳的妻子，指褒姒。 煽：煽动诱惑。 方处：并处。

【今译】皇父是卿士，番氏做司徒。家伯做冢宰，仲允做膳夫，棸子是内史，蹶氏做趣马，楀氏掌得失，美艳妻子伴起居。

抑此皇父，	抑：语词，抑且，而且。
岂曰不时？	不时：不是，不对。
胡为我作，	胡：何，作，役使。
不即我谋？	
彻我墙屋，	彻：毁坏。
田卒污莱。	卒：尽，都。 污：积水。 莱：草莱，野草。

曰：“予不戕，礼则然矣。” 戕：害。

【今译】而且说到这皇父，哪能说他错误？为什么叫我去做事，不来和我先商议？把我的墙屋弄毁坏，田里积水长草莱。他却说：“我并没有伤害你，照礼就该是如此。”

皇父孔圣， 孔圣：很圣明，这是诗人讥讽的话。

作都于向， 向：地名，在东都，距西都有千里之远。

择三有事， 有事：有司。

三有事：三卿。

亶侯多藏； 亶：诚然。

侯：语词。

多藏：财货多。

不憖遗一老， 不憖（yìn）：不愿意。

遗：留下。

俾守我王； 俾：使。

择有车马，

以居徂向。 以居徂向，即徂向以居。

徂：往。

【今译】皇父真是很聪明，早就在向筑都城，选去管事的有三卿，又挑了真正的大富翁；不愿留下一个老臣，好为我王来护身，有车有马的他选去，迁到向地去居住。

黾勉从事， 黾勉：努力。

不敢告劳。

无罪无辜， 辜：罪。

谗口嚣嚣。 嚣嚣：喧哗杂乱。

下民之孽， 孽：灾害，罪过。

匪降自天， 匪：不是。

噂沓背憎， 噂（zūn）：聚。

沓：合。

憎：恨。此句是形容小人的行径，聚在一起就很和气，背后就憎恨地说别人的坏话。

职竞由人。 职竞：争着去做某事。

【今译】努力做事不懈怠，有苦不敢说出来。没有犯罪没过错，大家齐声陷害我。在下人民遭灾殃，灾殃不是自天降。见面合好背后恨，都是由人捣的鬼。

悠悠我里， 悠悠：漫长。

里：忧愁。

亦孔之痗。 痗：病。

四方有羡， 羡：丰余。

我独居忧。

民莫不逸， 逸：安逸。

我独不敢休。

天命不彻， 彻：道。

不彻：不按正道。遥应第二章的“不用其行”。

我不敢效我友自逸。 效：效法，学习。

【今译】我的忧愁没完了，忧愁深了就病倒。四方之人都丰足，只我一人在忧苦。人家没有不安逸，只我一人不休息。天命已不按正道，我不敢学别人也逍遥。

【评解】

西方历史上最早的关于地震较完整的记录数据，只有地中海东部的记录，那是二千年前的事。而中国则可追溯到二千七百五十多年前的西周时代，即周幽王二年。所以加拿大的名学者威尔逊也认为公元前780年（即周幽王二年）的地震记录是最可靠的，也就是本诗所记叙的。诗中对于地震的描写只用“百川沸腾，山冢崒崩，高岸为谷，深谷为陵”四句十六个字，已刻画出了地震的强烈程度以及那可怕的现象。这比千言万语更为生动有力。以历法推算，周厉王二十五年十月朔辛卯及幽王六年十月朔辛卯，都有日食。而幽王二年西周三川有地震，和此诗所咏相合。且史书没有厉王宠艳妻的记载，幽王之宠褒姒，史书记载得很详细。以此证明，此诗中所叙的日食，当是在幽王的时代。既有地震，又有日食，诗人认为之所以会发生这些可怕的自然现象，是由于人祸所造成。而人祸之中，褒姒宠幸于内，佞臣用事于外，佞臣之中以皇父为罪魁祸首。所以诗中提出所责难的七人，把皇父列为第一名，下面第五、六两章就专写皇父的不当作为。诗中表面上是讽刺皇父等当政者，事实上是刺幽王的昏聩，用人不当，致民生困苦，天怒人怨。诗人看了这种情形，非常忧急，就写出这篇诗，大声疾呼，痛切陈词，希望能引起在上者的注意而有所改善。但是，幽王君臣已到了“自作孽不可活”的地步，终于导致犬戎之乱，幽王被杀，西周灭亡，真是所谓“祸福全在自求”了。

牛运震评第三章的地震山崩四句说：“胪列灾异，竦诡骇人。”姚际恒也说：“写得直是怕人。”描写得简明扼要，生动有力，给读者震撼的强烈，可见一斑。

蓼 莪

【内容提示】

这是一篇孝子悼念父母的诗，全诗流露出真挚的感情，深沉的哀痛，真是一字一泪，感人至深。

【原诗注译】

蓼蓼者莪， 蓼蓼（liǎo）：高大的样子。

莪：美菜，可食。

匪莪伊蒿。 匪：不是。

伊：维，是。
蒿：似莪但不可食。
二句是谓父母原希望子女长成美莪般有用的人，而子女却长成无用的低贱蒿草。

哀哀父母，

生我劬劳！ 劬（qú）：辛苦。

【今译】高高大大的莪菜，不是莪菜是贱蒿。可怜我的父母亲，生我育我受辛劳。

蓼蓼者莪，

匪莪伊蔚。 蔚：和蒿一类的植物，比蒿更粗。

哀哀父母，

生我劳瘁！ 瘁：病。

【今译】高高大大的莪菜，不是莪菜是粗蔚。可怜我的父母亲，生我育我累憔悴！

瓶之罄矣， 瓶：指酒瓶。
罄：空。

维罍之耻。 罍（léi）：盛酒之器，罍大瓶小，瓶用以取酒，瓶无酒可取，就是罍中已没酒了，所以说是罍之耻。瓶比喻父母，罍比喻子女，父母需子女供养，父母不得供养是为子女之羞耻。

鲜民之生，	鲜民：斯民，指此种不能奉养父母的人。
不如死之久矣。	
无父何怙？	怙：仗恃。
无母何恃？	恃：依赖。
出则衔恤，	衔：含。 恤：忧。 衔恤：内心怀有忧愁。
入则靡至。	靡：没。 因家中没有父母了，虽回到了家也如同没家一样。

【今译】酒瓶取酒没酒取，酒缸就该感羞耻。这种人在世，不如早些死。没了父亲仗恃谁？没了母亲谁依靠？出门内心怀忧愁，回家好像没有家。

父兮生我，	
母兮鞠我。	鞠：养。
拊我畜我。	拊：抚育，抚摸。 畜：养。
长我育我。	
顾我复我。	顾：回顾，回头看。 复：反复，一再爱视。
出入腹我。	腹：怀抱。

欲报之德，

昊天罔极。 昊：天。昊天：天的泛称。

昊天罔极：形容父母之恩，像天一般无穷无尽，不知如何报答。

【今译】父亲生了我，母亲哺育我，爱抚我，喂饱我，使我渐长大，使我有教养，一再回头看看我，出来进去抱着我。要将此恩来回报，恩德天样阔，如何报得了？

南山烈烈， 烈烈：高大的样子。

飘风发发。 飘风：旋风。

发发：疾速。

民莫不谷， 谷：善。

我独何害？

【今译】南山峥嵘而高大，旋风疾速吹向它。人家没有不幸福，为什么独我该受苦？

南山律律， 律律：和烈烈同义。

飘风弗弗。 弗弗：和发发同义。

民莫不谷，

我独不卒？ 不卒：不能终养父母。

【今译】南山高大而峥嵘，旋风吹得好凶猛。人家没有不幸福，为什么我就不能终养我父母？

【评解】

这是一篇表达我们中国人对父母深恩孝思的代表作。第一章先用莪比喻子女小时有美材，蒿比喻长大后一无所成。我们知道，天下做父母的，都把自己的子女当宝贝，希望将来成龙成凤。可是子女长大，往往没什么成就，辜负了父母的期望。及至父母去世，就成了自己永远无法弥补的憾恨。父母生我育我所受的辛劳，是没有报答之日了。晋时有位学者叫王裒，父死后，读诗到“哀哀父母，生我劬劳”这两句，就哭泣不止。他的学生因而不再在老师面前读《蓼莪》篇，可见此诗感人之深。

第二章重叠首章的意思，以加重自己追怀的情绪。

第三章先用瓶罍作比，说明子女应对父母尽孝养之恩，不然就不算是人，而不如死去。“无父何怙？无母何恃？出则衔恤，入则靡至”四句写极子女失去父母后茫然无主的心情，刻画入微，语意真挚。“出则衔恤”主要是说没有了父亲，在社会中生存或找工作就很困难。因为这是一个以男性为中心的社会，也是一个势利的社会。人家肯帮你忙，人家会善待你，多半都是看你父母，尤其是父亲的面子。所谓人在人情在，而父亲没有了，为子女者出门在外，茫茫人海，有谁关心你呢？当然就“出则衔恤”了。家庭中母亲最重要，你天天回家，看到母亲，不以为意，一旦母亲不在了，你回到家会有空洞无主之感，就如同没有到家一样。因为一个家，没有了母亲，家就不成其为家，所以就“入则靡至”了。简单的几句，实在把人的感情、人的心理，描写得十分透彻。也让我们感到失去父母的人是多么可怜，而有父母的人又是多么幸福啊！

第四章连用九个“我”字，不但不嫌重复，反而使我们感到父母对子女的照顾真是无微不至；父母对子女的爱心更是无穷无尽，海样深，天样阔。而为子女者，又如何报答得了父母如此的深恩呢？难怪孟郊要说：“谁言寸草心，报得三春晖”了。清人牛运震说：“一片血泪，在运用九我字。九我字俱作断句读。”姚际恒说：“勾人泪眼，全在此无数我字，何必王裒！”

第五、六两章是说高大的南山，吹着呼呼的强风，好像伟大的父母已年迈多病，是需要子女的照顾和奉养的，然而别人还可以尽孝，自己的父母已不在人间，真是“树欲静而风不止，子欲养而亲不在”，这种遗憾，这种悔恨，又如何能够补偿，又如何能够消解啊？为人子女者，读了这诗，又该作何感想呢？

大　东

【内容提示】

西周建国之后，对于东方被征服的殷商遗民，尽量压榨，使他们生活困苦不堪。而那些来自西方的周室贵族们，总是以统治者的傲态，出现在他们眼前。于是东方诸侯在无可控诉之余，只好用这篇诗，写出他们的怨苦，并借天象的有名无实，借天象似乎也在助西人压榨东人的样子，挖苦发泄一番。

【原诗注译】

有饛簋飧， 饛有（méng）：饛然，满满的。

簋：古时用以盛黍稷的容器，用竹制成。

飧：熟食。

有捄棘匕。 有捄（jiù）：捄然，弯曲的样子。

棘：枣木。古时吉事用棘木，丧事用桑木，取其谐音。

匕：饭勺。

周道如砥， 周道：大道。

砥：磨刀石。

磨刀石平滑，比喻大道的平坦。

其直如矢；

君子所履， 君子：指统治的贵族。

履：走。

小人所视。 小人：东方被统治者。

睠言顾之， 睠：反顾，即回头看。

言：语词。

潸焉出涕。 潸焉：落泪的样子。

【今译】饭盒装饭满又满，饭勺有柄弯又弯。大道平坦像磨石，大道很直像支箭。贵族上面走，小人只能看。看着看着头四转，眼泪鼻涕流不完。

小东大东， 大大小小的东方诸侯国。

杼柚其空。 杼：织布的梭子。

柚：轴，织机上用以卷经线的横木。

空：空闲不用。

纠纠葛屦， 纠纠：扎紧。

葛屦：用葛编成的草鞋，夏日所用，而今穿着在霜上走，可见其穷苦之状。

可以履霜。 履霜：在霜上走。

佻佻公子， 佻佻：轻狂浪漫的样子。

公子：指贵族。

行彼周行。

既往既来，

使我心疚。 疚：病。

【今译】大小东方的诸侯国，织机空着不工作。葛鞋把它缠扎紧，也可以在那霜上走。轻浮浪漫的公子们，走在大路上好神气。来来往往在大道上逛，我看了痛苦难过好心伤。

有冽氿泉， 有冽：冽然，寒冷的意思。

氿泉：泉水从旁边流出，形成一条轨道。

无浸获薪。 获薪：收获的柴薪。

契契寤叹， 契契：忧苦的样子。

寤：语词。

哀我惮人。 惮人：劳苦的人。

薪是获薪，

尚可载也； 载：装载运往别处。

哀我惮人，

亦可息也？

【今译】旁流的泉水寒冷，不要浸湿割好的柴薪。内心忧苦长声叹，劳苦人们好可怜。柴薪本是收割来，还得运往别处晒；可怜我们劳苦人，休息休息不应该？

东人之子，

职劳不来； 职劳：专门做劳苦事。

来：慰问。

西人之子，

粲粲衣服； 粲粲：华丽的样子。

舟人之子， 舟：当是周字。

熊罴是裘； 罴：大的熊。

裘：皮袍子。

私人之子， 私人：贵族的家臣、仆隶等。

百僚是试。 百僚：百官。

试：用。

【今译】东方人的子弟们，专做劳苦的事没人问；西方人的子弟们，华丽的衣服穿在身；西方周人的众子弟，熊皮袍子暖身体；贵族家臣的众子弟，担任百官大小职。

或以其酒，

不以其浆。 浆：水浆。

鞙鞙佩璲， 鞙鞙：美好的样子。

佩璲：佩带在身的瑞玉。

不以其长。

维天有汉， 汉：天汉，天河。

监亦有光。 监：视，看。

跂彼织女， 跂：望。

终日七襄。 襄：驾。

七襄：搬移七次位置。

【今译】他们喝着美酒，又嫌没有水浆；身上佩带美玉，又嫌穗子不长。天上有条银河，看着是有光亮。遥望天上那织女，一天七次换地方。意思是银河虽有光，不能照物；织女虽匆忙，也不能织布。二者都是徒有其名，没有实际用处，正如下章所说。

虽则七襄，

不成报章， 报：反，来往。

章：文章，织出来的文采。

睆彼牵牛， 睆：看。

不以服箱。 服：驾。

箱：车厢。

东有启明， 启明：星名，春夏秋早上先太阳出现于东方，开启太阳的光明。

西有长庚。 长庚：星名，冬天日落后出现于西方。庚：继续。长庚是继续日光之长。

有捄天毕， 有捄：捄然，弯弯的。

天毕：星名，由八颗星构成如捕捉鸟兽的网，有长柄。

载施之行。 载：则。

施：放置。

行：行列。

【今译】虽然一天七次换地方，也没有织布成文章。看看那边的牵牛星，也不能驾上拉车厢。东方启明星不够明，西方长庚也不够亮，都不能照着助人做事。天毕星长柄弯又弯，排列在那儿只好看，不能用来掩捕鸟兔。

维南有箕， 箕：南箕星像畚箕。箕本可用以簸扬米糠。

不可以簸扬；

维北有斗， 斗：北斗星。像勺状，斗本可用以舀水等液体之物。

不可以挹酒浆。 挹：挹注。取大容器中的水倒到小的容器中，叫挹。

维南有箕，

载翕其舌； 翕：伸。伸着舌头好像要吞噬东方人的样子。

维北有斗，

西柄之揭。 揭：举。

西柄之揭：北斗的柄向西边举起，好像被西方人握着舀取东方人的酒浆。

【今译】南方有星像畚箕，也不能用来簸米糠；北斗排列似勺状，也不能用来舀酒浆。南方有星像畚箕，伸着舌头要吞噬；北斗排列似勺状，长柄翘着向西方。

【评解】

《大东》诗是东方诸侯对周室的怨诗。全诗一开头是从簋飧的隆起、棘匕的弯弯说起：簋是盛食物的，匕是取食物的，所以这两句不只是和周道的平直作比，更暗示全诗所含蕴的榨取的意义。最气人的是自已劳苦所修筑的道路，却只有看看的份儿；而那些贵族在上面来来往往，得意扬扬。他们哪儿想到他们所践踏的正是东方人的血汗呢！东方人所有的出产都被西方人榨取而去，西方人生活富裕，东方人生活困苦。然而西方人并不以此为满足，对东方人还多番挑剔。他们恰像天上的牵牛织女星，徒有其名，不能驾车织布；又像那长庚启明以及天毕星，只能摆着充数，毫无实际用处。至于南箕北斗各星，不但没有实际用处，反而像在张着口伸着舌要吞食东方人，西翘着柄像在酌取东方人。以天象比喻人事，真是手法高超，想象丰富，读之不禁令人拍案叫绝！

全诗的写作方法，东西对照，前后呼应，其丰富的想象力，更是开创后世浪漫派诗歌的先声。清人牛运震评论这诗说：“通篇痛心征敛之重，悲愁之思，结成俶诡，怨怒睚眦，横加星辰。《离骚》、《远游》、《招魂》之旨，托本于此，都成一样奇幻。”

车 舝

【内容提示】

新郎迎娶新娘，没有豪华的排场，没有丰盛的筵席，但是他们能饮清酒以当佳酿，吃素菜以作美肴。他们一路上车行山野，同歌共舞，充满无限的乐趣。因为他所娶的是一位既健康而又有美德的佳人。这才是婚姻的真正意义，这样才能有真正的幸福婚姻。

【原诗注译】

间关车之舝兮， 间关：辗转。

舝（xiá）：同辖。车轴头的铁，行车时套上，不行车时脱下。此处是说车行辗转，表示路途遥远。

思娈季女逝兮。 娈：美好的样子。

季女：少女。

逝：往。因想念那美女而去迎亲。

匪饥匪渴， 匪：不是。

德音来括。 德音：别人说的话。

括：会。

连同上句意思是：此去迎娶你不是为了饥渴，但如饥似渴地急于和你相会，是因为要听你那些有道理的话。

虽无好友，

式燕且喜。 式：语词。

燕：同宴，宴饮。

【今译】车子辗转行远路啊，思念美女去迎娶啊。不是为了饥不是为了渴，只为她有好话对我说。虽没好友来道贺，我们宴饮也快乐。

依彼平林， 依：和殷字古音相同，殷是盛多的意思。

平林：平地上的树林。

有集维鷮。 鷮（jiāo）：雉鸡。

辰彼硕女， 辰：时，善的意思。

硕：高大健壮。

令德来教。 令德：美德。

来：是。

来教：是有教养。

式燕且誉， 式：语词。

燕：宴饮。

誉：快乐。

好尔无射。 好：喜好。

射：厌。

【今译】好繁茂的大平林，雉鸡落上一大群。个子高大的好姑娘，品德高尚且有好教养。共同宴饮共同欢，永远爱你不厌倦。

虽无旨酒， 旨酒：美酒。

式饮庶几。 式：语词

虽无嘉殽， 嘉殽：即佳肴，美味的菜肴。

式食庶几。

虽无德与女， 德：好处。

女：汝，你。

与女：给你。

式歌且舞。

【今译】虽然我们没有美酒喝，喝着淡酒也快乐。虽然我们没有好菜吃，吃着粗菜也欢喜。虽然没有好处给你新嫁娘，同歌共舞乐洋洋。

陟彼高冈， 陟：登上。

冈：山冈。

析其柞薪。 析：砍伐。

柞：树名，即栎树。

析其柞薪，

其叶湑兮。 湑：茂盛的样子。

鲜我觏尔， 鲜：少。

觏：遇到。

我心写兮。 写：舒适畅快。

【今译】登到那高高山冈上呀，砍伐栎树作柴薪。砍伐栎树作柴薪，叶子茂盛好光润呀！难得见到你这样的人，如今见到了我好开心呀。

高山仰止， 仰：仰望。

止：之，它。下同。

景行行止。 景行：大道。

四牡騑騑， 騑騑（fēi）：形容马跑得快。

六辔如琴。 辔：缰绳。

六辔：一车四马，四马应有八辔，但因骖马（两外边的马）的内辔拴在车前的轼上，所以握在手中的只有六辔。

如琴：形容六辔协调得很好，像弹琴一般和谐。

觏尔新昏， 昏：同婚。

以慰我心。

【今译】仰头望见高山，走的大道长又宽。四匹公马快快跑，六根缰绳好协调。能够和你成婚配，我的心里好欣慰。

【评解】

此诗一开头就说“间关车舝”，可以想象到此行路途的遥远。但新郎并不以路远为苦，因为去迎娶的是一位有美德的佳人。他们不在乎亲友祝贺的热闹场面，也不在乎美酒佳肴的丰盛筵席；他们可以用清茶蔬菜享受他们的婚筵，以同歌共舞祝贺他们的婚礼。这是因为两人都有重精神、轻物质的共同情趣，他们有不是靠金钱来表达真正的爱情。这样的一对新人，这样的一种婚礼，是多么令人艳羡，多么值得效法啊！

本来我们选择对象，是以对方的品德为主。只有品德才是可靠的、永恒的。女子的美貌不能维持到老，男子的财势也不是永远可靠。我们与其选择一位貌美才劣的女子，不如选择一位貌庸而才美的女子。同样，与其挑选一位有财有势的男士，不如挑选一位品美体健的男士。

在本诗中，因为是站在新郎的立场，所以全诗主要在称赞新娘如何美好。第一章是叙述新娘说的话都是很有道理、对新郎有益的；第二章说新娘身体壮硕又有良好的教养；第三章新郎自谦说没有什么好处给新娘，只有同她唱歌跳舞，这反映出新娘并不是看上新郎的财势，所以也是在称赞新娘之重才不重财；第四章以柞叶的美盛比喻新娘的不同凡俗，有旷世不一见的喜悦；最后一章更以高山景行象征新娘品德的高尚，气象的宽宏。而“六辔如琴”是比喻夫妻相处的和谐。娶得如此一位新娘，新郎自是喜不自胜。所以每章结语就表达出这位新郎的喜悦心情。这样一位特别重视对方品德的新郎，当然也是一位贤士了，只有贤士才能配淑女啊！

清人牛运震评“六辔如琴”句说：“确是新婚诗妙语，移他处不得。‘如鼓琴瑟’，固是夫妇妙语，‘六辔如琴’更幽雅有情。”

《礼记·表记》记载孔子读了本诗“高山仰止，景行行止”两句别有所悟，说：“诗之好仁如此！”而司马迁《史记·孔子世家》篇的赞语说：“《诗》有之：‘高山仰止，景行行止’，虽不能至，心乡(向)往之。”最后用“可谓至圣矣！”的断语作结，从此大家公认孔子为“至圣”。这种引《诗经》中写景的句子，来恰当地给自己应用，更是巧妙出乎自然，使我们读这两句诗，觉得其味无穷。

宾之初筵

【内容提示】

周代举行射礼时，同时也有宴饮之礼。宾客们最初进入筵席时，都能保持风度，彬彬有礼；但三杯下肚，秩序可就乱了；再喝多些更是丑态百出，不堪入目。《宾之初筵》就是描写醉态十分成功，而且含有劝诫酗酒之意的一篇诗。

【原诗注译】

宾之初筵， 初筵：初入筵席。

左右秩秩。 秩秩：有秩序。

笾豆有楚， 笾、豆：都是装食物的容器。笾用竹制，装干果、肉脯之类。豆：木制，装有汁之食物。

有楚：楚然，有秩序的样子。

殽核维旅。 殽即肴，肉菜。

核：有核的果品，如桃、杏、梅、枣之类。

维：是。

旅：陈列。

酒既和旨， 和：调和。

旨：美。

饮酒孔偕。 偕：和谐。

钟鼓既设，

举酬逸逸。 酬：主人自饮酒，再倒上酒请客人喝。

逸逸：往来很有秩序的样子。

大侯既抗， 大侯：用皮或布作为射箭所用的鹄的，即要射中的目标。

抗：举起来。

弓矢斯张。 斯：是。

张：拉开弓。

射夫既同， 射夫：参加射箭的人。

同：聚齐。

献尔发功。 献：献出，表演。

发功：射箭的本事。

发彼有的， 的：鹄的，射箭时要射中的目标。

以祈尔爵。 祈：求。

爵：酒杯，胜者罚不胜者喝酒。

【今译】宾客最初进入筵席的时候，左排右排地很有秩序的样子。盛食物的笾和豆也都摆得很整齐。各种菜肴、各种果品摆满一桌。把酒调和得很甜美，大家喝着很和谐，还有钟鼓等乐器的伴奏，于是宾主互相敬酒很有礼貌。把射箭的鹄的挂起来，弓和箭也都调整好。参加比赛射箭的人都到齐，开始就各人表演射箭显示真本事。射中的就给失败的人倒酒罚他喝。

籥舞笙鼓， 籥（yuè）：管状的乐器。

籥舞：手里拿着籥跳舞。

笙鼓：用笙鼓等乐器伴奏。

乐既和奏。

烝衎烈祖， 烝：语词。

衎（kàn）：娱乐。

烈祖：有功业的祖先。

以洽百礼，

百礼既至。 既至：已完备。

有壬有林， 有壬：壬然，形容大。

有林：林然，形容多。

锡尔纯嘏。 锡：赐。

纯嘏：大福。

子孙其湛， 湛：乐。

其湛曰乐。

各奏尔能， 奏：献出。

宾载手仇， 载：则。

手：选取。

仇：伴。指比赛的对手。

室人入又。 室人：主人。

又：同佑，协助。

酌彼康爵， 酌：倒酒。

康爵：大酒杯。

以奏尔时。 奏：奏乐。

时：是，即射中。

【今译】吹笙打鼓跳籥舞，笙鼓演奏出和谐的音乐。为了娱乐那些有功业的祖先，就要各种礼仪都完备。这些仪式场面很盛大，礼节又繁多。这样神灵才会赐你大福，同时使你的子孙也快乐。使你子孙的快乐无穷尽，各人在此就要尽量显本事。客人自己挑选比射的对手，主人也来从旁协助倒满他的大酒杯，没有射中就该罚他饮，射中了大家都好欢喜，奏乐庆祝他胜利。

宾之初筵，

温温其恭。 温温：很柔和的样子。

其未醉止， 止：语词。

威仪反反。 反反：慎重的样子。

曰既醉止，

威仪幡幡。 幡幡：反复不定，不安于座。

舍其坐迁， 舍：舍弃。此句是说醉后不安于位，迁到别处去。

屡舞仙仙。 仙仙：轻飘飘的样子。

其未醉止，

威仪抑抑。 抑抑：谨慎。

曰既醉止，

威仪怭怭。 怭怭（bì）：轻慢不恭敬的样子。

是曰既醉，

不知其秩。

【今译】宾客最初进入筵席的时候，温文尔雅很有风度，这是因为还没喝醉，所以表现得很恭敬谨慎。等到喝醉了，可就坐立不安，屡次离开自己的位子，飘飘欲仙地跳起舞来。他们没有醉的时候，保持着拘谨的态度。喝醉之后，样子可就不对了，行动轻浮，对人很没礼貌。这是真的喝醉了，所以根本不知道，还应该保持风度守秩序。

宾既醉止，

载号载呶。 号：呼叫。

呶（náo）：吵闹。

乱我笾豆，

屡舞僛僛， 僛僛（qī）：颠倒的样子。

是曰既醉，

不知其邮。 邮：错过。

侧弁之俄， 弁：帽子。

侧：歪到一边去。

俄：倾倒。

屡舞傞傞。 傞傞：盘旋不止。

既醉而出，

并受其福。 两句是说既醉了就要离席，不失其风度对大家都好。

醉而不出，

是谓伐德。 伐德：败坏德行，丢人。

饮酒孔嘉， 孔嘉：很好。

维其令仪。 令：善。

仪：礼仪，仪态。

【今译】宾客都已喝醉了，就大呼小叫地瞎胡闹。把排列整齐的笾豆弄得一团糟。歪歪倒倒地跳舞跳个没完了，这才真是喝醉了，不知他们自己丑态百出。跳舞跳得帽子歪一边，还在那儿转来转去地跳个不完。喝醉了就应该快离去，这样对大家都有福。醉了还赖着不肯走，那才真是丢人又现丑。喝酒也是很好的事，只是要保持风度守礼仪。

凡此饮酒，

或醉或否。

既立之监，

监：监视饮酒的人，不要喝太多而闹事。

或佐之史。

佐：辅佐，帮助。

史：记事的官，记录饮酒时的动态，那么饮者就不敢失态了。

彼醉不臧，

臧：善。

不醉反耻。

式勿从谓，

式：语词。

勿：不要。

从谓：劝勉。

无俾大怠，

俾：使。

大：太。

怠：怠慢无礼。

匪言勿言，

匪由勿语。

匪由：没有理由，不合道理。

由醉之言，

俾出童羖。

俾出：使说出。

童：秃。

羖：公羊，公羊都有角，而喝醉的人就乱说话，说是公羊头上秃秃的没有角。

三爵不识，

三爵：三杯。

不识：不省人事。

矧敢多又！　矧：何况。

又：侑，劝酒。

【今译】凡是喝酒的人，有的会醉，有的却不，所以要设立个监酒官，又要有个记事的史官。监视着不要喝醉，记下不当的行为。那些喝醉的固然不好，不喝醉的反而认为是羞耻。不要跟着起哄硬劝人家喝，不要让人喝得有失风度、怠慢无礼。不该说的话不要说，没有道理的话也不要谈。喝醉的人会乱说话，甚至说出公羊没有角的大笑话。三杯下肚已经不省人事，况且还敢劝人多喝！

【评解】

喝酒不是坏事，但饮酒过量以致醉倒，甚至醉后丑态百出，可就失去喝酒的意义了。此诗的好处，就在描写醉态生动而逼真，使好喝酒的人读了知道有所戒惕。醉态共分三层写，第一层是第三章的“曰既醉止，威仪幡幡。舍其坐迁，屡舞仙仙”。第二层是第四章的“宾既醉止，载号载呶。乱我笾豆，屡舞僛僛”。第三层仍是第四章的“是曰既醉，不知其邮。侧弁之俄，屡舞傞傞”四句。层层推展，由浅入深，由轻而重，对于醉态的描摹，真是穷形尽相，高妙之至。为了防止喝醉，为了防止醉后出丑，所以末章就叙喝酒时应设监酒之官，以为监督；或设史官以记其事。这样他们喝时就有所节制而不敢放肆，当然也就不会喝得酩酊大醉而出丑了。

方玉润依从朱熹《诗集传》采韩诗义，定这是“卫武公饮酒悔过”

的诗。这个说法我们虽然不必相信，但方氏有几句话却很有道理，他说："饮酒当有节制，不至失去仪态才好。……诗中写酒客的醉态，即使让他自己酒醒后想想也该发笑，这倒是劝人少喝酒的最好办法。"

二、《大雅》五篇

文　王

【内容提示】

武王灭商后，在位七年去世，由太子诵即位，就是成王。当时成王还年幼，才十三岁，所以就由他的叔父周公旦代理政权。周公就追述文王的德行，以告诫成王及后世子孙，说明先人创业的艰难，要他谨慎守住先人得来不易的事业，并以此为天子诸侯朝会时奏唱的乐歌。

【原诗注译】

文王在上，

于昭于天！　　于：叹词。

昭：光明。

周虽旧邦，	周自文王的祖父太王即古公亶父带领族人从豳迁到岐山下的周原之地，始称周，所以说是旧邦。
其命维新。	根据《尚书》的记载是说上天命令文王杀伐殷商，接受天命，也就是说文王时天命才开始归周，所以说其命维新。
有周不显，	不：丕，大。下同。 不显：伟大而显要。
帝命不时！	不时：伟大而合于时效，正是时候。
文王陟降，	陟降：上下，此处是往来的意思。
在帝左右。	

【今译】文王的英灵在天上，啊！照耀得天上多么光亮呀！我们周人虽然建国已经很久，是个旧邦了，但接受天命称王却是新近的事啊！我们周朝是伟大而显耀的，天帝颁布使周为王的命令既很伟大也正是时候啊！文王的英灵往来上下，总是不离天帝的左右，他是和天帝同在的呀！

亹亹文王，	亹亹（wěi）：努力不懈的样子。
令闻不已。	令闻：好的声誉。 不已：没有完，即永远流传。
陈锡哉周，	陈：敷陈，颁布。 锡：赐。赐恩惠。 哉：和“在”字古通用，哉周即在周。

侯文王孙子。 侯：维，语词。
孙子：子孙。

文王孙子，

本支百世。 本：根本，指大宗，宗子。就是由嫡长子一直传下来的一族人。
支：旁枝，即嫡长子以外其他各子所传下来的族人。
百世：百代，意思是无论是大宗的天子或旁支的诸侯都永远一代代传下去。

凡周之士， 士：贤德之士。

不显亦世。 不显：伟大而显耀。
亦：奕，奕世是一代代传下去。

【今译】努力不懈的文王，好的声闻会传到永远。所以天帝布陈恩惠给周人，文王的子孙都沾光，就可使得本宗的天子和旁支的诸侯，都能百代相传。凡是周朝的众贤士，也都伟大显耀而累世不衰替。

世之不显，

厥犹翼翼。 厥：乃，其，他。
犹：谋略。
翼翼：谨慎。

思皇多士， 思：语词。
皇：煌，美盛的样子。
多士：众多贤士。

生此王国。

王国克生， 克：能。

维周之桢。 桢：桢干，栋梁。

济济多士， 济济：形容众多。

文王以宁。

【今译】要使世世代代伟大而显耀，计谋就要很谨慎。那么众多的贤士，生在这个王国。王国能有这么多的贤士，都是周朝的栋梁之材，有那么多的贤德之士，文王才会心安神宁。

穆穆文王， 穆穆：和悦而肃穆的样子。

于，缉熙敬止！ 于：叹词。
缉：继续。熙：光明。
敬：敬事上帝。止：语词。

假哉天命， 假：大。

有商孙子。 有：保有。
孙子：子孙。

商之孙子，

其丽不亿。 丽：数。
不亿：不止一亿。

上帝既命，

侯于周服。 侯：语词。

周服即服周，臣服于周。

【今译】和善而肃穆的文王，啊！永远光明地敬事天帝！伟大的天命，就使他保有商朝的子孙。商朝的子孙，岂止有上亿的数目？然而有天帝的命令，他们也就臣服于周了。

侯服于周，

天命靡常。 靡常：没有一定。

殷士肤敏， 殷士：殷商的人士。

肤：美。

敏：快捷。

祼将于京。 祼：灌酒于地以降神。

将：进，献。

祼将：进献降神之酒。

京：周的京师。

厥作祼将， 厥：其，他。

常服黼冔。 黼（fǔ）：古礼服，上面绣有半黑半白如斧形的花纹。

冔（xǔ）：殷人戴的帽子。

此句表示周人宽大，不令殷人改服制。殷人也表示不忘本。

王之荩臣， 荩臣：忠臣。

无念尔祖！ 意思是：殷人都仍然念旧不忘本，作为王的忠臣能不念旧吗？

【今译】商的子孙虽然臣服于周，但是天命是不一定的（如果周人不好好做，天命也就不在周了）。你看殷商来周京进献降神之酒的人士，他们的风度多么好，他们的行动多么快！而他们来献降神的酒，都还穿着殷商的衣服，戴着殷商的帽子，这就表示他们不忘本啊！作为文王忠臣的你们，能不怀念你们的祖先吗？

聿修厥德。　　聿：语词。
厥德：其美德。

永言配命，　　言：语词。
配命：（德行）要配合上天的命令。

自求多福。

殷之未丧师，　　师：群众，指天下人心。

克配上帝。　　克：能。

宜鉴于殷，　　鉴：借鉴，鉴戒。鉴本是镜子的意思。殷商的失去天下，可以作为周人的一面镜子，借以警戒自己。

骏命不易。　　骏命：大命，即天命。
不易：不会改换。
连上句：能够以殷商为鉴戒，天命就不会改换，仍然在周。

【今译】能不怀念你们的祖先？要怀念祖先，就应该好好修养德行。要能永远配合天命，就得靠自己好好做，才会有多的幸福降临。殷商在没有失去天下的时候，不是也能配合天命吗？但是不能持之以恒，结果遭到亡国的命运，所以周人就应该以殷商为鉴戒，那么大命才不会改换呀！

命之不易，

无遏尔躬。 遏：止。
尔躬：你本身。

宣昭义问， 宣昭：宣扬昭显。
义：善。
问：闻，声誉。
义问：好的声誉。

有虞殷自天。 有：又。
虞：思虑。
殷自天：殷的兴亡也是由天命。

上天之载， 载：事。

无声无臭。 臭：味道。

仪刑文王， 仪刑：效法。

万邦作孚。 作：则。
孚：信任。

【今译】天命虽然不更换，也要看人之所为，可别把天命断送在你身上呀！应该尽力往好处去做，使好的声闻宣扬昭显于天下。又要考虑到殷商的兴亡也是天命呀！不过上天的事情，既没有声音可听，也没有气味可闻，那么我们如何配合天命呢？那就以文王为典范，只要效法文王，天下万国就可以信孚于周了。

【评解】

周文王行仁政，靠文德服民心，所以他虽然没成为天子，但由于商纣的暴虐无道，民心都归向文王，使他三分天下有其二，才奠定了武王克商的基础。所以周人对文王特别崇敬，特别怀念。在周颂里，以祭祀文王的诗特别多；《大雅》的第一篇也是歌颂文王的。歌颂文王的主要目的，在告诫周的子孙要“敬事上帝，敬守祖德”。应该以文王为典型，就会世世代代守住祖业不会坠失。

本诗用字古朴，造句呆板，这是《大雅》的本色。不过本诗的句型还有一种特色，就是前后相衔接。如第二章的第四、五两句“侯文王孙子，文王孙子”，第二章末句及第三章首句“不显亦世，世之不显”，第三章第四、五两句“生此王国，王国克生”，第三章末句及第四章首句“文王以宁，穆穆文王”，第四章第四、五两句“有商孙子，商之孙子”，第四章末及第五章首句“侯于周服，侯服于周”，第五章的第四、五两句“裸将于京，厥作裸将”，第五章末句及第六章首句“无念尔祖，无念尔祖”，第六章末及第七章首句“骏命不易，命之不易”等都是衔接的句子，而且章中的衔接都是第四、五两句。《大雅》中其他如《下武》、《既醉》两篇，也是这种造句法，这构成《诗经》句型的特殊风格。后世诗作如曹子建的《赠白马王彪》诗，颜延之的《秋胡行》等都是次章首句蝉联上章末句，可说是受了《大雅》中这几篇诗的影响。

生　民

【故事介绍】

周民族的祖先后稷的降生，有一段神话似的故事：他的母亲姜嫄因为不生儿子，就去祭神祈祷。她踩着了天帝的大脚拇指印而受孕生了他。因为无父生子，不敢收留，就把他多方抛弃。但他都奇迹般地被救了。先是把他丢弃在偏僻的小巷，想不到牛羊前来保护他，喂他吃奶。于是再把他远送到荒林中去，想不到又给伐木的工人发现抱了回来。姜嫄真觉得丢脸，就第三次把他丢在结冰的河里，想把他冻死，可是几只鸟马上飞来张开翅膀温暖他。姜嫄把鸟赶走，婴儿就大声地哭起来，声音特别洪亮。姜嫄觉得奇怪，就舍不得再抛弃他而抱回来养着。原来他是天帝所生的农业专家，从小就很懂得种植五谷，于是给周民族奠定了农业的基础，而才会有以后的发展。所以周人就尊他为始祖，永远祭祀供奉。

【原诗注译】

厥初生民，

厥初：其始，即在最初开始的时候。

生民：降生人民，此人民指周人而言，即最初生下周人的。

时维姜嫄。

时：是。

维：语词。

姜嫄：据说是炎帝的后代，姓姜名嫄。

生民如何？

克禋克祀， 克：能。

禋：很诚敬地祭祀。

以弗无子。 弗：去，即祓除，祓除是除灾求福的祭祀，以弗无子是去祭祀为了除去不生儿子的不吉祥之事。即求子。

履帝武敏， 履：践踏。

武：足迹，脚印。

敏：拇指。

歆； 歆：欣然而动，有一种欣悦的感觉。

攸介攸止， 攸：于是。

介：休息。

止：停止。

载震载夙。 载：则，就。

震：动，怀孕后，胎儿在母体内震动。

夙：肃，警戒，特别小心。

载生载育，

时维后稷。 时：是。

后稷：因生下曾被丢弃，所以名弃。相传是尧时的稷官，即管农业的官，所以就尊称他为后稷，后是君的意思。

【今译】最初生下周人来的，是姜嫄。她如何生的周人呢？

有一天她为了祈求生儿子，就很虔诚地去祭祀，不料践踏到了一只很大脚印的大拇指，原来这是天帝的脚印所以才有那么大。可是她踏了以后，就觉得恍恍惚惚地有一种莫名的喜悦之感。就赶快停下来休息休息，哪知就从此怀孕了。胎儿渐渐长大，在姜嫄肚子里乱动，姜嫄就特别小心，唯恐伤害着他。这样胎儿长成了，生下来，就是后稷。

诞弥厥月，	诞：语词，下同。 弥：满。 弥厥月：即怀胎满十月，一般怀胎约二百八十天即生产，说个成数就说十月。
先生如达；	先生：第一胎生。 达：小羊。小羊生时很顺利，普通第一胎比较难生，如今后稷是第一胎但生时却像小羊那么顺利，所以说先生如达。
不坼不副，	坼、副：都是破裂的意思，指母体内的产门没有破裂。
无菑无害。	菑（zāi）：即灾字，指产妇没有受任何灾害，很平安。 以上三句都是说因为后稷是天帝所生，所以才会有和普通人降生不同的现象。作为母亲的姜嫄没有受到丝毫痛苦和伤害，非常平安。
以赫厥灵，	赫：显。能有以上的现象，是上帝显灵。
上帝不宁。	不宁：天帝显灵使姜嫄平安生子，就觉得非常安心了。

不康禋（yīn）祀， 不康：不安。这应该是指姜嫄不安心。姜嫄之所以不安心是因为只是去祭祀就居然生儿子了，无父而生子，很是说不过去的，所以下文就叙要把后稷抛弃。

居然生子！

【今译】怀胎满了十个月，头胎生得很顺利，就像小羊降生一般；母体没有破裂，也没受任何痛苦和灾害。天帝显了灵验，才觉得很安心了。可是作为母亲的姜嫄却感到不安，因只是祭祀而没有经过人道居然能生儿子，实在是说不过去的啊！

诞寘之隘巷， 寘：置，放置。

隘：狭窄。

牛羊腓字之。 腓：庇护。

字：喂乳。

诞寘之平林， 平林：平原的树林。

会伐平林。 会：正巧。

诞寘之寒冰，

鸟覆翼之。 覆翼：用翅膀覆盖。

鸟乃去矣，

后稷呱矣。 呱：小儿啼哭。

实覃实讦， 实：是。

覃：长。

	讦：大。
厥声载路。	厥声：其声。指后稷的哭声。 载路：满路。

【今译】就把他放置在小巷里，牛羊却来保护他喂他奶吃；又把他放到树林里，刚好有人来砍树把他捡回去；把他放到寒冰上，鸟儿飞来用翅膀温暖他。等到鸟儿飞开了，他就哇哇地哭起来，哭的声音大又长，声音传遍整条道路。

诞实匍匐，	匍匐：爬行，手足并行。
克岐克嶷。	克：能。 岐、嶷：是指会站起来走路。先爬行，后会走。
以就口食。	能自己找东西吃，约六七岁时，表示后稷成熟得很早，六七岁就能独立了。
艺之荏菽，	艺：种植。 荏菽：大豆。
荏菽旆旆。	旆旆（pèi）：枝叶扬起的样子。
禾役穟穟，	禾：禾苗。 役：列。 穟穟：苗长得美好的样子。
麻麦幪幪，	幪幪（méng）：茂盛的样子。
瓜瓞唪唪。	瓜瓞：大的瓜叫瓜，小的瓜叫瓞。 唪唪（fěng）：结实很多的样子。

【今译】后稷开始会爬行，渐渐也能挪步走。懂得自己找食物，又懂大豆的种植，大豆长得很旺盛。种植的禾苗排排长得很美好，麻呀麦呀也茂盛，大瓜小瓜结不少。后稷的本领真正好啊！

诞后稷之穑， 穑：种地。

有相之道。 相：视，看。

道：道理。

茀厥丰草， 茀：除去，拔去。

种之黄茂。 黄茂：五谷的总称。

实方实苞， 实：是。

方：开始。

苞：吐芽。

实种实褎。 种：肿，肥大的样子。

褎（xiù）：长高。

实发实秀， 发：发茎，长出茎来。

秀：结成穗。

实坚实好， 指谷粒长得坚硬而美好。

实颖实栗。 颖：禾芒。

栗：谷粒坚实没有空壳。

即有邰家室。 即：就。

有：语词。

邰：姜嫄之国在今陕西武功县。这是说后稷就在他母亲之国土定居。

【今译】后稷种植五谷，懂得看土质的道理。他先把杂草去掉，这样才会长出好的农作物来。撒下种子之后，先是开始发芽，然后长得渐肥渐高，又发茎又结穗。穗子长得坚实而美好，穗子长出禾芒来，谷粒都很实在，没有一颗是空的，后稷就在邰地定了居。

诞降嘉种， 嘉种：好的种子。

维秬维秠， 秬：黑黍，黑色有黏性的小米。

秠：一粒谷壳内有两粒米，如同双胞胎。

维穈维芑。 穈：赤田。

芑（qǐ）：白苗。

恒之秬秠， 恒：遍，遍地。

是获是亩； 获：收割。

亩：古音米，收获后放在田亩里。

恒之穈芑，

是任是负。 任：用肩担。

负：用背背。

以归肇祀。 肇：开始。

【今译】上天赐给后稷好品种，有黑黍的秬，有双米的秠，有赤苗的，有白苗的。到处种满了秬和秠，收割后堆在田亩里。又到处种满了穈和芑，收割后用肩担，用背背，背回家中开始祭献上天的恩赐。

诞我祀如何？

或舂或揄，	舂：用杵在臼中捣米。 揄：将米从臼中取出。
或簸或蹂；	簸：簸扬去糠皮。 蹂：把没有脱落的糠皮揉搓掉。
释之叟叟，	释：淘米。 叟叟：淘米声。
烝之浮浮；	烝：蒸。 浮浮：蒸煮时热气上升的样子。
载谋载惟，	载：则，就。 谋：计划。 惟：思量。
取萧祭脂，	萧：艾蒿。 脂：油脂，艾蒿涂上油脂燃烧发出香味以降神。
取羝以軷；	羝（dī）：公羊。 軷（bá）：祭道路之神。
载燔载烈，	燔：搁在火上烧烤。 烈：同炙，用物穿肉架在火上烤。
以兴嗣岁。	嗣岁：来年，以兴起来年的丰收。

【今译】我的祭祀又怎样？先把谷粒捣成米，取出之后再簸扬。簸扬之后再揉搓，去掉所有的谷糠。用水淘米叟叟响，蒸在锅里热气腾腾往上升；于是又是计划又商量，涂上油脂烧艾蒿，用只公羊祭路神；又是烧呀又是烤，祈求来年又丰收。

卬盛于豆， 卬：我。

豆：木制装食物的容器。

于豆于登。 登：形似豆，是瓦制装食物的容器。

其香始升，

上帝居歆。 居：语词。

歆：喜悦。

胡臭亶时！ 胡：大。

臭：气味。

亶：诚然，真正是。

时：善，好。

后稷肇祀，

庶无罪悔， 庶：几乎，差不多或大概的意思。

以迄于今！

【今译】我把祭品盛在木制的容器里，又把祭品放进瓦制的容器里，祭品的香味才上升。天帝闻到很高兴，因为祭品香味既浓又美味。自从后稷开始祭祀起，周人几乎没有犯罪过，也没悔恨事。一直到现在，我们还是虔诚祭祀不懈怠。

【评解】

这篇诗中有人物有故事，而且还有富于现实性的神话，反映出了我国远在上古时代，对于农业生产已经有了丰富而可贵的经验了。它很早就为未来“以农立国”奠定下了悠久而深厚的基础。诗中并糅合了“周人祭祖”、“祈祝丰收”和“祓除不祥”等好几个宗教的观念。这些观念，后来都发展成中华农业文明的重要特色：“祭祀祖宗”、“重视农业”以及祝福多子多孙多福寿的“子孙繁昌”、“万寿无疆”等思想。

从本诗我们可看出在后稷时代的农业生产及人民的生活状况：

（1）在农产品方面：已有大豆（荏菽）、麻麦、瓜果、黑黍（秬）、赤黍（穈）、白黍（芑）等。

（2）在耕作技术方面：已知审辨土壤，除草养田，收获后用肩挑背扛，运回家去。

（3）在碾米做饭方面：已知道舂、揄、簸、蹂、淘、蒸等方法。

（4）在祀神祭祖方面：用艾蒿油脂燃烧，将祭品盛在豆和登中在路旁举行祭祀，以庆贺丰年，并祈求来年的丰收。

公　刘

【故事介绍】

后稷的儿子叫不窋，本来继承他父亲的事业，管理农事，到夏后氏政衰，不窋不再务农而失去了官位，就带着族人辗转迁徙到戎狄之间。传说到后稷的第四代孙公刘，因为受不了戎狄的骚扰，就带领族人又迁徙到南方四百里外的豳地去。这篇《公刘》诗就是记叙当时迁徙的情形。诗中把公刘如何为人民设想周到，如何勘察地理形势，如何从事新都的建设，都按次序叙述得非常详细，是一幅很好的迁徙图。

【原诗注译】

笃公刘，	笃：笃行实践，笃实苦干的意思。
匪居匪康，	匪居：不能安居。 匪康：不能快乐。按此句是说公刘不能安居，不敢享乐，因为人民受戎狄骚扰不能安居之故。
乃埸乃疆。	乃：就的意思。 埸：细分的田界。疆是指大的田界。在此都作动词用，就是说划分大小的田界以便从事生产。
乃积乃仓。	积：聚积粮食。 仓：收藏到米仓里去。
乃裹糇粮，	裹：装进包裹。 糇粮：干粮。 按：上句积粮是备老弱不能迁徙的人食用的，此句是为迁徙的人在路上食用的。
于橐于囊，	于：放进去。 橐：小袋子。 囊：大袋子。
思辑用光。	思：语词。 辑：集，聚集。 用：以。

光：广。

此句是说聚集的米粮已很多了。

弓矢斯张， 斯：语词。

张：本是张弓，拉开弓的意思，此处是说弓箭都准备好了。

干戈戚扬， 干、戈、戚、扬：是四种古代兵器的名称，各种武器准备好是防路上的野兽和敌人。

爰方启行。 爰：乃，就。

方：开始。

【今译】笃诚实干的公刘，不敢安居也不敢享乐，忙着划分大大小小的田界，为的是增加生产。收获了粮食就装进米仓，为的是留给老弱不能迁徙的人们食用。又做了许多干粮，装进大大小小的粮袋，以备迁徙的人带在路上食用。这样，无论迁徙的或不迁徙的人们，聚集的粮食已经够多。还要准备各种武器，如弓、箭，还有干、戈、戚、扬等，一切准备妥善，就可开始上路了。

笃公刘，

于胥斯原， 于：往。

胥：相，看。

斯：此。

原：平原。

既庶既繁， 庶：富庶，物产丰富。

繁：人口众多。

既顺乃宣， 顺：顺公刘的心意。

宣：宣布给人民。

而无永叹。 人民也合意，没有长叹不满的人。

陟则在巘， 陟：登上。

巘：小山。

复降在原。

何以舟之？ 舟：服，佩带。

维玉及瑶。 瑶：美石。

鞞琫容刀。 鞞（bǐng）：刀鞘下端的装饰品叫鞞。鞘口的装饰品叫琫（běng）。

容刀：佩刀，形容公刘的佩刀很讲究。

【今译】笃诚实干的公刘，他去观察这块大平原，看着出产富庶，人口又众多，觉得很顺心就向人民宣布。人民听了很赞成，没有怨叹。公刘就要忙着上下细细勘察一番，一会儿登上小山，去望望远方的大环境；一会儿又下到平原，来看看附近的小地方。他身上佩带着什么？有美玉和瑶石，又有佩刀，刀鞘上都装饰得很高贵华丽，更点缀出公刘身份的高贵。

笃公刘，

逝彼百泉， 逝：往。

百泉：地名。

瞻彼溥原。 瞻：望。

溥：大。

乃陟南冈，

乃觏于京。 觏：见到。

京：地名。

京师之野，

于时处处， 于时：于是，在这里。

处处：久处之地。

于时庐旅。 庐：房舍，即盖房子。

旅：寄居。

于时言言，

于时语语。

【今译】笃诚实干的公刘，往那百泉去一趟，望望那片大平原。就登上南山冈，见到京这个地方。京师的原野很宽敞，就决定在这里长久住，在这里盖房屋。大家又在这里谈正事，又在这里共计谋，有说有笑好幸福。

笃公刘，

于京斯依。

跄跄济济，

俾筵俾几。 俾：使。

筵：筵席。

几：桌几。使人摆下筵席，摆好桌几。

既登乃依，

乃造其曹， 造：到，往。
曹：群，指猪群。

执豕于牢。 牢：猪圈。

酌之用匏， 此句是：用匏瓜做成瓢舀酒喝。

食之饮之， 此句是：请他吃，请他喝（他指公刘的群臣）。

君之宗之。 君之：异姓的群臣尊他（公刘）为君。
宗之：同姓的群臣尊他（公刘）为家长。

【今译】笃诚实干的公刘，决定靠京邑定国基。百官众多又忙碌。使人摆下筵席摆桌几，进入筵席就把桌几依。到那猪群聚居处，进入猪圈里捉猪做菜肴。用瓢喝酒真痛快，请吃请喝都满足，一致拥护公刘做君主。

笃公刘，

既溥既长。

既景乃冈， 景：音义同影。此句是：根据太阳的影子看山冈的方面。

相其阴阳。 阴阳：山冈之北是阴，山冈之南是阳。

观其流泉，

其军三单。 三单：三支军队轮流驻防。

度其隰原， 度：测量。下同。
隰：下湿之地。

原：高平之地。

彻田为粮， 彻：取。按田亩好坏的收成作为收取税粮的标准。

度其夕阳， 夕阳：山的西边。

豳居允荒。 允：诚然，实在。

荒：大。

【今译】笃诚实干的公刘，选的地方大又长。根据日影看山冈，定它南北的方向。再观察水流旺不旺，三支军队轮流去驻防。测量低地和高原，按田亩的收成取税粮。山的西边也度量，豳地定居实在很空旷。

笃公刘，

于豳斯馆。 馆：营造房屋以居住。

涉渭为乱， 渭：水名。

乱：横渡水叫乱，把它的水流弄乱了。

取厉取锻， 厉：光滑的石头。

锻：捶打的石头。

止基乃理。 止：址。

止基：地基。

理：打好了。

爰众爰有。 有：也是多的意思。此句是：就有很多人在这里居住了。

夹其皇涧， 皇涧：豳地的一个涧名，涧是两山之间的水流。

溯其过涧， 溯：对着。

过涧：也是一涧名，以上两句是说在皇涧的两边，以及过涧的对面，都盖了房屋。

止旅乃密， 止：居。

旅：寄。

止旅：寄居，就是居住。

此句是说：居住在那儿的人口很稠密。

芮鞫之即。 芮：汭的假借字，水湾的里边。

鞫（jū）：水湾的外面。形容住户的众多，水湾里外都住满了。

即：就，就水湾内外而居。

【今译】笃诚实干的公刘，决定在豳地造房屋。横渡过渭水去，捡取滑石和搥石，地基才会打得好。众多的人民都来到。皇涧的两边，过涧的对面，处处都把房屋建。居住的人们很稠密，从水湾外面住到水湾里。

【评解】

周朝的历史，自他们的祖先后稷降生以后，神话时代过去了，接着就是歌颂他们部落时代的民族英雄公刘。公刘对周朝，也可以说对中华民族最大的贡献是将族人由野蛮的戎狄区域，迁徙到豳地定居。我们知道，搬家是很麻烦的事情，更何况一个部落，一个民族的大迁徙，路途既远，人口又多，其困难、其繁杂，可想而知。然而公刘却处理得井井有条，准备得完密周到，处处都是为人民着想，不但为目前，更为长远。我们看他勘察豳地大小、远近的环境和形势，就可知道。他考虑周到，眼光远大，难怪会得到全民的拥戴了。方玉润评论说：“开国宏规，迁居琐务，无不备具。”使我们读着，好像也在跟着他的迁徙行动前进似的。

烝　民

【内容提示】

周宣王时代为了怀柔东方诸侯，就派大臣仲山甫到齐国去筑城，出发那天，尹吉甫作诗为他送行。诗中对仲山甫的德行称赞备至。

【原诗注译】

天生烝民，　　烝：众。

烝民：众人，指人类。

有物有则，　　物：事。

则：法则，是说众民有什么事物，就有该事物的法则。如父慈子孝，兄友弟恭；又如眼主视、耳主听之类，任何事物，都有它一定的法则。

民之秉彝，　　秉：禀赋。

彝：常。秉彝即天生俱来（禀赋）的常性。

好是懿德。 好：爱好。

懿德：美德。

天监有周， 监：视。

有：语词。

昭假于下； 昭：明。

假：义音同格，至，到。

下：下土，人间，上天有昭明之德降到人间，即命周有天下。

保兹天子， 兹：此，这。

生仲山甫。 仲山甫：人名。

意思是：上天生了仲山甫来保护周天子。

【今译】上天生下我们人类，使人类有任何事物，就规定有什么法则。上天使人类有永远不变的本性，那就是喜欢美好的德行。也就是说人的本性是好善的。上天就观察到了周人的德行，能够承受天命，所以就光明地显现神灵，使仲山甫降生来保护周天子。

仲山甫之德，

柔嘉维则。 柔嘉：美好。

则：法则。

令仪令色， 令：善。

仪：仪表。

色：面容颜色。

小心翼翼。 翼翼：恭敬的样子。

古训是式， 古训：古人的教条、法则。
式：法、效法。

威仪是力。 力：勉励。

天子是若， 若：顺。

明命使赋。 赋：布。
二句是说：顺天子的明命发布使执行。

【今译】仲山甫的德行，是以美好为他的法则。他有良好的仪表，也有温和的颜色。做事都小心谨慎，以古人的教条作为他进修的法典，努力修养自己的威仪。顺着天子的旨意，发布天子的命令。

王命仲山甫：

“式是百辟， 式：法式，模范。
百辟：百国之君，即诸侯国君。

缵戎祖考， 缵：继续。
戎：你。
祖考：男性的祖先。

王躬是保。 王躬：王本身，指周天子。

出纳王命， 出：发出。
纳：接纳。

王之喉舌，

赋政于外， 赋政：颁布政令。
外：京畿以外。

四方爰发。” 爰：乃，于是。

发：执行。

【今译】王命令仲山甫说：“你要做诸侯国君的表率，继承你祖先的官位，好好保护王身。你接纳并发出王的命令，作为王的喉舌，替王发言，又颁布政令于远方的诸侯，使他们都能照着执行。”

肃肃王命， 肃肃：庄严肃穆。

仲山甫将之。 将：行。

邦国若否， 若：顺。

否：逆，不顺。

此句是说：各国政绩的好坏。

仲山甫明之。

既明且哲， 明：明白事理。

哲：有知人之明。

以保其身。

夙夜匪懈，

以事一人。 一人：指天子。仲山甫的保护自身是为了事奉天子。

【今译】王命庄严而肃穆，仲山甫执行不含糊。各国的政绩好不好，仲山甫知道得很清楚。仲山甫既明事理又知人，能够保护他自身。早晚勤奋不懈怠，事奉天子一个人。

人亦有言：

“柔则茹之，　　茹：食。

刚则吐之。”

维仲山甫，

柔亦不茹，

刚亦不吐；

不侮矜寡，　　矜即鳏，老而无妻的。

寡：死了丈夫的女人。

矜寡：指孤苦无依的男男女女。

不畏强御。　　强御：强横的人。

【今译】一般人都有这样的话：“柔弱的吞下去，刚强的吐出来”（欺软怕硬）。只有仲山甫，柔弱的既不吞，刚强的也不吐；他不欺侮孤苦无依的人，也不惧怕强横不讲理的人。

人亦有言：

“德輶如毛，　　輶：轻。

民鲜克举之。”　　鲜：少。

克：能。

此二句是说：品德虽然很容易修养（輶如毛），但很少人能修得好（鲜克举之）。

我仪图之，　　仪图：图谋，思量。

维仲山甫举之，

爱莫助之。　爱：惜，可惜。

衮职有阙，　衮：本是天子之服，此处指天子。

阙：疏漏、缺失。

维仲山甫补之。

【今译】人们也有这样的话："品德轻得像羽毛，但人们很少能修好。"我们只是好空想，只有仲山甫才真正去实践，可惜没有别人来相助（没有别人像仲山甫一样地共同来修德）。天子做事有什么缺失，只有仲山甫给他补救。

仲山甫出祖，　祖：出行的祭祀，出门时祭祀道路之神以求一路平安叫祖祭。

四牡业业，　业业：雄健的样子。

征夫捷捷。　捷捷：快速。

每怀靡及；　靡及：来不及。

四牡彭彭，　彭彭：盛壮的样子，也形容马盛壮跑起来的声音彭彭响。

八鸾锵锵。　鸾：銮，铃，马镳（马衔，横贯口中，两端外出）。两端击上铃，一马两鸾，四马八鸾。

锵锵：鸾铃的响声。

王命仲山甫：

"城彼东方。"

【今译】仲山甫出门祭路神，四匹公马好健壮。征夫驾车快如飞，怏怏担心赶不上。四匹公马跑得彭彭响，八只鸾铃响得叮零当。王下命令仲山甫："往那东方筑城防。"

四牡骙骙，	骙骙：马强壮的样子。
八鸾喈喈。	喈喈：和鸣声。
仲山甫徂齐，	徂：往。
式遄其归。	式：语词。 遄：快。
吉甫作诵，	吉甫：尹吉甫。 诵：可以诵读的诗。
穆如清风。	穆：和穆，形容歌声温和。
仲山甫永怀，	永怀：永远记住。
以慰其心。	

【今译】四匹公马好强壮，八只鸾铃声和谐。仲山甫出发往齐国，希望很快就回来。吉甫作诗来相送，歌调温和像清风。仲山甫永远记在心，记在心头感宽慰。

【评解】

周宣王是周代的中兴明主。他之所以能够造成中兴的局面，是由于他的英明雄武，知人善任。就像尹吉甫、仲山甫、南仲、方叔、召穆公虎、程伯休父等都是有诗为证，是宣王非常得力的文武大臣。从这篇诗可看出重臣之一的仲山甫的品德和能力。诗中一再叙述他对周天子的重要，如第一章“保兹天子”，第三章“王躬是保”及第六章“衮职有阙，维仲山甫补之”。至于城齐一事，只略提一笔。因为派仲山甫城齐，是齐国的光荣；而仲山甫并不因城齐更尊重他的声望和地位。篇中处处透露着仲山甫对周天子的一片忠心，对国家的一片赤忱。而尹吉甫不只功业彪炳，他的文章也是千古不朽的，他是宣王时期的大诗人，由他所作的《崧高》、《烝民》二诗即可证明。

本诗前四句以慧眼观察人类，得到人能秉常懿德的结论。这启发了孟子的性善说，所以《孟子·告子》篇说：“《诗》云：‘天生烝民，有物有则；民之秉彝，好是懿德。’孔子曰：‘为此诗者，其知道乎？故有物必有则；民之秉彝也，故好是懿德。’”由于首这诗的启示，奠定了儒家的性善说，因此，这诗也就更有价值了。

常　武

【故事介绍】

周宣王名静，是厉王的太子。厉王无道，信任臣子荣夷公与民争利，人民怨恨，厉王就派卫巫专管监谤：只要有人说厉王坏话，就立刻处死。因而大失人心，各国诸侯就都不来朝见了。到厉王三十七年，西周都城镐京的百官和人民，忍无可忍，就联合起来暴动，厉王只好出奔到彘（今山西省霍州）。太子静逃到召穆公虎的家里躲起来。暴动的群众就把召公的家包围起来，要杀太子。召公不得已，牺牲自己的儿子来冒充太子，太子才得不死。厉王既出走，大家公推召穆公、周定公二位大臣代理朝政，号称共和行政。过了十四年，厉王死于彘。这时躲在召公家的太子静已长大成人，周、召二公便共立他继位为王，是为宣王。

宣王既即位，积弱图强，力自振作，政治修明。三年命秦仲伐西戎，五年命尹吉甫等北伐猃狁，命方叔南征荆蛮；六年命召穆公伐东南方的淮夷，宣王亲自率师沿淮水讨伐徐夷；七年命仲山甫筑城于齐，以巩固东方的疆域，封申伯于谢，命召穆公往营城邑，以巩固南方的门户；九年，宣王会诸侯于东都洛邑，恢复成、康之治，遂成中兴大业。这篇《常武》就是歌咏宣王亲征徐夷的诗。

【原诗注译】

赫赫明明， 赫赫：威严的样子。
明明：严明，此句是形容王命显赫而严明。

王命卿士，

南仲大祖， 南仲：大将之名。
大祖：太祖之庙。下同。

大师皇父。 二句是说王在太祖庙里命令南仲为卿士，命令皇父为太师。出师前要告祭祖庙。

整我六师， 六师：六军，天子有六军。

以修我戎。 修：修理。
戎：兵器。

既敬既戒， 敬：警备。

戒：戒慎。

惠此南国。 讨伐暴乱，所以是加惠于南国。

【今译】王命显赫又严明，太祖庙里祭祖宗：命令南仲为卿士，命令皇父做太师。整饬我的六支军队，修理我所有的兵器。既要警备更要小心，为的是要去加惠南国人民。

王谓尹氏， 尹氏：姓尹的人，管命卿士的官。

命程伯休父： 程：国名。

伯：爵位。

休父：人名。

左右陈行，

戒我师旅： 戒：告诫，即誓师。

“率彼淮浦， 率：顺着，沿着。

淮：淮水。

浦：水边、水涯。

省此徐土， 省：巡视。

徐土：徐方的土地。

徐方：淮夷之一，在淮水以北。

不留不处。” 此句是说：不停留，不久处，即不占据他们的土地。

三事就绪。 三事：三卿，是说备战的事，三卿都筹备就绪了。

【今译】宣王告诉尹氏说，转达命令给程伯休父，命他摆好左右两翼的阵势。并且告诫我们的军队："沿着淮水边，巡视徐国土，不许停留不久处。"三卿都准备就绪。

赫赫业业， 此句是形容军容的严肃盛大。

有严天子， 有严：严然。

王舒保作。 舒：缓慢。

保：安。

作：行。

此句是说王师徐缓安行（徐缓进军，表示军行纪律严肃）。

匪绍匪游， 匪：非，不是。

绍：舒缓。

游：遨游。

徐方绎骚。 绎骚：扰乱。

震惊徐方，

如雷如霆， 霆：疾雷，即"迅雷不及掩耳"的"迅雷"。

徐方震惊。

【今译】军容严肃而盛大，威严的天子做领导，王师徐缓向前进，不是缓慢地遨游，因为徐方正骚扰。王师的到来震惊了徐方，王师的威势盛大如雷霆，使得徐方震惊不安宁。

王奋厥武， 厥：其。

此句是说：宣王亲自指挥，振奋其勇武之力。

如震如怒。

进厥虎臣， 虎臣：猛将。

阚如虓虎。 阚：虎怒的样子。

虓（xiāo）：虎怒吼。

铺敦淮濆， 铺：杀伐。

敦：惩治。

淮濆：淮水边，指徐夷。

仍执丑虏。 仍：频仍，屡次。

丑虏：丑恶的俘虏。

截彼淮浦， 截：平定。

淮浦：淮水边，指徐夷。

王师之所。 王师所到之处。

【今译】宣王振奋他的勇武，如打雷如大怒。猛将向前推进，就像老虎之咆哮怒吼。杀伐淮水边的徐夷，屡屡捉来丑恶的俘虏。王师所到之处，都能截然平定。

王旅啴啴， 啴啴：形容军队的盛多。

如飞如翰， 翰：羽毛，在此也是飞的意思。形容作战时用兵的神速。

如江如汉。 此句是形容兵众的势大，如江汉水流的澎湃汹涌。

如山之苞， 苞：本。如山的根本，是形容采取守势的稳固镇定。

如川之流。 此句意思是形容采取攻势时猛烈，像川水的畅行无阻。

绵绵翼翼， 绵绵：连绵不断。

翼翼：很整饬。

此句是形容军队阵势严肃整饬，敌方无法断绝，无法扰乱。

不测不克， 不测：计谋神秘，敌人不能测度。

不克：敌人不能战胜。

濯征徐国。 濯：洗涤。

濯征：有洗濯腥秽的意思。即将徐夷完全征服。

【今译】宣王军队声势浩大，调动神速，兵员众多，如江汉之水的澎湃汹涌，采取守势时稳固如大山，采取攻势时又猛迅如川流。阵势严密，敌人不能截断，也不能扰乱，且计谋神秘，敌人无法猜测，也无法战胜，于是痛痛快快地把徐夷征服了。

王犹允塞， 犹：谋略。

允：信，诚然。

塞：实在。

此句是说王的谋略真正是切实合用。

徐方既来。 既来：来归顺。

徐方既同， 同：会同，来朝见周天子，表示顺服。

天子之功，

四方既平，

徐方来庭。 来庭：来朝。

此句和上一句是颠倒写法。意思是：徐方来朝之后，天下四方就都服从平定了，是说平定徐方影响之大。

徐方不回， 不回：不违逆，不扰乱。

王曰："还归。" 还归：凯旋而归。

【今译】宣王的谋略真实在，徐方都能归顺来。徐方朝拜周天子，天子的大功了不起。徐方已肯来朝贡，天下四方都平定。徐方从此不违背，宣王命令"凯旋归"。

【评解】

周朝常有外夷的侵犯：北方有猃狁，南方有荆蛮（荆楚），东南方有淮夷徐夷。周宣王是中兴明主，当然不能忍受他们的骚扰，所以曾派南仲、尹吉甫讨伐猃狁（《小雅》中的《出车》、《六月》），派方叔征服荆蛮（《小雅·采芑》），派召穆公虎平定淮夷（《大雅·江汉》），而对于徐夷，则由宣王亲自出征。此诗一开头的"赫赫明明"即领起全篇精神。接叙在太祖庙里命将的情形：先是命南仲、皇父，次章又写命程伯休父。一时而命三将者，因为宣王亲征和派大将出征不同，虽由三将，均由宣王统领。而且表明此行目的，旨在使徐夷服从，但不要占领他们的土地。从第三章即正面写军容之严整盛大。"赫赫业业"正和首章的"赫赫明明"两峰对立，而且特别提出有威严的天子来，更使军心士气为之大振，已经先声夺人，所以还没正式攻打，徐方就已经吓坏了。"震惊徐方"，"徐方震惊"两句颠倒重叠，显得更有声势。第四章写宣王亲自指挥，正写战阵之事：大将用命，勇往直前，如雷霆之震怒，如猛虎之咆哮。因而王师所到之处，即刻截然而平。

第五章再详叙战阵的情形：王师行动快捷，调动神速，大队兵员浩浩荡荡，如江汉水流的澎湃汹涌；静守时如大山的稳固镇定；进攻时又如河川之畅行无阻，不可御止。而且军行阵势连绵紧密，整饬严肃，敌人既不能截断，也不能把阵容扰乱。而用兵计谋更是神秘不可测度。最后一句“濯征徐国”利落痛快，好像一下子就把腥秽的徐夷洗濯得干干净净了。“濯”在此用得实在妙极，比之“席卷”、“扫荡”更为简洁而有力。

末章一再提起“徐方”，二字回环互用，读之真有一种舒畅快足之感，和杜甫在《闻官军收河南河北》诗中“即从巴峡穿巫峡，便下襄阳向洛阳”二句令人有同样的畅快之感。因而一章之中虽然四提“徐方”，并不嫌它重复。

近人称《大雅》中的《生民》、《公刘》、《绵》、《皇矣》、《大明》五篇，为咏周代开国的史诗；而《大雅》中的《崧高》、《烝民》、《韩奕》、《江汉》、《常武》五篇，加上《小雅》的《六月》、《出车》、《采薇》、《采芑》、《黍苗》五篇，共十篇，则称为宣王中兴的史诗，都是史籍记载所依据的真实材料，或可补史书不足的重要诗篇。所以本来应该一一介绍欣赏，但这些都是长诗，限于篇幅，周代开国五篇，我只选读了《生民》、《公刘》两篇；宣王中兴十篇，也只是讲了《烝民》、《常武》、《六月》、《出车》、《采薇》五篇，希望读者能特别用心阅读。至于《车攻》一篇，或者以为就是宣王九年大会诸侯于东都的诗，所以我也选讲了。

《颂》之七篇

《清庙》 《思文》
《振鹭》 《有瞽》
《武》 《有驳》
《玄鸟》

一、《周颂》五篇

清　庙

【内容提示】

《清庙》是在宗庙里祭祀文王的一篇乐歌。

【原诗注译】

于穆清庙，　　于：赞叹声。
穆：美。
清庙：天德清明，以象文王，所以叫清庙。

肃雝显相。　　肃：敬。
雝（yōng）：通雍，和。
显：显赫。
相：助，指助祭的公卿诸侯。

济济多士，　　济济：众多。

多士：指参加祭祀的人士。

秉文之德。 秉：秉承，继承。

文：文王。

对越在天， 对：遂。

越：扬。

在天：是说文王之神在天上。

此句是说：继承美德，以慰文王在天之灵。

骏奔走在庙。 骏：急速。

在庙：在祭祀的宗庙中，指参加祭祀的人行动快速地举行祭祀大典。按：祭祀的行动以快为敬。

不显不承， 两“不”字都读作丕，大的意思。

承：保。

此句是说：文王之神灵大显，文王之神大加保佑。

无射于人斯。 射：厌。

斯：语词。

此句是说文王的神灵就不厌弃周人了。

【今译】哦！美哉！美哉！这天德清明像文王的宗庙呀，显赫的公卿诸侯，都肃敬而雍和地前来助祭。执事的人士，济济一堂，也都秉承着文王的美德，于是大家就能以慰文王在天之灵的旨意，在庙中为祭文王而恭敬地急速奔走，所以文王的英灵大显，对后人大加保佑而不会厌弃我们了。

【评解】

《颂》分周、鲁、商三颂，《清庙》是《周颂》三十一篇的第一篇，所以《清庙》是《颂》之始。《大雅》的第一篇是《文王》，所以《文王》是《大雅》之始；《小雅》的第一篇是《鹿鸣》，《鹿鸣》就是《小雅》之始；十五国风的第一篇是《关雎》，那么《关雎》就成为《风》之始。这每一类的第一篇，都被大家特别重视，就合称之为“四始”。虽然汉代“诗经学”有鲁、齐、韩、毛四家，各有不同的四始之说，但一般人说四始，却都是指这四篇而言。

这篇《清庙》是专门祭祀文王用的，应该是武王时候的诗。所谓颂，就是容貌的容，是一种配合跳舞的祭神乐歌。跳舞注重舞的姿容，而祭神时一定要有跳舞，以博得神灵的欢心，所以就称一些又歌又舞的祭神乐歌为“颂”了。

至于歌《清庙》时所用的乐器，我们从《礼记》中查考，知道是用的瑟。由一人领头唱，三人跟着再唱一遍，这也叫做“一唱三叹”。至于歌《清庙》时所跳的舞，是一种表演击刺的象舞。堂上奏瑟唱起《清庙》诗，堂下就吹着箫管跳象舞，象舞是武王作的。文王时有击刺之法，武王作乐，并模仿文王的击刺之法而成的舞，就是象舞，文王的武功的意思。

《清庙》诗没有韵，这是周初颂诗的一般现象。唱时一人唱一句，另三人把这同一句再唱一遍，就等于用叠句来押韵了，所以这是每句只重叠一次的唱法，这也叫“一唱三叹”。没有韵的诗是最早的诗。

思　文

【内容提示】

这是一篇祭祀赞美周人始祖后稷的颂诗。

【原诗注译】

思文后稷，	思：语词。 文：文德。
克配彼天。	克：能。
立我烝民，	立：同粒，作动词用。 烝：众。 此句是说：给我众民粮食吃。
莫匪尔极。	匪：非。 极：中正，德惠的意思。
贻我来牟，	贻：给予。 来：小麦。 牟：大麦。
帝命率育。	率：都，遍。 育：养育，生活。

无此疆尔界，

陈常于时夏。　　陈：布陈。

常：常道，指种地的道理，方法。

时：是，这。

夏：华夏，指全中国。

【今译】后稷的文德了不起，能够配合上天的旨意。使我万民都有粮食吃，没有不是你恩德所赏赐的。上天命你大麦小麦赐给我，天下万民才能得以生活。不分疆界和地域，种地的道理教导全中国。

【评解】

此诗相传是周公所作。诗中赞美后稷能够播种五谷，养育万民，而且不分疆界地域，都教他们播种之道。民以食为天，所以后稷的德业，也足以配天啊！

诗仅八句，不分章，前四句虚写，后四句实写，全篇结构紧密，层次分明。

振　鹭

【内容提示】

这是夏商两代的后裔杞国、宋国的国君，来周京太庙助祭的诗。

【原诗注译】

振鹭于飞，	振：群飞的样子。 鹭：白色水鸟。 于：正在。
于彼西雝。	雝：水泽。 西雝：水泽名。
我客戾止，	客：指二王之后代，夏的后代是杞国，殷的后代是宋国。周人庙祭时，二王之后来助祭，用客礼对待，而不把他们看作臣下。 戾：来到。 止：语词。
亦有斯容。	亦、斯：都是语词。说他们的容止仪表很好。
在彼无恶，	彼：指神，说神对他们不厌恶。
在此无斁。	此：指二客。 斁（yì）：厌倦。 此句是说二王助祭不厌倦。
庶几夙夜，	庶几：几乎。 夙夜：早晚。
以永终誉。	永终：永远。 誉：快乐。

【今译】白鹭成群地在飞翔，飞翔在那西雝水泽上。我的客

人已来到，很有风度有礼貌。神灵对他们不嫌弃，他们敬事神灵也没有倦意。早晚勤谨不怠惰，几乎能够保长乐。

【评解】

夏、商、周，统称三代，周天子封夏代的后裔于杞，商代的后裔于宋，都可以用周天子的礼乐。所以周庙的助祭者，特别用客礼对待杞、宋二国的国君；其他诸侯，称宾而不称客。我们观察《诗经》中对宾客两字的用法，可知客是尊于宾的，这和后世的“宾”、“客”不分是不同的。

《振鹭》是周颂中仅见的兴诗。牛运震评论说：“此兴体也。颂中特见之清新恬雅。”

有　瞽

【内容提示】

这诗是成王六年，周公制礼作乐，诸乐初成，大合奏于祖庙时特备的乐章。

【原诗注译】

有瞽有瞽，　　瞽（gǔ）：目盲。古代的乐官，用瞽人充当。

在周之庭。	庭：庙庭。
设业设虡，	悬挂钟的架子两端有两根立木支着，就叫虡（jù）。虡上面搭一横木，横木上再架一片大木板，就叫业。
崇牙树羽。	崇牙：业上悬挂钟磬的地方，涂上色彩像大牙般突出来，所以叫崇牙。 树羽：点缀五彩的羽毛于崇牙之上。
应田县鼓，	应：小鼓之横悬者，即小鞞。 田：大鼓。 县：同悬。
鼗磬柷圉。	鼗（táo）：如鼓，有柄两耳，拿柄摇动，两耳击鼓有声，如今小孩玩的摇鼓。 磬：石制敲击的乐器。 柷：木制乐器，如漆桶。奏乐之初，先击柷以起乐。 圉：同敔，木制乐器状如伏虎，背上有二十七个锯齿，用木击齿，乐终则一个长划，声音就立刻停止，所以圉是用以止乐的。
既备乃奏，	
箫管备举。	箫：编小竹为一排，管的长短各不同。由手捧着左右移动吹奏出声。 管：竹制乐器，长一尺，周围一寸，有六孔、八孔不同。
喤喤厥声，	喤喤：声大。 厥声：其声。
肃雝和鸣，	肃：敬。

雝：和。

先祖是听。

我客戾止， 我客：指夏商二王的后代杞宋二国君而言。

戾：到达。

止：语词。

永观厥成。 成：乐终叫成。

意思是说：长观此乐之奏完，就是此乐长存的意思。

【今译】瞎眼的乐师有很多，齐集在周王的庙庭里。钟架有业也有虡，崇牙上面插着彩色羽。小鼓大鼓都挂起，鼗磬柷敔也摆齐。乐器完备就演奏，箫呀管呀也都有。演奏发出喤喤声，声音和谐又肃敬，先祖闻讯都来听。我们的贵客也来到，愿常观乐到礼成。

【评解】

周初颂时，到现在所配的舞容，可以查考的已不多，用什么乐器伴奏，知道的也没有几篇。这诗是周公制礼作乐大告成功时对颂诗所用乐器的总描写。诗中提到的乐器，鼓类有应（小鞞）、由（大鼓的一种）、鼗（摇鼓）、鼓（普通的鼓）四种。其余除钟磬外，还有箫、管、柷、敔等四种，共达十种之多，等于周初颂诗所用乐器的总检阅。当然，还有这诗里没有提到的乐器，奏《清庙》时所用的瑟即是一例。而雅诗所用乐器，没有出现在颂诗里的，更有钥、笙、簧、琴、篪、埙、贲（大鼓的一种）、镛（大钟）等好几种，也都是西周的乐器。至于《国风》中民间的乐器，就很少，大概以缶最常见，这是一种用土制的像瓦盆瓦罐之类，是贵族所不用的。而“竽”和“筑”，《诗经》中都一字未提，大约是后来新创的，到战国时候，就很有名了。

武

【内容提示】

这是赞美周武王伐纣灭商而打下天下的颂诗。

【原诗注译】

于皇武王，
于：叹美的声音。
皇：太。

无竞维烈，
竞：强。
烈：功业。
此句是说：武王所成就的功业是没人可胜的。

允文允王，
允：信。
文：文德。
此句是说：实在的文王的确是很有文德的。

克开厥后，
克：能。
厥后：其后。
此句是说：因为文王有文德，所以才开创了后代的大功业。

嗣武受之。 嗣：继续。

此句是说：武王继起，承受他的基业。

胜殷遏刘， 遏：止住。

刘：杀。

此句是说：武王胜殷而后就停止了杀伐之事，消弭了战争，而致天下太平。

耆定尔功。 耆：致，得到，达成。

功：功业。

【今译】哦！武王伟大了不起，功业没人能够和他比。文王的确有文德，开创了后代的大功业。继承的武王继续再努力，胜殷以后战争就停息，建立的功业真正了不起。

【评解】

这诗是作于周公摄政（代理政权）六年的周成王时代，是歌颂武王伐纣而获致胜利的诗，也是音乐、舞蹈、歌唱三者皆备的颂诗。

至于此诗的舞容，是由六十四人排成八行（八佾），每人一手拿着赤盾（朱干），一手拿着玉斧（玉戚），有人指挥着作战斗状态的动作，来象征武王灭商的牧野之战。而其动作的过程可分三个阶段：（1）持盾正立，列阵如山；（2）用斧伐用盾挡的战斗场面；（3）解甲息兵，各行列都坐下，表示止戈为武的意思（《武》诗的“胜殷遏刘”一句，就是配合这意思写的）。所用乐器，可推想也是战阵所用的钟和鼓。

在周初的大武之乐有这等场面，可说是非常盛大了。

二、《鲁颂》一篇

有　驳

【内容提示】

周公有大功于周王，所以周成王特许周公长子伯禽所封的鲁国可用天子所用的礼乐，而由鼓声蓬蓬，载歌载舞，有声有色的鲁颂被制作出来。《有驳》篇是鲁僖公时庆祝丰年，举行宴饮而颂祷之词。诵其诗，可想见以鼓声为节拍，手拿白鹭羽毛而飞舞的情景。用歌舞者的口吻，陈述僖公饮酒酣舞、君臣共乐的情景。

【原诗注译】

有驳有驳，　　驳：形容马肥壮的样子。

驳彼乘黄。　　乘：四匹马。下同。

黄：黄里带赤色的马叫黄。

夙夜在公，

在公明明。 明明：勤勉。

振振鹭， 振振：群飞的样子。

鹭：白色水鸟。

鹭于下。

鼓咽咽， 咽咽：鼓声。下同。

醉言舞， 言：语词。

于胥乐兮！ 于：语词。

胥：互相。

【今译】好肥壮呀好肥壮，四匹肥马一色黄。早晚为了公事忙，勤勉从公好紧张（跳舞饮酒来享乐，可以调剂紧张的生活）。手拿着鹭羽群飞舞，飞上飞下好自如。鼓声敲打蓬蓬响，似醉的跳舞正开场，共同欢乐乐洋洋！

有驳有驳，

驳彼乘牡。

夙夜在公，

在公饮酒。

振振鹭，

鹭于飞。

鼓咽咽，

醉言归。

于胥乐兮！

【今译】好肥壮呀好肥壮，四匹公马壮又强。早晚为了公事忙，公事之暇饮酒来欢畅。手拿着鹭羽群飞舞，飞来飞去好自如。鼓声敲打蓬蓬响，直到醉了才收场，共同欢乐乐洋洋！

有驳有驳，

驳彼乘駽。 駽（xuān）：青黑色的马即铁骢。

夙夜在公，

在公载燕。 载：则。

燕：宴饮。

自今以始， 即自今以后，从今开始。

岁其有。 岁：岁岁，每年。

有：有年，即丰年。

君子有谷， 谷：禄。

诒孙子。 诒：贻，遗留给。

孙子：子孙。

于胥乐兮！

【今译】好肥壮呀好肥壮，四匹铁骢壮又强。早晚为了公事忙。公事之暇共宴飨。祷祝从今后，年年庆丰收。君子有福享，子孙也沾光，共同欢乐乐洋洋！

【评解】

《有駜》是《鲁颂》四篇的第二篇。周成王因周公对周室有大功劳，就以天子的礼乐赐给伯禽（周公长子初封于鲁）。鲁就有了颂诗，作为宗庙祭祀的乐歌。另外鲁国自作以赞美鲁君的诗，也就叫颂了。所以鲁颂是颂诗的变体，虽然同样是歌、舞、音乐三者的综合艺术，但它的内容已不是在祖庙祭祀，颂扬祖先功德的诗了。诗的形式，也不再是只由几句组成的独章无韵诗，而采取了雅诗整齐的多章句式，像这篇《有駜》，不但是像《小雅》，简直就有《国风》的格调了。

三、《商颂》一篇

玄　鸟

【故事介绍】

有娀氏的女儿简狄姐妹二人一同在元邱河的水中洗澡，忽然一只黑色的燕子自天上飞下来，在河边叽叽地叫个不停。她们二人觉得很喜欢，就捡起一个玉色的箩筐，前去掩捕。箩筐覆着支在草丛里，等燕子飞进去。过了一会儿不再听到燕子的叫声，简狄奇怪，走过去把箩筐拿开来一看，燕子就冲天飞出，飞向北方而去。草丛里却留下了一粒闪耀着五色光彩的燕卵。她正托在掌心欣赏的当儿，她的姐姐口里嚷着："妹妹，把燕子蛋给我，我要！"说着就来抢夺。简狄一着急，就把燕卵往嘴里一送，不想竟囫囵吞下肚去，而且从此怀了孕，生了个叫契的儿子。普通称卵为子，像蚕卵叫蚕子，鱼卵叫鱼子，因为契是简狄吞燕子而生，所以就姓子。后来契长大了，帮助夏禹治洪水有功，就被封于商这个地方。传到商汤而代夏有天下。汤的子孙祭祖，述汤的功业，就从始祖契的降生神话“玄鸟（燕子）生商”叙起。

【原诗注译】

天命玄鸟，	玄：黑色，玄鸟即指燕子。
降而生商。	相传高辛氏妃有娀氏女儿简狄吞燕卵而生契。契做舜的司徒，帮禹治水有功，封于商，是为商的始祖。所以说玄鸟生商。
宅殷土芒芒。	宅：居。 殷：地名。 芒芒：很大的样子。
古帝命武汤，	古：从前。 帝：上帝。 武汤：有武德的汤。
正域彼四方。	正：治理。 域：疆域。 此句是说：治理四方的疆域。
方命厥后，	方：普遍。 厥：其。 后：君，指诸侯。
奄有九有。	奄有：拥有。 九有：九州岛。
商之先后，	商代的先君，指众祖先。

受命不殆， 接受天命不懈怠，殆与怠通。

在武丁孙子。 武丁：高宗，商的第十八世君。

连上两句是说：商代的先祖，受天命不懈怠，所以才有福禄降给他们的子孙武丁。

孙子即子孙。

武丁孙子， 即子孙武丁。

武王靡不胜。 武王：汤的称号。

连上句是说：商的子孙武丁所做的事，凡商汤所能做的，武丁没有不能胜任的。因此诗是祭祀高宗武丁，所以对武丁特别推崇。

龙旂十乘， 龙旂：旗上画有交龙，为诸侯所有。

十乘：十辆车，意思就是打着龙旗的车子有十辆。形容来助祭诸侯之多。

大糦是承。 糦：酒食。大糦：丰盛的酒食。

承：供奉，是说诸侯供奉酒食来祭祀。

邦畿千里， 邦畿（jī）：指王畿，近京师之地，直接由王管辖的。

维民所止， 止：居。人民所居住之地。

肇域彼四海。 肇：开。

以上二句是说：王畿千里，是人民所居住的地方，以后又开辟疆域到四海。

四海来假， 假：音义同格。下同。

来格：来到。

来假祁祁。 祁祁：众多。

景员维河， 景：大。
员：通陨，即幅陨。幅是边幅，陨是周遭。指国家东西南北的疆域。
河：黄河。商境三面是河，所以说景员维河。

殷受命咸宜， 咸：都。

百禄是何。 何：音义同荷，承受。

【今译】上天派玄鸟降到人间使简狄吞卵生了商，定居在广大的殷地。古时上天命令有德的武汤，治理四方的疆域。于是就遍告诸侯，他已拥有了天下九州。商朝的列祖列宗，接受天命之后努力不懈，所以福禄才能降到他们的子孙武丁身上。他们这位子孙武丁很是了不起，凡是武王汤所能做的，他没有不能胜任的。所以诸侯都很顺从，打着龙旗的十辆大车，供奉黍稷等礼品来助祭。本来王畿以内千里之地，是他的人民居住的地方，而如今已开拓到四海之广。所以四海之内的诸侯都归服，纷纷来助祭。这样一来，商的版图，周围都有黄河环绕，是非常之广大了。这是因为殷商接受天命之后，事事都做得很好，所以才拥有了各种的福禄啊！

【评解】

这是商朝的后代宋国，祭祀他的祖先殷高宗武丁所用的乐歌。诗中追叙他们的始祖契的降生，也是上帝所赐，并叙及商汤最初打下天下的光荣历史。武丁修德，任用贤士，使殷商复兴，所以他的后裔宋国对他特别崇敬。春秋时代的宋国，并不强大，所以只好抬出光荣的祖先来炫耀一番了。此诗一章到底，是颂诗特色之一。其中“维民所止”一句，清廷命官查嗣庭在江西主持考试，曾用这句出题考学生，结果被指为是诅咒雍正皇帝去头（雍字去头是维，正字去头是止），下狱而死，仍被枭首示众（把他的头挂起来给大家看）。可见清代的文字狱是多么可怕啊！

古人以为天子是天所命的，所以各朝帝王祖先的降生，多有一些神话来显示他和常人的不同，表示是上天所寄托的。所以后稷是践帝迹而生，契是吞燕卵而生，秦朝的先人大业，也说是由简狄吞燕卵所生，直到最后的清朝，还说他们的祖先努尔哈赤是他的母亲食朱果而生呢！